Für meine weise Tante, Claudia Teass

DAS DRITTE MÄDCHEN

MOLLY SUTTON MYSTERIEN
BUCH I

NELL GODDIN

Das dritte Mädchen

Molly Sutton Krimis 1

von Nell Goddin

ISBN: 978-1-949841-31-2

2005

S ie benahm sich lächerlich, daran bestand kein Zweifel. Ja, es
war Jahre her, seit sie Französisch gelernt hatte, und sie war
nicht gerade eine Musterschülerin gewesen. Aber nachdem sie
erst vor drei Tagen nach Castillac gezogen war, sollte sie sich doch
wohl irgendwie durchschlagen können, um ein Gebäck für ihren
Nachmittagskaffee zu kaufen. Die Läden waren doch da, um ihre
Waren zu verkaufen, nicht um ihren Akzent zu beurteilen, oder?
Mit diesem Gedanken setzte Molly Sutton einen nagelneuen
Panamahut auf ihre wilden Locken und marschierte ihre kurze
Einfahrt hinunter ins Dorf, fest entschlossen, ihr erstes Éclair zu
bekommen.

Drei Tage hatten nicht ausgereicht, um sich in dem Labyrinth
enger Gassen zurechtzufinden, aber Molly hatte einen guten
Orientierungssinn, und sie erlebte gerade einen jener Momente
der Hochstimmung, die Expats manchmal haben, wenn sie nicht
gerade im Würgegriff der Bürokratie ihres Gastlandes stecken
oder herausfinden, dass sie gerade etwas wie Lerchenpastete

gegessen haben. Der goldene Kalkstein der Gebäude war warm und schön. Der Sommer neigte sich dem Ende zu, aber die Luft war nicht kühl, und sie ging zügig voran, spähte in Fenster und Hinterhöfe und sog alles in sich auf. Sie hatte keine Ahnung, wo sie eine *Pâtisserie* finden konnte, steuerte aber auf das Zentrum des Dorfes zu.

Interessant, wie alle ihre Unterwäsche auf die Leine hängen - ob die nicht hart wie Pappe wird, fragte sie sich. Sie blieb an der steinernen Gartenmauer eines Hauses stehen und trat auf einen Stein, um darüber schauen zu können. Kleidungsstücke hingen auf der Leine und tanzten recht fröhlich im Wind. Sie war versucht, hineinzugreifen und ein Paar dieser teuer aussehenden Höschen zu berühren, um zu sehen, wie weich sie wirklich waren, aber vermutlich würde das Eindringen, um die Unterwäsche der Nachbarn zu berühren, keinen guten ersten Eindruck machen.

Sie konnte sehen, dass die Unterwäsche von La Perla war. Weich, gut geschnitten, *très cher* und wahrscheinlich jeden Cent wert, dachte sie. Ich glaube, wenn ich so schöne Unterwäsche hätte, würde ich sie nicht in der prallen Sonne aufhängen. Sie verdient zumindest Handwäsche und sollte, ich weiß nicht, durch den Flügelschlag von Kolibris getrocknet werden oder so.

Molly stand an der Mauer und betrachtete die drei Bikinislips und das Unterhemd, die ordentlich mit Holzwäscheklammern befestigt waren. Die Gasse war so ruhig. Kein Laut außer dem stetigen Summen der Zikaden. Sie schaute sich um, ob jemand in der Nähe war, und lehnte sich langsam gegen die Mauer, um mit den Fingern nach einem Slip mit einem rosa Band am oberen Rand zu greifen.

Jemand rief etwas, das sie nicht verstand. Molly zog ihre Hand ruckartig zurück und sah sich um, um zu sehen, wer gesprochen hatte. Der Mann nebenan war in seinen Hinterhof gekommen und unterhielt sich mit seinem Nachbarn über den Zaun zwischen ihren Häusern.

Schnell duckte sie den Kopf und trabte um die nächste Ecke. Eine Straße mit Geschäften lag direkt vor ihr. Ein Gewimmel von Menschen, die Besorgungen machten, einen Vormittags-*Petit Café* tranken und mit Nachbarn tratschten. Molly schlenderte umher und betrachtete die ungewohnten Formen der Dächer, die Schilder in den Fenstern; sie hörte Französisch, verstand aber kein einziges Wort; sie roch gebratenes Hühnchen, das so gut duftete, dass es ihr die Tränen in die Augen trieb.

Alles war anders als das, was sie gewohnt war, und sie liebte alles allein schon deswegen.

Die Straße bog nach rechts ab, und dann war geradeaus ein großer Brunnen zu sehen. Mehrere Studenten der Kunstschule saßen mit Zeichenblöcken auf dem Rand und skizzierten mit ernsten Mienen. Molly ging hin und setzte sich auf den Rand, beobachtete die Leute, bis sie sich an das Éclair erinnerte und sich ernsthaft auf die Suche nach einer Pâtisserie machte. Sie hatte noch jede Menge Arbeit zu erledigen; das Cottage auf ihrem Grundstück war noch lange nicht bereit für Gäste, und sie hatte ihre erste Buchung in wenigen Tagen. Sie hätte Bettwäsche und Kissen kaufen und dem Haus eine gründliche Reinigung gönnen sollen, anstatt herumzuwandern und nach Süßigkeiten zu suchen. Aber sie wollte genießen: Nach den paar Jahren, die sie gerade hinter sich hatte, war sie auf der Suche nach Vergnügen und Ruhe nach Frankreich gekommen. Und sie würde darin schwelgen und jeden köstlichen Moment auskosten.

Ahh. Ja.

Sie fand sich vor einem kleinen Laden wieder, der außen mit rotem Lack gestrichen war. Über dem Eingang stand in geschwungener Goldschrift: *Pâtisserie Bujold.* Der Duft von Butter und Vanille packte sie praktisch am Kragen und zog sie hinein.

„*Bonjour*, Madame", sagte ein kleiner Mann hinter der Theke.

„*Bonjour*, Monsieur", sagte Molly mit großen Augen. Unter dem Glas Reihe um Reihe von Gebäck, so schön, dass es wie

Juwelen aussah. Köstliche, appetitanregende Juwelen, angeordnet von einem wahren Künstler, farblich abgestimmt und symmetrisch wie ein *Parterre*. Sollte sie sich für das *Mille-feuille* entscheiden, mit seinen unzähligen Schichten knusprigen Blätterteigs, die mit Vanillecreme gefüllt und oben mit verschnörkelter Glasur verziert waren? Sie beugte sich vor und drückte ihre Nase fast gegen das Glas. Die Erdbeertörtchen sahen umwerfend aus, aber Beeren waren nicht in Saison und schmeckten wahrscheinlich nicht so gut, wie sie aussahen. Der Windbeutel mit herausquellender Schlagsahne rief nach ihr. Aber sie hatte so von einem Éclair geträumt...

„Madame?"

Molly schreckte aus einer Art Trance auf. Sie holte tief Luft und fasste Mut. „Die Gebäcke, sie hübsch", sagte sie und zuckte bei ihrem schrecklichen Französisch zusammen.

Der Mann lächelte und trat hinter der Theke hervor. Seine Augen wanderten direkt zu ihrer Brust und verweilten dort. Molly seufzte.

Dann traf sie ihre Wahl so schnell, dass es fast unhöflich war, bezahlte und verließ den Laden mit einer kleinen gewachsten Tüte und einem albernen Grinsen im Gesicht.

Sie war in Castillac, ihrem neuen Zuhause, und stand kurz davor, ihr erstes echtes französisches Éclair seit fast zwanzig Jahren zu essen.

Endlich bin ich hier. Endlich in Frankreich, für immer.

❧

„JA, Mademoiselle, wie kann ich Ihnen helfen?", fragte Thérèse Perrault, die erst vor wenigen Monaten zur winzigen Polizei von Castillac gestoßen war.

„Es ist, also, ich bin an der Degas", sagte die junge Frau und meinte damit die renommierte Kunstschule im Dorf.

Perrault wartete. Sie war schon so müde davon, sich nur mit Verkehrsverstößen und entlaufenen Hunden zu befassen, dass sie kaum zu hoffen wagte, dieser Anruf würde sich zu etwas Spannenderen entwickeln.

„Meine Mitbewohnerin ist... sie wird vermisst. Ich habe sie seit gestern nicht mehr gesehen, ich mache mir Sorgen.”

„Darf ich nach Ihrem Namen fragen?”

„Maribeth Donnelly.”

„Amerikanerin?”

„Ja.”

„Und der Name Ihrer Mitbewohnerin?”

„Sie heißt Amy Bennett. Sie ist Britin. Und sie ist die verantwortungsvollste Studentin der ganzen Schule. Deshalb bin ich so besorgt. Sie würde nicht einfach verschwinden, ohne jemandem etwas zu sagen.”

Perrault kritzelte Notizen und versuchte, die Formulierung der Studentin genau festzuhalten. „Ich verstehe. Haben Sie jemanden in der Schule benachrichtigt?”

„Ich... ich habe es heute Morgen gegenüber einem der Lehrer erwähnt, *Professeur* Gallimard. Sie ist nicht zu seinem Unterricht erschienen.”

„Wie lange genau wird sie schon vermisst?”

„Ich habe gestern Abend mit ihr zu Abend gegessen. Dann bin ich mit meinem Freund ausgegangen, und sie ist zurück ins Studio gegangen, um an einer Zeichnung zu arbeiten, die fällig ist. Sie ist nie ins Wohnheim zurückgekommen, und ich habe sie den ganzen Tag nicht gesehen", sagte die junge Frau mit belegter Stimme.

„Es sind noch nicht einmal vierundzwanzig Stunden vergangen", sagte Perrault in einem nicht abweisenden, sondern mitfühlenden Ton. „Und ich fürchte, die *gendarmerie* sucht nur aktiv nach vermissten Minderjährigen - können Sie mir sagen, wie alt Amy ist?”

„Sie ist neunzehn. Es tut mir leid", sagte Maribeth. „Ich weiß nicht, wie hier die Verfahren bei vermissten Personen sind oder so. Ich... ich möchte nicht wie eine Spinnerin klingen, Agent, aber ich... ich habe ein ungutes Gefühl."

Agent Perrault erklärte ihr, dass sich solche Situationen fast immer glücklich auflösen. Sie fragte, ob Amy einen Freund hatte, ob sie ein Auto besaß, ob sie Zugang zu Geld hatte - und sie notierte Maribeths Antworten sorgfältig in ihrem Notizbuch.

Bevor sie Chef Dufort auf seinem Handy anrief, nahm sich Thérèse Perrault einen Moment Zeit, um alles durchzudenken, was Maribeth Donnelly ihr erzählt hatte, und um sich die Stimme der jungen Frau einzuprägen. Es war nur ein Eindruck, und sie hatte noch nicht genug Erfahrung, um zu wissen, ob ihre Eindrücke tendenziell richtig waren - aber Perrault vertraute Maribeth Donnelly und hielt sie nicht für eine Spinnerin oder für labil oder für irgendetwas anderes als eine besorgte Freundin, die einen berechtigten Grund zur Sorge hatte. Dann grinste sie zerknirscht, weil sie sich darüber freute, dass endlich etwas im Dorf Castillac passiert war, jetzt, da sie bei der Polizei war, und fühlte sich sogleich schuldig, weil sie so aufgeregt über die potenzielle Tragödie eines anderen Menschen war.

Wie alle anderen im Dorf wusste Perrault von den zwei anderen Frauen, die spurlos verschwunden waren, aber diese Fälle lagen schon mehrere Jahre zurück. Der erste Fall, Valérie Boutillier, war tatsächlich einer der Gründe gewesen, warum Perrault eine Karriere bei der Strafverfolgung angestrebt hatte. Thérèse war achtzehn gewesen, als Valérie verschwand, und obwohl sie sie nicht persönlich gekannt hatte, hatte sie, wie in Castillac üblich, Freunde, die sie kannten, und Familienmitglieder, die Valéries Familie auf die eine oder andere Weise kannten. Perrault hatte die Ermittlungen aufmerksam verfolgt und herauszufinden versucht, was passiert war. Sie dachte immer noch von Zeit zu Zeit daran und fragte sich, ob eines Tages neue Beweise auftauchen würden, die es ermöglichen würden, den Entführer der jungen Frau zu identifizieren.

Es war nie eine Leiche gefunden worden, nicht einmal Beweise für ein Verbrechen. Aber Thérèse hatte keinen Zweifel daran, dass jemand Valérie Boutillier getötet hatte - überhaupt keinen Zweifel.

Valérie war nicht die Einzige gewesen. Und jetzt gab es eine weitere.

2

E s hatte Molly ein ganzes Jahr gekostet, ihr neues Zuhause zu finden, *La Baraque*. Am Tag, an dem ihre Scheidung rechtskräftig geworden war, hatte sie einen Scheck über ihren Anteil am Verkaufserlös des ehelichen Hauses erhalten. Der Scheck war groß genug gewesen, um sich ein eigenes Haus zu kaufen, und sie hatte nicht den geringsten Zweifel daran gehabt, dass dieses Haus in Frankreich stehen sollte. Als zwanzigjährige Studentin war sie dort überaus glücklich gewesen, hatte es aber aus dem einen oder anderen Grund seitdem nicht mehr geschafft, dorthin zurückzukehren.

In dieser seltsamen Phase nach der Scheidung, als ihr Leben um sie herum zusammengebrochen war und sie sich abwechselnd niedergeschlagen und euphorisch gefühlt hatte, hatte sie jeden Tag Stunden damit verbracht, Websites anzuschauen und über verschiedene Regionen Frankreichs zu lesen. Sie hatte sich über *notaires*, Verträge und Widerrufsfristen informiert und in den atemberaubenden Fotos von alten Steinhäusern, Herrenhäusern und sogar *châteaux* geschwelgt, die zum Verkauf standen. Die endlosen Seiten zeigten die herrlichsten Behausungen, die je gebaut worden waren, und je nach Lage waren sie manchmal billiger als ein Bungalow in dem Vorort, in dem sie lebte. Es war einfach der beste Häuser-Porno aller Zeiten.

Nachdem eine gute Freundin mit vorgehaltener Waffe überfallen und eine Cousine fast in ihrem eigenen Wohnzimmer vergewaltigt worden war, hatte Molly akzeptiert, dass das Leben dort, wo sie wohnte – ein Ort, den sie bis dahin nicht als Brutstätte des Chaos betrachtet hatte – gefährlich geworden war. Ein Teil der Anziehungskraft des französischen Häuser-Pornos bestand darin, sich vorzustellen, an einem Ort zu leben, wo die Kriminalität niedriger war und nicht alle drei Minuten jemand erschossen wurde. Sie könnte das Pfefferspray, den sie in ihrer Handtasche trug, in den Ruhestand schicken und einfach entspannen. Natürlich war Frankreich nicht frei von Kriminalität – kein Ort war das heutzutage –, aber dennoch hatte sie das Gefühl, dass sie sich dort sicherer fühlen würde. Entspannen, gärtnern, fantastisches französisches Essen genießen und ihre schlechte Ehe und die gefährliche Gegend im Umland von Boston weit hinter sich lassen.

Ein Neuanfang an einem Ort, den sie vergötterte. Was konnte da schon schiefgehen?

Es war Molly nie in den Sinn gekommen, nach tatsächlichen Kriminalitätsstatistiken für die Orte zu suchen, an die sie umziehen wollte. Das war grotesk naiv gewesen, wie ihr später klar geworden war, aber sie hatte einfach angenommen, dass ein Dorf mit einer jahrhundertealten Kirche, einem Samstagsmarkt, auf dem alte Leute in Klappstühlen saßen und Pilze verkauften, wo mehrmals im Jahr Feste organisiert wurden, bei denen das ganze Dorf zusammenkam, um gemeinsam zu essen – sie hatte angenommen, dass all dieser Charme und Gemeinschaftsgeist sich in fast vollständige Sicherheit übersetzen ließ. Und wie, hatte sie sich später gefragt, als es zu spät war, wie kann man eine fehlerhafte Annahme korrigieren, wenn man nicht einmal merkt, dass man sie macht?

Sie hatte monatelang die riesige Auswahl an Häusern und Standorten in Betracht gezogen. Ihr Scheck würde für ein Haus reichen, das etwas besser als bescheiden war (wofür sie äußerst dankbar war), aber ein großes Haus würde alles aufbrauchen. In ihrem neuen Leben als 38-jährige Geschiedene brauchte Molly ein Einkommen, und so suchte sie nach Grundstücken mit mindestens einem zusätzlichen separaten Gebäude, das sie vermieten konnte. Wenn das gut lief und sie einen Ort mit genügend alten Scheunen und Ställen zum Umbauen finden könnte, könnte sie expandieren und ihr eigenes Imperium von Urlaubsherbergen führen, mit einer ganzen Schar von *gîtes* (Frankreichs ähnlichstem Äquivalent zu einem B&B), die nur darauf warteten, von fröhlichen Reisenden gefüllt zu werden.

Nun, Imperium war vielleicht ein bisschen übertrieben. Aber sie hatte gehofft, zumindest bald ihre Rechnungen begleichen zu können. Der Kniff bestand darin, ein Haus zu finden, das noch nicht renoviert (zu teuer), restauriert (viel zu teuer) oder in einem so ruinösen Zustand war, dass es mehr Geld kosten würde, als sie hatte, es in einen funktionsfähigen Zustand zu versetzen.

Während die glänzenden Websites mit unglaublichen Bildern aufwarteten, vermutete sie, dass sie vielleicht etwas Erschwinglicheres finden könnte, wenn sie tiefer in die weniger glänzenden Ecken des Internets schaute, und tatsächlich sah sie eines Tages eine interessante Anzeige in einem obskuren Expat-Blog. Der Blog selbst war irgendwie zwielichtig, und sie fragte sich, ob der Autor überhaupt in Frankreich lebte: Die Grammatik war zweifelhaft, das Design schlecht, und die Beiträge über das französische Leben hatten eine seltsam hölzerne Qualität, als ob sie aus fünfter Hand oder möglicherweise fiktiv waren. Die Fotografien von La Baraque waren verschwommen, aber sie konnte den goldenen Kalkstein erkennen, für den der Südwesten Frankreichs und besonders die Dordogne berühmt sind. Sie konnte zahlreiche Nebengebäude sehen, auch wenn einige, wie das alte Taubenhaus, zu zerfallen schienen. Sie konnte sich vorstellen, dort im Garten zu sitzen, Kir zu trinken und Gebäck zu essen.

Molly verliebte sich Hals über Kopf.

Sechs Monate später holperte sie in einem Taxi die Auffahrt von La Baraque hinunter, nachdem sie fast alles aus ihrem alten Leben verkauft hatte, außer einer kleinen Kiste mit ihren wertvollsten Gartenwerkzeugen und Küchenutensilien. Sie hatte geschickt alle notwendigen Hürden genommen und ein Langzeitvisum erhalten. Der Verkauf war reibungslos verlaufen, und obwohl der Rest ihrer Familie und die meisten ihrer Freunde dachten, sie sei verrückt, verschiffte sie die Kiste und buchte ein One-Way-Ticket nach Bordeaux, ohne zurückzublicken.

Castillac war ein Dorf mit einem Wochenmarkt und einem lebhaften Platz. Es hatte die orangefarbenen Ziegeldächer, engen Straßen und alten Steingebäude, die sie liebte, aber keine besondere Attraktion wie ein *château* oder eine Kathedrale, sodass zwar einige Touristen von seinem ruhigen Charme angezogen wurden, die Straßen aber nicht von Besuchern überflutet waren, was Molly auf Dauer ermüdend gefunden hätte, wenn sie dort ständig leben wollte. Der Südwesten Frankreichs war bekannt für seine Höhlen, seine Ente und Pilze, seine Trüffel; das Wetter war gemäßigt, die Immobilienpreise niedrig und die Pâtisserien zahlreich.

Der perfekte Ort, um sich von einer gescheiterten Ehe zu erholen.

Monate vor dem Umzug hatte sie eine Website eingerichtet und beinahe sofort waren die ersten Buchungen eingetrudelt. Einmal in Castillac angekommen, hatte Molly zweieinhalb Tage Zeit, um alles für ihre ersten Gäste vorzubereiten, was bei Weitem nicht lang genug war, da Zeitmanagement nicht gerade zu Mollys besonderen Talenten gehörte. Diese zweieinhalb Tage waren in einem Wirbel von Fegen, Streichen und Schrubben vergangen, bis sie eine SMS erhielt, dass die Gäste in fünfundvierzig Minuten ankommen würden.

Molly schaffte es gerade noch rechtzeitig, das Cottage

schick aussehen zu lassen, aber knapp. Die alten Steine waren wunderschön, aber sie schienen so schnell Staub abzusondern, dass alles wieder bedeckt war, bevor sie den Staubsauger überhaupt weggeräumt hatte. Die Fenster waren klein, und sie rieb sie heftig mit Zeitung und einer Essiglösung, damit sie so viel Licht wie möglich hereinließen. Als sie fertig war, versuchte sie, einen Schritt zurückzutreten und den Ort kritisch zu betrachten.

Nun, dachte sie, ich hoffe, niemand verklagt mich, nachdem er sich den Kopf an diesem Balken gestoßen hat. Aber es hat seinen Charme, auf seine Art. Glaube ich. Vielleicht.

Sie stolperte mit einem Wischmopp und einem Eimer nach draußen, verschwitzt und schmutzig, und freute sich darauf, zu duschen und etwas zu trinken, bevor sie jemanden begrüßen würde.

Sie war gerade dabei, den Weißwein in etwas Crème de Cassis zu gießen und bewunderte, wie die dichte lila Farbe aufwirbelte, als sie ein Auto hupen hörte.

Obwohl sie keine große Beterin war, blickte sie dennoch zum Himmel und sagte zu sich selbst: Bitte lass es keine lauten Leute sein. Oder aufdringliche. Oder zu gesprächige oder zu stille. Oder unheimliche. Und, ähm, bitte lass diese ganze Idee keinen riesigen Fehler gewesen sein.

„Bonjour!", sagte Molly, als das Paar aus einem schmutzig aussehenden Taxi stieg. Der Taxifahrer kletterte aus dem Auto und nickte und lächelte. „Ich bin Vincent", sagte er grinsend. „Ich kann Englisch, Molly Sutton!"

Molly war überrascht, dass dieser Fremde ihren Namen kannte, aber es gelang ihr zu sagen „*Enchantée*", und dann „Willkommen, Mr. und Mrs. Lawler!" Sie war froh, dass sie Amerikaner waren, sodass sie zumindest bei ihren allerersten Gästen nicht mit der Kommunikation kämpfen musste. Außerdem würden sie genauso jetlagged sein wie sie selbst noch.

Mr. Lawler schritt heran und schüttelte Mollys Hand kräftig.

Gesicht, als er sie hinunterkippte. Ihm gefiel diese Nachricht von dem Mädchen nicht. Irgendwie konnte er spüren, dass etwas nicht stimmte, obwohl er nicht derjenige gewesen war, der den Anruf entgegengenommen hatte, und keine Ahnung hatte, woher das schlechte Gefühl kam.

Aber es war da, daran bestand kein Zweifel. Es war da. Genau wie die anderen Male.

3

Früh am nächsten Morgen ging Molly ins Dorf, um Croissants für das Frühstück der Lawlers zu holen. Sie spürte eine Kühle in der Luft und trug zum ersten Mal einen Pullover. Über ihr rotes Haar, das wilder als sonst war, stülpte sie eine Mütze. Etwa auf halbem Weg zum Dorf, auf der anderen Straßenseite, lag ein kleiner Friedhof. Molly eilte an seiner moosbedeckten Mauer vorbei und warf nur einen flüchtigen Blick auf die Mausoleen auf der anderen Seite. Sie spähte in die Gärten der Nachbarn, um zu sehen, welches Herbstgemüse sie gepflanzt hatten, und bewunderte den Blumenkohl und den gekräuselten Grünkohl. Die französische Art zu gärtnern war so ordentlich, so strukturiert, so un-Molly. Sie ging an einem Garten vorbei und hielt einen Moment inne, um seine üppige Spätsommerpracht zu bewundern: Gurkenpflanzen, die ein Spalier überwucherten, Zinnien in einer Fülle von Orange und Rot und die leichte Gelbfärbung der Blätter, die das Ende der Saison andeutete.

Sie hatte große Pläne für ihren eigenen Garten, war aber bisher zu beschäftigt mit dem Haus gewesen, um etwas zu unternehmen; die eigentliche Arbeit musste bis zum Frühling warten. Ein vernachlässigter *potager* lag direkt neben der Küche mit einem uralten Rosmarinbusch in der Ecke, und in einem Staudenbeet entlang der Steinmauer vor dem Haus gab es schon ein paar robuste Gewächse - hauptsächlich Sonnenhüte und Echinacea. Vielleicht konnte sie am Nachmittag eine Stunde in diesem Beet verbringen, um wenigstens einige dieser hässlich aussehenden Ranken zu entfernen. Es wäre herrlich, im Gras zu knien und ihre Hände schmutzig zu machen.

Sie war schon eine Weile auf und hatte Kaffee getrunken, aber es sprach nichts dagegen, noch einen zu trinken. Also setzte sie sich im Café de la Place im Zentrum des Dorfes hin und bestellte einen *café crème* bei dem sehr gutaussehenden Kellner, der von der Wirtin Pascal genannt wurde. Und, na ja, warum nicht gleich das Frühstücksspecial - ein großes Glas frisch gepressten Orangensaft und ein Croissant zum *café crème*? Warum eigentlich nicht.

Pascal stellte die übergroße Tasse Kaffee ab. Sie hatte eine dicke Schicht Milchschaum, und Molly strahlte erst den Kaffee und dann Pascal an, der zurücklächelte und in der Küche verschwand. Sie streute etwas Zucker über den Schaum und trank tief, in Ekstase, und wechselte zwischen Kaffee, Saft und Croissant. Ein paar Briten am Nachbartisch begannen, so laut zu reden, dass sie mithören konnte, was ihr Frühstück noch vergnüglicher machte.

„Ich denke wirklich, wir sollten in Erwägung ziehen, Lily jetzt sofort nach Hause zu bringen."

„Komm schon, Alice, du reagierst über. Lily macht sich gut und das ist ihr Traum, erinnerst du dich? Ihre Arbeit hier war ziemlich beeindruckend, findest du nicht? Degas macht einen ausgezeichneten Job."

„Sag mir nicht, ich soll mir keine Sorgen machen. Das Mädchen wird seit fast zwei Tagen vermisst."

„Oh, ich würde mir wirklich keine Sorgen machen, meine Liebe. Mädchen laufen aus Millionen von Gründen weg, nicht wahr? Wahrscheinlich nichts. Ein Junge, wette ich."

„Ich habe gehört, sie ist eine sehr ernsthafte Schülerin. Nicht flatterhaft. Und wenn sie mit einem Jungen weggelaufen wäre, hätte sie ihre Freunde kontaktiert! Du weißt, dass sie sich ständig Nachrichten schreiben. Jemand hätte von ihr gehört."

Eine Familie mit zwei kleinen Kindern setzte sich an den Tisch neben ihr, und Molly musste sich zurückhalten, sie nicht zur Ruhe zu ermahnen, damit sie den Rest des Gesprächs des Paares hören konnte. Aber sie waren zu einer chronischen Krankheit einer Tante übergegangen, und Molly hörte auf zu lauschen.

Einen Moment lang dachte sie über das vermisste Mädchen nach. Welcher Elternteil wohl Recht hatte - böse Entführung oder romantischer Ausflug?

Sie wollte nicht, dass die Lawlers aufwachten und hungrig und unversorgt blieben, also spülte sie den letzten Rest ihres Frühstücksspecials hinunter, nahm ihre Tüte mit Croissants und machte sich auf den Weg zurück die Kopfsteinpflasterstraße hinunter zu La Baraque. Sie wurde von Erinnerungen an die Zeit vor zwanzig Jahren überflutet, als sie eine junge Studentin in Frankreich gewesen war. Da war dieses Wochenende mit Louis gewesen, dem mit den grünen Augen und dem verschmitzten Seitenblick, der sie zum Lachen bringen konnte wie kein anderer...

᠀

DIE BEAMTEN TRAFEN sich normalerweise etwa eine Stunde nach ihrer Ankunft bei der Arbeit inoffiziell in Duforts Büro. Dufort war früh gekommen, nach einem noch anstrengenderen Lauf als üblich, weil er seinen Schreibtisch aufräumen wollte, um sich auf die vermisste Kunststudentin konzentrieren zu können.

„Bonjour Perrault, Maron. Ich habe gerade mit der Schule gesprochen und mir eine Liste von Plattitüden angehört, wir helfen auf jede erdenkliche Weise, bla bla bla. Ich fürchte, der Präsident dort ist mehr um den Ruf der Schule besorgt als darum, was mit dem Mädchen passiert ist."

„Glaubst du, dass etwas passiert ist? Abgesehen davon, dass sie auf irgendeinen Ausflug gegangen ist?", fragte Maron.

„Du kennst die Prozentsätze", sagte Dufort leise. „Sie ist zu alt, als dass es sich um eine Sorgerechtsangelegenheit oder so etwas handeln könnte. Entweder ist sie allein ohne ein Wort verschwunden, oder es gab einen Unfall oder eine Entführung. Perrault, ich möchte, dass du ein paar Anrufe machst - Flughäfen, Krankenhäuser, Autovermietungen und so weiter. Maron, du gehst in der Stadt herum, sprichst mit Leuten, siehst dich um, findest heraus, was du kannst. Wir haben eine Beschreibung von der Mitbewohnerin. Wenn es dazu kommt, werde ich die Eltern anrufen, und wir können ein Foto von ihnen bekommen. Aber ich möchte sie noch nicht anrufen. Sie können über das Foto hinaus nicht helfen, und wir sollten nicht einmal in dieser Sache ermitteln." Er machte eine Pause. „Zuerst müssen wir etwas über ihre Bewegungen in dieser Nacht herausfinden. Vergewissere dich, dass du die Bars überprüfst", sagte er zu Maron, obwohl es nach der Beschreibung, die die Mitbewohnerin gegeben hatte, nicht danach klang, als ob Amy Bennett in einer von ihnen gewesen wäre.

Dufort machte sich auf den Weg zum L'Institut Degas. Er ging durch das Dorf, grüßte alte Freunde und Bekannte, ließ sich Zeit und hielt die Augen offen. Manchmal kamen Informationen aus unerwarteten Quellen, und er wollte dafür bereit sein. Auf einer Seite des Hauptplatzes gab es drei Lokale, die bis spät geöffnet hatten: eine Weinbar, die „kleine Gerichte" servierte; *La Métairie*, ein teures Restaurant, das noch keinen Michelin-Stern hatte, aber hart daran arbeitete; und ein Bistro namens Chez Papa, das von einem sehr beliebten Einwohner von Castillac geführt wurde. Dort kehrte Dufort ein.

„Alphonse!", rief er über den Lärm der Popmusik hinweg. Alphonse wischte mit dem Rücken zur Tür den Boden. „Bonjour, Alphonse!"

Alphonse zuckte zusammen und drehte sich um. „Bonjour,

Ben! Ich würde dir etwas zu Mittag anbieten, aber dafür ist nicht die Uhrzeit, und außerdem sehe ich, dass etwas nicht stimmt. Erzähl!"

„Erzähl du *mir* was", erwiderte Dufort mit einem schwachen Lächeln. „Was war letzte Nacht los? Irgendwas Ungewöhnliches?"

Alphonse lehnte sich auf seinen Mopp. „Eine holländische Familie war hier mit zwölf Kindern, kannst du das glauben? So große Familien sieht man heutzutage nicht mehr oft, oder?"

„Nicht wirklich. Viele Studenten? Von Degas?"

Alphonse blickte zur Decke und dachte einen Moment nach. „Ach, ich weiß nicht", sagte er schließlich. „Ich gebe es ungern zu, aber mein Gedächtnis ist nicht mehr das, was es mal war. Die Nächte, sie verschwimmen irgendwie." Er zuckte mit den Schultern.

„Ich verstehe. Ich wünschte, ich könnte mich mit dir hinsetzen und ein Glas trinken, aber ich habe Arbeit, die nicht warten kann." Und mit einem Winken war Dufort wieder auf der Straße, wachsam, und sah sich nach allem um, was nicht stimmte, alles, was ihm zurufen könnte, egal wie subtil.

Dufort war in Castillac aufgewachsen, und seine Mutter und Alphonse waren alte Freunde. Er konnte sich erinnern, wie Alphonse sonntags zum Essen gekommen war und seine Eltern sich über seine Imitationen anderer Dorfbewohner fast totgelacht hatten. Er hatte immer selbstgemachte Stachelbeermarmelade mitgebracht, die Duforts absoluter Favorit war. Die meisten Menschen im Dorf kannte Dufort sein ganzes Leben lang, abgesehen natürlich von den Touristen, die durchreisten, und den gelegentlichen Neuankömmlingen wie der Amerikanerin, die anscheinend kürzlich La Baraque gekauft und sich dort niedergelassen hatte.

Es hatte einiges an Überzeugungsarbeit gekostet, sich in seine Heimatstadt versetzen zu lassen. Offiziere der Gendarmerie wurden routinemäßig von Ort zu Ort versetzt, genau damit sie den Gemeinschaften, denen sie dienten, nicht zu nahe standen.

Anfangs hatte man ihm gesagt, es sei unmöglich, aber Dufort hatte eine Art, Menschen zu überzeugen, Dinge zu tun, die sie nicht unbedingt tun wollten, und am Ende war er nach Castillac geschickt worden. Vielleicht litt er unter Nostalgie oder war einfach ein Mann, der an einen festen Ort gehörte, aber er war dort die letzten sechs Jahre glücklich gewesen.

Als die junge Perrault für ihre Ausbildung fortgegangen war, hatte sie ihn angefleht, einen Weg zu finden, damit sie auch zurückkommen konnte. Er hatte einige Gefallen eingefordert und an ein paar Fäden gezogen, und Perrault hatte kommen dürfen, wenn auch nur für sechs Monate. Sie beide rechneten damit, zum Jahresbeginn in ein anderes Dorf versetzt zu werden; ihre Zeit in Castillac unter den Menschen und an den Orten, mit denen sie aufgewachsen waren, neigte sich dem Ende zu.

Das Institut Degas lag ein Stück außerhalb des Dorfes, etwas mehr als einen Kilometer entfernt, und Dufort legte die Strecke schnell zurück. Er war kein großer Mann, aber fit und athletisch, und er kam am Hauptgebäude, wo sich die Verwaltungsbüros befanden, an, ohne ins Schwitzen geraten zu sein. Er hatte nicht vorher angerufen und erwartete nicht, viel Hilfe zu bekommen.

4

Die Lawlers blieben nur zwei Nächte, und dann war Molly wieder im Cottage für eine weitere Runde Abstauben, Schrubben und Wischen. Zumindest waren sie keine Schlamper gewesen. Und sieh mal an, ein Trinkgeld für das Hausmädchen!

Molly schnappte sich den Fünf-Euro-Schein und steckte ihn in die Tasche ihrer Jeans. Täglich kamen mehr Buchungen herein, aber sie musste sich hinsetzen und ein Budget erstellen, bevor sie losrannte, um eine Putzfrau einzustellen. Sie ging zurück ins Haus, holte ihr Handy und ein paar Kopfhörer und hörte Otis Redding, während sie arbeitete. Sie sang bei „These Arms of Mine" mit, ihre Stimme brach auf befriedigende Weise. Sie hoffte, die Nachbarn konnten sie nicht hören.

Als sie sich zum Gehen wandte, stand eine orangefarbene Katze in der Tür und schaute sie an.

„Hallo, kleine Mieze!" Molly freute sich über die Gesellschaft. „Ich hole dir eine kleine Schale Sahne, wenn du mitkommst." Die Katze folgte ihr nicht nur, sondern wand sich auch zwischen Mollys Beinen hindurch, sodass sie beinahe gestolpert und mit dem Kopf auf den Schieferweg geknallt wäre. Sie verstaute ihre Putzsachen in einem Schrank, holte eine Untertasse mit etwas

Sahne und stellte sie hin. Die orangefarbene Katze sah sie an, ging dann langsam zur Untertasse, als ob es ihr völlig egal wäre, und nahm einen Schleck. Dann stellte sich der Schwanz kerzengerade auf, aber mit einem kleinen Knick am Ende, und leckte die Sahne in weniger als einer Minute auf.

„Dachte ich mir." Molly lächelte und streckte ihre Hand aus. Die orangefarbene Katze biss ihr in den Finger und rannte in die Büsche. „Du Biest!", rief sie ihr hinterher.

Das Haus war immer noch unvertraut und aufregend, und sie verbrachte einige Zeit damit, nichts zu erreichen, sondern nur durch die Räume zu wandern, von denen die meisten niedrige Decken mit alten Balken hatten. Die ursprüngliche Struktur war mehrmals erweitert worden, sodass das Gebäude eine Art in seltsamen Winkeln zusammengefügtes Flickwerk war. Die Treppe wand sich fast spiralförmig, ihre Stufen abgenutzt, und Molly fragte sich, wie viele Familien hier gelebt hatten, wie viele Füße die Treppe zum Bett hinaufgestiegen waren, genau dort, wo sie jetzt hintrat.

Sie dachte daran, in der Wiese hinter dem *potager* spazieren zu gehen, entschied aber, dass sie besser noch etwas arbeiten sollte. So verbrachte sie die nächste Stunde an ihrem Schreibtisch damit, Buchungen zu bestätigen und Freunden zu Hause E-Mails zu schreiben, in denen sie etwas fröhlicher klang, als sie sich tatsächlich fühlte.

Dort in Massachusetts, nach der Scheidung, hatte sie normalerweise am Spülbecken zu Mittag gegessen oder sich sogar irgendwas in den Mund gestopft, während sie bei offener Tür vor dem Kühlschrank stand. Aber in ihrem neuen französischen Leben versuchte sie, ihre Gewohnheiten zu ändern und den kleinen Zeremonien des Tages mehr Aufmerksamkeit zu schenken. Sie nahm einen Kopfsalat heraus und wusch einige Blätter, zerbröckelte etwas Ziegenkäse, den sie am Morgen auf dem Markt zusammen mit dem Salat gekauft hatte, schnitt ein paar Karotten, öffnete eine Dose Sardinen und gab diese zusammen mit ein paar kleinen Kartoffeln vom Abendessen des Vortages hinein. Für das Dressing hackte sie reichlich Knoblauch und verquirlte ihn mit Zitronensaft, einem Eigelb, mehr Senf als richtig schien und viel Salz, Pfeffer und Olivenöl.

Sie trat durch die Küchentür in den Garten und suchte nach Kräutern, aber es gab nichts außer Rosmarin. Wie kann ein französischer Garten keinen Estragon haben? Was für Ketzer haben hier früher gelebt?, dachte sie, während sie wütend wieder nach drinnen stapfte.

Nachdem sie den Salat angemacht und sich ein Glas Rosé eingeschenkt hatte, ging sie auf eine Terrasse, die sich ans Wohnzimmer anschloss, zog einen rostigen Stuhl an einen rostigen Tisch und genoss ein langes, luxuriöses, einsames Mittagessen.

Der Jetlag hatte aufgehört, sie zu plagen, deshalb war ihr nach dem Essen nicht nach einem Nickerchen. Stattdessen stellte sie ihr Geschirr in die alte Porzellanspüle und ging in den Garten. Gleich in der Garage stand die Kiste, die sie von zu Hause geschickt hatte, abzüglich der Küchengeräte, die ausgepackt und weggeräumt waren. Sie wählte ein Werkzeug aus, dessen Name ihr entfallen war. Es hatte eine Art Gabel an einem Ende und eine Hacke am anderen – perfekt zum Ausreißen der hartnäckigsten Garteneindringe. Molly kniete sich ins Gras und machte sich an einem Fleck an der Seite des Hauses zu schaffen, während Otis Redding aus dem Fenster drang und die Sonne auf ihren Rücken schien. Diese Art des Unkrautjätens war wie eine Art Meditation, und als der Haufen ausgerissener Ranken und Gras neben ihr wuchs, beruhigten sich ihre Gedanken, bis sie überhaupt keine mehr hatte. Es gab nur noch den Klang von Otis, den Geruch von Pflanzen und das Gefühl von Erde an ihren Händen.

„Bonjour madame!"

Erschrocken sprang Molly auf die Füße und drehte sich um. An der Steinmauer, die ihr Grundstück von dem des Nachbarn trennte, stand, nun ja, die Nachbarin. Eine kleine, vogelhafte Frau in einem Hausmantel, ihr weißes Haar löste sich aus einem Dutt.

„Bonjour madame", antwortete Molly. Ihre Hände wurden bei der Aussicht auf ein Gespräch auf Französisch feucht. Es war zu lange her seit ihrer Zeit am College, wo sie es zuletzt gelernt hatte.

„Ich möchte Sie begrüßen und in Castillac willkommen heißen", sagte die Nachbarin.

Okay, das habe ich tatsächlich verstanden, dachte Molly und fühlte einen kleinen Anflug von Optimismus. „Vielen Dank", sagte Molly. „Sie schön."

Die Nachbarin nickte heftig und sprach dann so schnell und mit einem Stottern, dass Molly hoffnungslos verloren war. „S'il vous plaît", sagte sie, „Sprechen langsam?"

Die beiden Frauen arbeiteten die nächsten zehn Minuten hart, beiden begann die Stirn vor Anstrengung zu glänzen, um die einfachsten Dinge zu kommunizieren, und als sie sich à tout à l'heure sagten, wussten sie zumindest die Namen der jeweils anderen, obwohl Molly den der Nachbarin mehr oder weniger sofort wieder vergaß. Was ihr jedoch im Gedächtnis blieb, war die zum zweiten Mal an diesem Tag erwähnte Kunststudentin, die vermisst wurde. Die Nachbarin hatte ernst ausgesehen und gesagt, es sei vielleicht eine gute Idee, ihre Türen abzuschließen, da sie ja allein lebe.

Molly war sehr zufrieden damit, allein zu leben, vielen Dank auch, und sie würde sich nicht einschüchtern lassen, nur weil ein junges Mädchen mit dem Freund eines anderen durchgebrannt war. Sie blieb fest in ihrem Glauben, dass ihr neues Land viel sicherer war als ihr früheres. Aus Trotz - wem gegenüber auch immer - ließ sie die französischen Türen zur Terrasse in dieser Nacht nicht nur unverschlossen, sondern sogar einen Spalt offen. Die orangefarbene Katze kam herein, um sich umzusehen, aber keine anderen ungebetenen Besucher übertraten in dieser Nacht die Schwelle, es sei denn, man zählte die Spinne und ein paar Fliegen dazu.

❦

DAS INSTITUT DEGAS hatte entweder einen hervorragenden oder einen zweifelhaften Ruf, je nachdem, mit wem man sprach. Die Schule war in den 1950er Jahren von einem Künstler gegründet worden, der versucht hatte, auf der Welle des Abstrakten Expressionismus zu reiten, sich dann aber am Strand wiedergefunden hatte, ohne genug Einkommen zum Überleben, und sich deshalb dem Unterrichten zugewandt hatte. Als Lehrer war er weitaus begabter gewesen als als Künstler und hatte bald mehr Schüler gehabt, als er selbst unterrichten konnte, also hatte er andere Lehrer dazugeholt, und das Institut Degas war geboren.

Im Laufe der Jahre waren weitere talentierte Lehrer an die Schule gekommen, und einige ihrer Schüler machten später glänzende und manchmal sehr lukrative Karrieren. Diese Erfolgsbilanz bedeutete, dass die Zahl der Bewerbungen fast immer konstant blieb, was wiederum bedeutete, dass die Schule bei der Aufnahme von Schülern wählerisch sein konnte und die Studiengebühren hoch blieben.

Allerdings stellte sich heraus, dass einige der Lehrer – darunter vielleicht auch einige aus der gegenwärtigen Fakultät – als Künstler zwar fähig genug waren und ihre Arbeit im Klassenzimmer lobenswert war, man jedoch auch sagen musste, dass sie nicht unbedingt die beste Wahl waren, um junge Köpfe zu formen. Das zumindest deutete Jack Draper, der Leiter der derzeitigen Verwaltung, gegenüber Dufort an, als er nach der Fakultät und deren Beziehung zu den Studenten gefragt wurde.

„Es ist schließlich *Frankreich*", sagte Draper. „Einige der Studenten – besonders die Amerikaner – erwarten Flirts, vielleicht eine Affäre oder zwei. Es gehört zur Erfahrung des Auslandsstudiums. Sie wissen schon, wie das ist."

Einen weniger erfahrenen Beamten hätte es vielleicht an den Rand des Ärgers getrieben, von einem Amerikaner daran erinnert zu werden, dass sie in Frankreich waren, aber Dufort zeigte nur ein schwaches Lächeln. Es war ihm nicht in die Wiege gelegt worden, aber er hatte im Laufe der Jahre gelernt, seine Gefühle und Reaktionen nicht in seinem Gesichtsausdruck zu zeigen. Und so verging der Drang, Draper zu sagen, dass er ein Dummkopf sei, ohne eine Spur zu hinterlassen.

„Wollen Sie damit sagen, *Monsieur le Directeur*, dass Sie glauben, Amy Bennett sei in irgendeiner Weise romantisch mit einem Fakultätsmitglied involviert gewesen? Dass es eine Beziehung gab, die über die von Lehrer und Schülerin hinausging?"

„Nun, natürlich ist es *möglich*. Hier am Degas folgen wir nicht diesen alten starren Klassenmodellen, in denen der Lehrer allmächtig ist und die Schüler unterwürfig sind und es nie wagen, sich auszudrücken. Wir sind offen. Wir schaffen Raum dafür, dass Kreativität — ja, *Leidenschaft* — erblühen kann."

Mit einiger Anstrengung verhinderte Dufort, dass sich seine Augen verdrehten.

„Ich freue mich zu hören, dass hier am Institut die Kreativität erblüht", sagte Dufort. „Wären Sie so freundlich, mir eine Liste von Bennetts Kursen auszudrucken, mit Stundenplan und Namen und Handynummern der Lehrer? Ich wäre daran interessiert, mit einigen von ihnen zu sprechen, nur für Hintergrundinformationen, verstehen Sie.

„Das Wahrscheinlichste ist, dass das Mädchen weggelaufen ist, aus irgendeinem der Gründe, die junge Frauen dafür finden. Aber gleichzeitig möchte ich gründlich sein. Sie sagten, Bennett sei eine ernsthafte Studentin gewesen, eine gewissenhafte. Das passt nicht ganz zu einem flatterhaften Mädchen, das aus romantischen Gründen davonläuft, meinen Sie nicht?" Duforts Gesichtsausdruck war offen und fragend, vielleicht ein bisschen begriffsstutzig.

„Natürlich werde ich Ihnen alles zur Verfügung stellen, wonach Sie fragen, wirklich alles", sagte Draper. „Was das Flatterhafte angeht — wer weiß schon, was in den Köpfen dieser

Mädchen vorgeht? Manchmal sind es gerade die Ernsthaftesten, bei denen eine Schraube locker ist, hab ich nicht Recht?"

„Deuten Sie an, dass bei Mademoiselle Bennett eine Schraube locker ist?"

„Ganz und gar nicht, keineswegs. Ich sage nur, dass Mädchen in diesem Alter – *junge Frauen* – unberechenbar sein können. Die Studenten hier studieren nicht, um Banker zu werden, Monsieur Dufort. Sie sind kreative Geister von recht hohem Rang. Und das bedeutet, ja, dass wir vielleicht mehr, wie soll ich sagen, *Instabilität* im Verhalten und in den Emotionen sehen als man an einer Schule für, sagen wir, Steuerberatung antreffen würde. Verstehen Sie?"

Dufort nickte. Er verstand, dass *Monsieur le Directeur* sagte, wenn Amy Bennett vermisst wurde, war es ihre eigene Schuld, nicht die der Schule, und dass ihre Flatterhaftigkeit einfach Teil dessen war, was sie so besonders machte. Dufort schätzte Kunst genauso wie jeder andere Franzose. Außerdem hatte er einen empfindlichen Detektor für Unsinn, der in diesem Moment einen durchdringenden Schrei von sich gab.

❦ 5 ❧

Die Wolfsons sollten in zwei Tagen ankommen, also ging Molly, nachdem sie ihren Morgenkaffee getrunken und ihre E-Mails überprüft hatte, zum Cottage hinüber, um sicherzustellen, dass alles bereit war. Sie fühlte sich zufrieden, dass sie organisiert und dem Zeitplan voraus war.

Oh. Vergessen, die Betten zu machen. Muss nochmal staubsaugen. Bitte sag mir, dass das nicht der tropfende Wasserhahn ist. Oder Schlimmeres.

Es *war* der Wasserhahn. Molly war nicht völlig unbrauchbar als Heimwerkerin, und es gelang ihr, die Wasserzufuhr zum Cottage abzustellen und den Wasserhahn auseinanderzunehmen. Er brauchte nur eine neue Dichtung. In der Hoffnung, eine Autofahrt zu den großen Baumärkten zu vermeiden, warf sie einen Blick in den Spiegel, um sicherzustellen, dass sie präsentabel aussah, und eilte ins Dorf, um zu sehen, was sie finden konnte. Vielleicht gab es so etwas wie einen Gemischtwarenladen, vorzugsweise in der Nähe der Pâtisserie Bujold.

Die Kinder im Grundschulalter hatten mittwochnachmittags frei, und die Straßen waren voller Menschen. Sie schubsten sich gegenseitig, rannten im Kreis, sangen, hielten Händchen. Molly fragte sich, ob sie jemals in der Lage sein würde, eine Gruppe von Kindern anzusehen, ohne einen Stich in der Brust zu fühlen. Die verkorkste Ehe – darüber konnte sie hinwegkommen und war schon fast so weit. Aber mit fast vierzig Jahren ohne die Kinder zu sein, die sie sich so sehr gewünscht hatte ... sie war sich nicht sicher, ob man darüber jemals hinwegkommen konnte.

In solchen Momenten brodelte eine Welt von Reue und Kummer in ihr hoch. Aber Molly hatte gelernt, trotzdem weiterzumachen, und im Moment bedeutete das, eine Dichtung zu finden und sich auf die Wolfsons vorzubereiten, egal wie sehr ihre Gefühle sie herumzerrten.

Sie fand einen Eisenwarenladen und bekam durch geschickten Einsatz ihres Zeigefingers, was sie brauchte, um den Wasserhahn zu reparieren. Während sie dort war, deckte sie sich mit einigen Werkzeugen ein (einem Schraubenschlüssel, einer anständigen Zange, einer Bohrmaschine), die sie offensichtlich brauchen würde, um La Baraque am Auseinanderfallen zu hindern, und fragte sich, wie viel die örtlichen Handwerker wohl verlangten, da sie davon ausging, dass sie früher oder später auf Notreparaturen stoßen würde, die über das hinausgingen, was sie vom Zusehen bei ihrer Mutter oder aus YouTube-Videos gelernt hatte.

Pâtisserie Bujold war nur etwa vier Blocks vom Eisenwarenladen entfernt, praktisch auf dem Weg, also bog sie in diese Straße ein. Ihr lief schon das Wasser im Mund zusammen. Heute waren keine Kunststudenten am Brunnen, obwohl das Wetter perfekt war, aber dafür Scharen von fröhlich plappernden Schulkindern.

Sie beschloss, ihr Gebäck nicht mit nach Hause zu nehmen, sondern es dort im Laden zu genießen, mit einem petit café. Es gab nur zwei winzige Tische draußen, und sie setzte sich an einen, wartete auf ihren Kaffee mit dem Gesicht zur Sonne gewandt, Sommersprossen und Hautkrebs zum Teufel, die Tasche mit den neuen Werkzeugen zu ihren Füßen. Ihre Traurigkeit war verflogen, und das *Pain au chocolat* war himmlisch süß und salzig, die äußeren Schichten zerbrachen in einer Explosion von butterigem Geschmack, das Innere war feucht und dunkel und köstlich.

Das Leben war gut, wenn auch manchmal nervig und nie perfekt, und sie lehnte sich zurück und beobachtete die Menschen, die ihren Besorgungen nachgingen und anhielten, um lange Gespräche mit ihren Freunden und Nachbarn zu führen. Irgendwie fühlte es sich hier viel weniger hektisch an, obwohl sie genug zu tun hatte. Oder vielleicht fühlte sie sich einfach weniger gehetzt, weniger, als müsste alles schon gestern erledigt sein.

Sie würde den tropfenden Wasserhahn reparieren, bevor die Wolfsons ankamen. Und irgendwann, egal wie lange es dauern würde, würde sie den *Potager* hinter dem Haus wieder zum Produzieren bringen und die Beete vor dem Haus von Ranken befreien und mit duftenden Farben zum Bersten bringen. Ihr Gîte-Geschäft würde kontinuierlich wachsen. Sie würde gute Bücher lesen und mehr *Pain au chocolat* essen, und die Einsamkeit, die sie wegen des Fehlens von Kindern oder eines Partners empfand, würde einfach Teil des Gewebes ihres Lebens sein und nicht dessen bestimmender Ton.

Molly wagte sich noch einmal in die Pâtisserie Bujold, bevor sie mit dem Gedanken nach Hause ging, dass sie am nächsten Morgen so glücklich sein würde, aufzuwachen und zu wissen, dass ein Gebäck auf sie wartete, auch wenn es ein bisschen alt wäre.

ཕ

KOMMISSAR DUFORT SCHLOSS die Tür zu seinem Büro und fuhr sich mit den Händen übers Gesicht. Stress war Teil seines Jobs; er war unvermeidlich und erwartbar, selbst in einem Dorf mit niedriger Kriminalitätsrate. Er hatte eine Reihe von äußerst stressigen Situationen souverän überstanden: ein Meer von Blut bei Autounfällen, mehrere Selbstmordversuche, ein oder drei Verfolgungsjagden, bei denen er an seine körperlichen Grenzen gekommen war. Doch einen Anruf zu tätigen, um Eltern zu informieren, dass ihr Kind vermisst wurde, erfüllte ihn mit Schrecken.

Er würde überzeugend in seinen Zusicherungen sein und natürlich sein Bestes tun, um an seine eigenen Worte zu glauben. Aber er und die Eltern kannten die Prozentsätze – jeder, der Zeitung las oder fernsah, kannte sie. Alle drei würden den dunklen Abgrund spüren, der sich vor ihnen öffnete, auch wenn sie nicht darüber sprachen. Dufort war in Castillac geboren und hatte nie woanders gelebt, aber in einem Moment wie diesem wünschte er sich, in einer Großstadt zu leben und zu arbeiten, wo er sich vorstellte, in der Menge unterzugehen, selbst als Polizist, irgendwie immer zu beschäftigt, um der *Flic* zu sein, der den Anruf machen musste.

Er saß einige lange Momente an seinem Schreibtisch und betrachtete das Blatt Papier mit den Telefonnummern der Bennetts. Immer bestand die Möglichkeit, dass ein Elternteil in einen solchen Fall verwickelt war. Psychische Erkrankungen, Persönlichkeitsstörungen, familiäre Dysfunktion – all das konnte dazu führen, dass ein Elternteil etwas Unvorstellbares tat, und er musste beim Gespräch mit der Familie auf Anzeichen dafür achten.

Wieder eine Frau, verschwunden. Das dritte Mal. Würde es wie bei den anderen sein, ohne Beweise, ohne Spuren, ohne Auflösung?

Ein kleiner Teil seines Gehirns, der wieselige Teil, den jeder hat, fragte sich, ob es vielleicht besser wäre, später anzurufen, da es am frühen Morgen doch nicht so günstig war. Warum ihnen den Tag gleich zu Beginn verderben? Warum ihnen nicht noch einige Stunden glücklicher Unwissenheit gönnen? Dufort verscheuchte das Wiesel und atmete tief durch, dann tippte er langsam die Ziffern in sein Handy ein.

Jack Draper sollte diesen Anruf machen. Dufort trug keine offizielle Verantwortung für Amy Bennett, aber er wusste, dass der Anruf getätigt werden musste, und er traute ihn Draper nicht zu.

„Hallo, ich möchte gerne mit Sally oder Marshall Bennett sprechen", sagte er in passablem Englisch.

„Hier spricht Marshall Bennett."

„Ich bin Benjamin Dufort, Gendarmeriehauptmann von Castillac", sagte er. Er wusste, dass das Wort „Gendarmerie" Bennett erschaudern lassen würde, und er machte eine kurze Pause, obwohl er wusste, dass Mr. Bennett keine Zeit haben würde, sich davon zu erholen.

Es gab nicht genug Zeit auf der Welt, um sich davon zu erholen.

„Ich rufe an, weil Ihre Tochter Amy vom L'Institut Degas als vermisst gemeldet wurde, und ich hoffe, Sie haben Informationen über ihren Aufenthaltsort."

„Was?", sagte Marshall Bennett, seine Stimme klang weit entfernt.

„Amys Mitbewohnerin hat mein Büro angerufen, um zu sagen, dass Amy nicht gesehen wurde. Wir haben gesucht, aber nicht gefunden. Mr. Bennett, ich entschuldige mich für mein Englisch."

„Ich hole Sally. Bitte bleiben Sie dran."

Dufort seufzte. Er nahm einen weiteren tiefen Atemzug und ließ ihn langsam entweichen, fühlte sich aber genauso angespannt. Er hatte das starke Gefühl, die Zeit anhalten und dann zurückdrehen zu wollen, zurück zu dem Moment, als Amy noch bei ihrer Mitbewohnerin war. Von dort aus könnte die Zeit erneut zurücklaufen, wobei diesmal alle darauf achten würden, Amy nicht aus den Augen zu lassen, bis der Moment ihres Verschwindens sicher vorüber und der schreckliche Fehler korrigiert wäre.

Er konnte sich nur vorstellen, wie sehr sich die Eltern das wünschen würden, wenn dieses Gefühl schon bei ihm so stark war, obwohl er das Mädchen nie getroffen hatte.

„Hallo?", sagte Sally Bennett.

„Hallo Madame, ich bin Benjamin Dufort von der Gendarmerie von Castillac. Ich habe mit Ihrem Mann über Ihre Tochter gesprochen. Ich frage mich, ob Sie in den letzten Tagen von ihr gehört haben?"

„Ich verstehe nicht. Amy ist in der Schule, im L'Institut Degas. Sie ist Malerin."

„Die Schule sagt mir, sie sei eine gute Schülerin, Madame Bennett. Ich rufe Sie an, weil sie nicht gesehen wurde, ihre Mitbewohnerin weiß nicht, wo sie ist. Ich frage mich, ob Sie diese Informationen haben?" Er schloss die Augen und fuhr sich mit der Handfläche übers Gesicht.

Stille in der Leitung. Dufort hörte eine Art ersticktes Grunzen, dann kam Mr. Bennett wieder ans Telefon.

„Wir haben seit letzter Woche nichts von Amy gehört", sagte er. Es folgte eine lange Pause. „Sie arbeitet sehr hart. Sie meldet sich nicht ständig, wie manche Mädchen in ihrem Alter es tun. Sagen Sie... was genau sagen Sie, Chef? Ist das die richtige Anrede für Sie, Chef?"

„*Oui*, das ist gut. Was ich sage, ist, dass Ihre Tochter als vermisst gemeldet wurde. Dies ist kein offizieller Anruf, denn in Frankreich ermitteln die Gendarmen nicht bei vermissten Erwachsenen. Aber, Monsieur Bennett, die Mitbewohnerin von Amy hat mein Büro angerufen, und ich möchte keine vermissten Mädchen in meinem Dorf haben, wenn Sie verstehen, was ich meine. Ich möchte wissen, wo sie ist, und ich bin sicher, Sie wollen das auch."

„Ich schätze Ihre Besorgnis."

Es folgte eine weitere lange Pause. Dufort versuchte sich vorzustellen, wie es war, einen solchen Anruf zu erhalten. Er wusste, dass es nie eine Vorbereitung gab, nie einen Weg zu wissen, wie man reagieren würde, bis es einem tatsächlich passierte. Er vermutete, dass die Bennetts unter Schock standen, und es war nicht abzusehen, wie lange diese Phase dauern würde.

Zumindest hatte er in den Stimmen der Bennetts nichts Verdächtiges wahrgenommen. Es war natürlich viel zu früh, um sicher zu sein, aber seine Intuition sagte ihm, dass sie wirklich schockiert von der Nachricht waren und keinesfalls als Täter in Frage kamen.

„Ich wäre Ihnen dankbar, wenn Sie mich anrufen würden, falls Sie von ihr hören", sagte Dufort sanft. „Ich gebe Ihnen meine Handynummer und meine E-Mail-Adresse, bitte nutzen Sie sie jederzeit, wann es Ihnen passt." Er sollte wirklich Nachhilfe in Englisch nehmen. Es war quälend, so hart zu kämpfen, um sich verständlich zu machen.

„Danke für Ihren Anruf", sagte Mr. Bennett. „Ich bin sicher, sie ist irgendwo und arbeitet an etwas und hat vergessen, ihrer Mitbewohnerin Bescheid zu geben. So etwas in der Art jedenfalls. Wir werden Sie wissen lassen, wenn wir von ihr hören."

Nachdem er ihnen seine Kontaktinformationen gegeben und mehrere *politesse* und Dankesbekundungen ausgetauscht hatte, beendete Dufort das Gespräch und legte sein Telefon auf den Schreibtisch. Obwohl er keine Kinder hatte, war es nicht schwer, sich den Schrecken vorzustellen, den die Bennetts durchmachen würden, wenn ihre Tochter nicht bald auftauchen würde.

Er war fünfunddreißig Jahre alt und hatte momentan keine Freundin, aber er hatte immer angenommen, dass er eines Tages eine Familie haben würde. Er fragte sich, ob er sich vielleicht dagegen gesträubt hatte, sesshaft zu werden, weil eine Familie, Kinder zu haben, bedeutete, nie der Möglichkeit entgehen zu können, dass etwas sehr Schlimmes passieren könnte, etwas so Schlimmes, dass es alles von einem abverlangen würde, um darüber hinwegzukommen, wenn man es überhaupt könnte. Ein Verlust der schlimmsten Art.

Er war reif genug, nicht in Gewissheiten zu denken und nicht abergläubisch zu sein. Aber er konnte das ungute Gefühl nicht vergessen, das er hatte, seit er zum ersten Mal Amy Bennetts Namen gehört hatte. Er kannte die Prozentsätze, und er glaubte, dass die Ruhe ihrer Eltern leider nur von sehr kurzer Dauer sein würde.

An jenem Abend hatte Molly gerade bei Dämmerung mehr oder weniger das Auspacken beendet und streifte ziellos durch das Haus, obwohl sie das Gefühl hatte, dass es eine Million Dinge gab, die sie eigentlich tun sollte. Sie ging in den Garten und atmete tief ein. Ein sommerlicher Duft von frisch gemähtem Gras mit einem Hauch von Rosen lag noch in der Luft, aber der Garten selbst war so überwuchert, dass es überwältigend war, sich vorzustellen, wie viel Arbeit noch getan werden musste. Die orangefarbene Katze schlich heran und rieb sich an ihrem Bein. Abgelenkt vom Garten beugte sie sich hinunter, um sie zu streicheln, und wieder biss die Katze sie und rannte unter die Hecke.

„Du gemeines Biest!", rief sie ihr hinterher und flüchtete dann durch das Tor ins Dorf, um etwas zu trinken und Gesellschaft zu finden, in der Hoffnung, wenigstens eine Person zu treffen, die Englisch sprechen konnte. Es war Freitagabend, und sie hoffte, dass die Dorfbewohner das schöne Wetter genossen und in einer einladenden Stimmung waren, tolerant gegenüber ihrem Konjunktiv (der völliger Mist war).

Chez Papa sah vielversprechend aus. Es lag direkt am Hauptplatz, mit einer großen Anzahl von Tischen im Freien, und eine kleine Menge schien sich zu amüsieren, trank Aperitifs und Bier und aß Erdnüsse und Kartoffelchips aus Schüsseln an der Bar. Drei kleine Hunde liefen herum. Der Ort wirkte lebendig, aber nicht zu einschüchternd. Molly bahnte sich ihren Weg zur Bar, und als der Barkeeper ihr seine Aufmerksamkeit schenkte, zeigte sie auf das Getränk, das der Frau neben ihr gehörte, und sagte: *„Comme ça!"* Der Barkeeper nickte kurz und nahm eine Flasche herunter.

Molly fühlte sich glücklich siegreich, weil sie einen Satz herausgebracht hatte und verstanden wurde.

„Lassen Sie mich raten – Amerikanerin, Massachusetts?", sagte ein älterer Mann in vermutlich dem bestaussehenden Anzug, den Molly je gesehen hatte.

„Ähm, ja?", sagte sie verwirrt.

„Lawrence Weebly", sagte er, streckte seine Hand aus, nahm dann ihre und küsste sie. „Ich habe ein kleines Hobby, Akzente zu erraten. Aber ich gebe zu, Ihrer war keine große Herausforderung."

Molly lachte. „Ich bin Molly Sutton. Aber Sie haben mich nur zwei Wörter Französisch sprechen hören! Es ist ja nicht so, als hätte ich gefragt, wo ich das Auto parken soll oder so was", sagte sie.

„Das wäre zu einfach gewesen. Also danke, dass Sie mir nur die zwei Wörter gegeben haben, und nicht auf Englisch, um die Unterhaltung des Abends zu liefern."

„Aber ernsthaft, wie haben Sie das gemacht?"

Lawrence lächelte nur und nippte an seinem leuchtend roten Drink. „Nun sagen Sie mir, Sie sind die neue Besitzerin von La Baraque? Wie gefällt Ihnen Castillac bisher?"

Molly zuckte zusammen. „Es ist ein bisschen beunruhigend, dass jeder weiß, wer ich bin, bevor ich überhaupt jemanden kennenlerne", sagte sie und brachte ein schwaches Lächeln zustande.

„Das ist das Leben in einem Dorf", sagte Lawrence. „Im

Guten wie im Schlechten. Selbst im Zeitalter des Internets machen unsere Nachbarn einen beträchtlichen Teil unserer Unterhaltung aus. Wir tratschen, wir schnüffeln, wir wollen über das Neueste informiert bleiben. Noch einen!", sagte er zum Barkeeper und zeigte auf sein leeres Glas.

„Nun", sagte Molly. „Dann passe ich vielleicht gut hierher." Sie drehte sich um und musterte die anderen Gäste neugierig. „Man hat mich schon mal neugierig genannt. Ein- oder zweimal", fügte sie mit leiserer Stimme hinzu.

„Hier in Castillac betrachten wir das einfach als Interesse an der Menschheit", sagte er und nahm einen langen Schluck von seinem frischen Drink.

Molly nickte und lächelte. Sie mochte Lawrence Weebly. Und es war wirklich wunderbar, von Angesicht zu Angesicht Englisch zu sprechen, nach Tagen des Kampfes, sich verständlich zu machen oder nur sich selbst als Gesellschaft zu haben. Jetzt, da sie jemand Interessanten zum Reden hatte, konnte sie spüren, wie einsam sie geworden war.

Der Barkeeper hatte ihr Getränk vor ihr auf die Bar gestellt, aber sie war zu abgelenkt gewesen, um es zu probieren. Sie nahm einen Schluck und verschluckte sich fast. Der Barkeeper grinste. „Cognac und Sprite", sagte er auf Englisch und zuckte mit den Schultern. „Das haben Sie bestellt."

„Aber-", sagte Molly und zeigte auf das Getränk der Frau. „*Das* ist wirklich das, was sie trinkt?"

„Es ist eine Modeerscheinung", sagte der Barkeeper mit einem Seufzer. „Unglücklich, wie die meisten Modeerscheinungen."

„Gesprochen wie ein echter Franzose, Nico", sagte Lawrence. „Und ich könnte nicht mehr zustimmen."

„Sie sprechen Englisch wie ein Professor", sagte Molly zum Barkeeper.

„Ich habe drei Jahre in Amerika studiert", sagte Nico achselzuckend. „Ihr Französisch wird sich schon entwickeln, jetzt, wo Sie hier sind. Sie werden sehen."

„Ihr Wort in Gottes Ohr", sagte Molly. Dann wandte sie sich an Lawrence. „Was *trinken Sie?*", fragte Molly und sah auf seinen roten Cocktail.

„Lawrence trinkt immer, aber wirklich immer, Negronis", sagte ein großer Mann mit einem noch größeren Bauch, der sich über Mollys Schulter lehnte, um sich ins Gespräch einzumischen, allerdings auf Französisch.

„*Bonsoir*, Lapin", sagte Lawrence.

„Ich glaube, ich habe noch nie einen Negroni getrunken", sagte Molly, erfreut darüber, dass sie das Französisch des Mannes verstehen konnte.

„Eine teure Art, sich einen Rausch anzutrinken, wenn Sie mich fragen", sagte Lapin. Und tatsächlich sah es so aus, als ob Lapin sich gerne häufig einen Rausch antrank, wenn man nach seinen geröteten Augen und dem aufgedunsenen Gesicht urteilen konnte. „Hey, du bist *la bombe*, die das große Anwesen unten in der Rue des Chênes gekauft hat?"

„*La bombe?*", sagte Molly.

„Seine Vorstellung von einem Kompliment", sagte Lawrence. „Molly Sutton, das ist Laurent Broussard, genannt Lapin, aus Gründen, die mir unbekannt sind."

Molly nickte Lapin zu und versuchte, sich auf ihrem Hocker zu bewegen, um zu verhindern, dass er sich an ihre Schulter lehnte.

„*Enchanté*", sagte Lapin lächelnd und bewegte sich, um vor Molly zu kommen, wobei der Fokus seiner blutunterlaufenen Augen nach unten wanderte und auf ihrer Brust verweilte.

Molly versuchte, ihre Arme zu verschränken, aber es gab wirklich keine Position, die ihren Körper genug tarnen konnte, um die Tatsache zu verbergen, dass ihr Busen ziemlich groß und extrem straff war.

Lawrence beobachtete Molly und aß dann nachdenklich eine Handvoll Erdnüsse. „Hey Lapin, ich hab 'ne Frau hinten gesehen, eine Touristin, genau dein Typ." Er deutete mit dem Kopf in

Richtung eines kleinen Hinterzimmers, das mit bequemen Stühlen für Gäste ausgestattet war, die trinken und sich unterhalten oder Karten oder Schach spielen wollten.

Lapins Augen wichen nicht von Mollys Brust. Sie verdrehte die Augen und nahm einen Schluck von ihrem Getränk, dann verzog sie das Gesicht darüber. Lawrence rutschte von seinem Barhocker und hakte sich bei Lapin ein, zog ihn langsam nach hinten und zwinkerte Molly dabei zu.

„Bin gleich zurück", formte er mit den Lippen, bevor er außer Sichtweite trat.

Molly versuchte, das Gespräch hinter ihr zu belauschen, aber das Paar sprach zu schnell Französisch, und sie bekam nur Bruchstücke mit, die sie nicht sinnvoll zusammenfügen konnte. Sie verengte ihre Augen auf ihr Getränk und nahm dann einen langen Schluck davon. Sie hasste es, wollte aber damit fertig werden, und zwang sich, es zu trinken, anstatt etwas anderes zu bestellen, als eine Art Buße. Wofür auch immer die Buße sein mochte.

Sie sah Lawrence, wie er sich seinen Weg zurück durch die Menge bahnte. Schon fühlte er sich wie ein Freund an, und sie war unvernünftig glücklich, ihn zu sehen.

„Also gut", sagte er, setzte sich wieder auf seinen Hocker und unterbrach sich lange genug, um an seinem Negroni zu nippen. „Was ist die Geschichte?"

„Welche Geschichte?"

„Die Mädels. Nicht echt, oder?"

Molly lachte laut. „Verdammt nein, die sind nicht echt!"

„Warum dann? Du genießt die Aufmerksamkeit nicht. Was ist also der Zweck?"

„Mein Ex."

„Ich verstehe." Er nippte an seinem Drink und griff nach einigen Chips. „Ich glaube, du musst nichts mehr sagen. Das erklärt es ziemlich gut."

„Die eigentliche Frage", sagte Molly, „ist, warum Leute sich so viel Mühe geben, verkorkste Ehen zu retten. Im Nachhinein hätten wir viel Zeit – und *die hier* – gespart, wenn wir fünf Jahre früher aufgegeben hätten." Sie blickte auf ihren üppigen Busen hinunter und lachte wieder, und Lawrence Weebly lachte mit ihr.

Die beiden saßen noch ein paar Stunden an der Bar, tranken Negronis und redeten über frühere Lieben, zerbrochene Beziehungen und Castillac, bis Lawrence schließlich aufstand und ihren Arm nahm.

„Also gut, das war ein schöner ausschweifender Abend, jetzt lass uns dich sicher nach Hause bringen, damit du deinen Rausch ausschlafen kannst."

Molly stand unsicher auf. Es brauchte einige Zeit und Konzentration, um ihre Füße unter sich zu bekommen. Nachdem sie den schrecklichen Cognac mit Sprite beendet hatte, hatte sie einen Negroni probiert und ihn so sehr gemocht, dass sie noch einen getrunken hatte, und nun war sie, nun ja, stockbesoffen. „Ich hab Lust zu singen", sagte sie kichernd.

„Das glaub ich dir. Komm mit nach draußen, ich bin sicher, Vincent hängt hier irgendwo rum, du kannst sein Taxi nach Hause nehmen."

„Ich brauch kein Takschi", sagte Molly.

„Takschis sind recht praktisch, wenn man blau ist", sagte Lawrence. Er winkte Vincent zu, der sich gegen die Motorhaube seines winzigen Taxis lehnte und mit jemandem plauderte. „Da sind wir." Er öffnete die Tür und goss Molly hinein. „Sie wohnt in La Baraque", sagte er zu Vincent. „Setz die Fahrt einfach auf meine Rechnung."

„*Bonne nuit, mon petit chou*", sagte er durch das offene Fenster. „Schön, dich kennengelernt zu haben. Nächstes Mal nur einen Negroni."

Molly ließ ihren Kopf zurückfallen und lachte, obwohl ein Teil von ihr bemerkte, dass nichts besonders lustig war.

„Vincent", sagte sie und lachte wieder.

Er streckte sich über den Sitz und tätschelte ihr Knie. „Keine Sorge, ich bring dich sicher nach Hause", sagte er. Er warf einen

Blick in den Rückspiegel und grinste sie an, dann fuhr er vom Bordstein weg und die Rue des Chênes entlang, auf dem Weg nach La Baraque.

BENJAMIN DUFORT STAND AUF, als seine Beamten in sein Büro kamen, beide mit Kaffee zum Mitnehmen in der Hand. „Guten Morgen Perrault, Maron. Danke, dass Sie an einem Samstag gekommen sind. Irgendwann werde ich einen Weg finden, Ihren freien Tag nachzuholen."

„Chef, das ist im Moment nicht unsere größte Sorge", sagte Perrault. Maron nickte.

„Nun, ich danke Ihnen. Also gut, lassen Sie uns zur Sache kommen. Wie Sie wissen, wurde Amy Bennett zuletzt am Mittwochnachmittag gesehen. Das ist jetzt fast drei Tage her. Ich werde Sie über das informieren, was ich herausgefunden habe, was so gut wie nichts ist, und dann möchte ich von Ihnen hören." Dufort streckte seine Arme über den Kopf und dehnte sich von einer Seite zur anderen, dann drehte er sich in die eine und dann in die andere Richtung. Seine Beamten waren geduldig, gewöhnt an die Art, wie Dufort sich dehnte, während er innehielt, um nachzudenken.

„Ich habe mit Jack Draper gesprochen, dem Leiter von Degas. Ich behalte mein persönliches Urteil für den Moment für mich und sage nur, dass er nicht sehr hilfreich war. Oberflächlich hat er genau die richtigen Bemerkungen darüber gemacht, dass die Schule alles tun wird, um Amy zu finden, aber knapp unter der Oberfläche hat er angedeutet, dass sie möglicherweise labil sei, vielleicht eine Affäre mit einem Lehrer habe – kurz gesagt, dass wenn ihr etwas zugestoßen ist, es ihre eigene verdammte Schuld war.

„Lassen Sie mich eines sagen: Es ist eine häufige Reaktion, dem Opfer die Schuld zu geben. Das passiert in der Presse, im

Dorf, sogar vor Gericht. Vielleicht ist es einfach eine menschliche Reaktion und niemand kann etwas dagegen tun. Es kann subtil sein, aber es ist immer toxisch, und wir in der Gendarmerie müssen diesbezüglich wachsam sein. Egal, welche schlechten Entscheidungen ein Opfer vor einer Straftat trifft, er oder sie hat sich *nicht* dafür entschieden, Opfer eines Überfalls, einer Entführung, einer Vergewaltigung oder irgendetwas anderem zu werden. Und *dort* liegt die Schuld – bei der Person, die diese Entscheidung trifft. Dummheit ist nicht gleichbedeutend mit Kriminalität oder auch nur annähernd."

Er blickte auf und sah, dass Thérèses Augen weit geöffnet waren und Maron etwas grimmig dreinschaute. „Es tut mir leid, ich wollte nicht, dass das so belehrend klingt, wie es am Ende war. Ich beschuldige Sie beide dieser Voreingenommenheit nicht mehr als mich selbst. Sie verstehen?"

Perrault und Maron nickten.

„Das war's vorerst zu Draper. Ich habe vor, heute wieder zur Degas zu fahren und zu versuchen, mit Monsieur Gallimard, einem ihrer Lehrer, zu sprechen. Außerdem habe ich die Bennetts angerufen. Sie haben ihre Sorge nicht in Worte gefasst, aber natürlich löst so ein Anruf eine Menge Angst aus. Ich erwarte, bald von ihnen zu hören, falls sie ihre Tochter nicht erreichen. Jetzt lassen Sie mich was hören. Perrault?"

Thérèse setzte sich gerade hin und biss sich auf die Unterlippe. „Ich habe die Anrufe gemacht, Chef. Flughafen Bergerac, Flughafen Bordeaux, alle Autovermietungen im Umkreis von siebzig Kilometern, dasselbe mit Krankenhäusern. Ich habe nichts. Niemand hat sie gesehen, mit ihr gesprochen, nichts. Also dachte ich, ich könnte versuchen, im Dorf Informationen zu bekommen. Ich bin in den Restaurants und Bars herumgegangen –" sie hob ihre Hand, um die Kritik abzuwehren, die sie kommen fühlte – „ich weiß, es war verfrüht ohne Foto oder auch nur eine Beschreibung. Es war nur ein beiläufiges Gespräch."

„Lassen Sie uns nicht zu weit vorausgreifen", sagte Dufort.

„Natürlich ist der erste Gedanke, wenn eine junge Frau vermisst wird, Entführung und anschließendes Sexualverbrechen. Wir suchen nach jemandem, der Amy nach dem Zeitpunkt, zu dem sie zuletzt gesehen wurde, über den Weg gelaufen sein könnte.

„Aber ich möchte nicht, dass die früheren ungelösten Fälle uns zu voreiligen Schlüssen verleiten. Es könnte andere Motive für Amys Verschwinden geben."

„Wie zum Beispiel?", fragte Thérèse und wollte sich gleich darauf dafür ohrfeigen, eine dumme Frage gestellt zu haben.

„Eifersucht, zum Beispiel", sagte Dufort. „Allen Berichten zufolge war sie die Beste an der Degas. Vielleicht wollte ein ehrgeiziger, aber weniger talentierter Klassenkamerad sie aus dem Weg haben."

„Dreiecksbeziehungen sind auch immer eine Möglichkeit", sagte Maron leise.

„Ja, auch etwas in dieser Richtung", stimmte Dufort zu. „Draper wollte mich jedenfalls in diese Richtung lenken." Er hielt inne und bemerkte, dass er sich nur dagegen sträubte, weil es Draper war, der darauf hingewiesen hatte.

„Ich weiß, ich wiederhole mich, aber denken Sie daran, dass wir diese Ermittlung im Grunde inoffiziell und nicht als Gendarmen durchführen. Wir müssen vorsichtig vorgehen, um sicherzustellen, dass ich keine Sanktionen bekomme, verstehen Sie?"

Die Beamten nickten und nahmen synchron einen Schluck von ihrem Kaffee. Perrault grinste, froh darüber, etwas anderes als Verkehrsverstöße zu bearbeiten, und Maron, undurchschaubar wie immer, hielt seine Gefühle tief vergraben und außer Sichtweite.

„Nur unter uns, ich nenne das eine Mordermittlung. Perrault, ich weiß, es ist Ihre erste. Was wir versuchen müssen, ist, uns in die Gedanken einer Person zu versetzen, die dieses Mädchen entführen und ihr schaden wollte. Natürlich müssen wir nach Beweisen suchen und versuchen, ihre Bewegungen akribisch nachzuvollziehen. Wir müssen jeden befragen, von dem wir glauben, dass er Licht in den Fall bringen könnte. Aber all diese Arbeit wird zu nichts führen, wenn wir unsere Vorstellungskraft nicht gut einsetzen."

„Ja, Chef", sagte Perrault strahlend.

7

1 ⁹⁸³
    Der kleine Junge stellte sich auf die Zehenspitzen, um durch das Fenster zu schauen. Das Glas war beschlagen, weil Aline, die Putzfrau, einige Vorhänge in der großen Metallspüle wusch und dabei Unmengen kochenden Wassers verwendete. Dampfwolken stiegen von der Spüle auf und verschleierten ihr Gesicht. Aber es war nicht Alines Gesicht, das Laurent beobachtete. Er schaute auf ihren Körper, genauer gesagt auf ihre Brüste, die üppig waren und drohten, aus ihrem Arbeitskleid zu quellen, als sie sich über ihre Wäsche beugte.

    Er war fünf. Seine Mutter war längst tot, und er sehnte sich danach, Alines Aufmerksamkeit für mehr als nur ein paar Minuten zu haben. Er wünschte sich, dass sie aufhören würde zu arbeiten, ihm über den Kopf streicheln und ihn trösten würde, ihn auf ihren Schoß nehmen und ihm erlauben würde, seinen Kopf an ihre Brust zu legen. Dass sie ihm sagen würde, sie würde ihn von Monsieur Broussard, seinem Vater, wegbringen, der so grausam zu ihnen beiden war.

    Während er zusah, spürte er etwas Erleichterung. Obwohl es draußen kalt war, täuschte ihn der Anblick des Dampfes und ließ ihn sich wärmer fühlen. Er rieb eine kleine Ecke des Fensters frei und konnte Alines rosige Haut deutlicher sehen, konnte ihren erdigen Duft fast riechen.

Doch dann hörte er schwere Schritte. Der Junge erschrak und huschte um die Hausecke. Er durfte seinen Vater nicht sehen lassen, dass er sich bei Aline herumtrieb, sonst würde er sie loswerden, so wie er all die anderen losgeworden war. Und nachdem er sie losgeworden wäre, würde er Laurent verprügeln, ihn anknurren, und der Junge müsste der Schule fernbleiben, bis die blauen Flecken verblasst wären.

Der kleine Laurent schlüpfte in die große Garage, die mit alten Möbeln und Nippes vollgestopft war, und versteckte sich in einem Schrank, wo er vor Kälte zitterte.

8

2 °°5
   Der Samstagsmarkt in Castillac war typisch für Märkte
in ganz Frankreich. Bauern bauten Stände für ihre Blumen,
Gemüse, Fleisch, Meeresfrüchte und Käse auf, neben Händlern
mit meist billigen Kleidern, gebrauchten Büchern, selbstge-
machten Marmeladen, Gewürzen und anderen Kleinigkeiten. An
einigen Klapptischen saßen Sammler von Pilzen, Nüssen und
verschiedenen Wildkräutern mit kleinen Bündeln zum Verkauf,
und gelegentlich richteten auch Verkäufer von so unterschiedlichen Dingen wie Klimaanlagen, Matratzen und Kochgeschirr ihre
Stände ein. Der Markt ging vom frühen Morgen bis Mittag. Dann
wurde alles eingepackt und die Szene war verlassen, weil jeder im
ganzen Dorf zu Mittag aß.

   Es war der erste Samstagsmarkt seit Molly nach Castillac
gezogen war, und sie würde ihn auf keinen Fall verpassen, egal wie
schrecklich ihr Kater war. Verdammte Negronis! Sie lächelte über
den vergangenen Abend, während sie in der Küche herumwühlte
und versuchte, ein Mittel gegen ihre hämmernden Kopfschmerzen zusammenzubrauen. Sicherlich war sie zu alt, um sich
mit Fremden zu betrinken, aber es war absolut unterhaltsam

gewesen, und sie hoffte nur, dass sich Lawrence Weebly im nüchternen Tageslicht als genauso unterhaltsam und freundlich erweisen würde wie letzte Nacht.

Ein Glas Tomatensaft, vollgepackt mit scharfer Sauce? Das schien zu helfen, oder zumindest ihren Mund von dem schrecklichen pelzigen Gefühl abzulenken, das ihr so viel Übelkeit bereitete. Sie kippte es herunter, warf ein paar Aspirin ein und ging auf die Terrasse, um am rostigen Tisch zu sitzen, nachzudenken und eine letzte Tasse Kaffee zu trinken, bevor sie ins Dorf aufbrach.

Aber die Sonne schien genau an diese Stelle, und ihr Kopf pochte und ihre Augen brannten. Sie gab auf und ging nach drinnen, schnappte sich einen Hut und eine Sonnenbrille und machte sich auf den Weg die Rue des Chênes hinunter, den Marktkorb in der Hand. Sie dachte, dass sie genauso aussehen musste wie eine Französin, die mit einem Korb zum Markt ging. Allerdings vermutete sie, dass die meisten Französinnen nicht mit einem solch gewaltigen Kater wie ihrem auftauchten. Im Allgemeinen schienen sie so kontrolliert in ihren Genüssen. Nein, „kontrolliert" war es nicht, vielleicht ... gemäßigt. Also eher ein kleines Eclair am Sonntag, anstatt sie bei jeder Gelegenheit in sich hineinzustopfen. *Ahem.* Und vielleicht ein Negroni, nicht zwei plus dieser schreckliche Cognac mit Sprite.

Nun, dachte sie, ich mag zwar in Frankreich leben, aber ich werde immer eine Amerikanerin bleiben. Es lebe die Maßlosigkeit! Und dann zuckte sie zusammen, da selbst ein Gedanke mit einem Ausrufezeichen ihren Kopf schmerzen ließ.

Die Straße war überfüllt mit Markttagsverkehr, und Autos parkten fast den ganzen Weg bis La Baraque. Molly hielt eine Hand auf ihrem Bauch und dachte an Käse und Eclairs, frische Würste und Pilze, und all die anderen Schätze, die sie sicher finden würde. Sie rieb sanft hin und her und versuchte, ihren unglücklichen Bauch zu beruhigen.

Stände waren in der Mitte des Place und überall rundherum sowie einige Seitenstraßen hinunter aufgebaut. Molly ging herum, staunte und ließ all das Geplapper über sich hinwegfegen. Sie versuchte nicht, Gespräche zu verstehen, sondern schaute nur und ging langsam, um ihren Kopf nicht weiter zu belasten. Sie war dankbar, dass niemand zu aufdringlich zu verkaufen versuchte und sie bummeln und sich alles ansehen konnte, ohne übereifrige Verkäufer abwehren zu müssen.

Vielleicht ein Gemüseteller zum Abendessen, dachte sie, etwas Gesundes und leicht Verdauliches. Sie erspähte eine Frau mittleren Alters, die einen Gemüsestand betrieb, und ging hinüber.

„Bonjour madame", sagte Molly.

„Bonjour madame!", sagte die Frau und strahlte sie an. Sie war ziemlich rundlich, trug eine schmutzige Schürze, und ihre Augen funkelten vor guter Laune.

„Ich denke, zum Abendessen nehme ich nur Gemüse heute Abend", sagte Molly tapfer.

„Nur Gemüse? Ich liebe es, ich züchte es, wie Sie sehen. Aber Madame, es schmeckt am besten in Fleischbrühe gekocht oder in einer schönen Buttersauce neben einem Steak. Haben Sie schon einmal in Entenfett gekochte Kartoffeln probiert?"

„Nein, Madame." Molly grinste, weil sie verstehen konnte, was die Frau sagte. Obwohl sie immer noch Schwierigkeiten hatte zu sprechen, kam zumindest das Verstehen zurück - ein erstaunliches Gefühl, als würden sich Schränke in ihrem Gehirn öffnen, in denen sich Schätze fanden.

„Nun, Molly, Sie können nicht in die Dordogne ziehen und nicht mindestens einmal in Entenfett gekochte Kartoffeln probieren. Natürlich werden Sie sie, sobald Sie sie probiert haben, jede Woche wollen! Oder jeden Abend!" Die Frau deutete auf einen Korb mit knorrigen, erdverkrusteten Kartoffeln.

Molly spürte, wie ihr Gesicht errötete. Es war einfach seltsam, dass jeder ihren Namen zu kennen und zu wissen schien, dass sie die Frau war, die gerade nach Castillac gezogen war, bevor sie irgendeine Chance hatte, es ihnen selbst zu sagen.

„Ich brauche ... ich frage mich", begann sie, und dann gewann sie an Schwung, als ihre Entschlossenheit wuchs, „Jeder kennt meinen Namen und weiß, dass ich nach Castillac gekommen bin, um hier zu leben. Wie kommt das?"

Die Frau lachte. „Wir reden", sagte sie achselzuckend. Und dann lehnte sie sich über einen Korb mit Paprika und nahm Molly bei den Schultern und küsste sie auf beide Wangen. „Ich bin Manette", sagte sie, „*Bienvenue* in Castillac! Ich bin nur traurig, dass Sie gerade jetzt gekommen sind, wo wir im Griff einer Verbrechenswelle sind."

„Verbrechenswelle?"

„Nun, meinem Nachbarn wurde seine Schubkarre direkt aus seinem Vorgarten gestohlen. Wer hat je von so etwas in Castillac gehört? Und außerdem erzählt mir Robert, dass jemand in seinen Garten eingedrungen ist und all seine Artischocken genommen hat, genau zum Höhepunkt der Reife. So etwas ist hier unerhört! Und obendrein ist da noch dieses Mädchen aus der Kunstschule, das verschwunden ist."

„Davon habe ich gehört", sagte Molly. „Machen Sie sich Sorgen, dass es ... schlimm ist?"

Die Frau rieb sich die Hände an ihrer Schürze. „Wer weiß", sagte sie. „Die Leute sagen, oh, junge Mädchen laufen ständig weg und dann stellt sich heraus, dass sie den Freund ihrer besten Freundin gestohlen haben oder so was. Aber ich denke, das sind nur Geschichten aus Filmen. Wunschdenken, verstehst du? Im wirklichen Leben, glaube ich, wenn Mädchen verschwinden, ist das kein Scherz mit einem Happy End. Meistens ist es, weil jemand sie *verschwinden ließ*, und sie kommen nicht zurück."

Mollys Augen weiteten sich. Es war einer dieser *Aha!*-Momente, in denen ihr klar wurde, dass ihr Denken völlig falsch gewesen war und die Frau genau richtig lag – als sie von dem verschwundenen Mädchen hörte, hatte sie sich zahlreiche Gründe ausgedacht, um ihre Abwesenheit zu erklären, und es stimmte absolut, dass diese Gründe eher aus Filmen und Romanen als aus dem wirklichen Leben stammten.

„Ich verstehe", sagte sie. „Und... ich glaube, Sie haben recht."

Die beiden Frauen standen einen langen Moment da und sahen sich in die Augen, teilten ihr Mitgefühl für das vermisste Mädchen und auch einen Anflug von Angst um sich selbst und die anderen Frauen im Dorf, denn wenn die Kunststudentin von jemandem entführt worden war und immer noch vermisst wurde und vielleicht nicht zurückkommen würde, und niemand gefasst wurde, waren dann nicht auch alle anderen in gewisser Gefahr?

Dann hellte sich Manettes Miene auf, sie deutete auf die Paprika und sagte: „Sie sind gerade auf ihrem Höhepunkt, Molly. Genau die richtige Menge Regen, sodass der Geschmack exquisit ist, wenn ich das so sagen darf."

„Ich nehme drei", sagte Molly und dachte erleichtert an das Abendessen statt an Gewalt. „Und können Sie mir jemanden für Würste empfehlen?"

Manette lächelte. „Das wird ein schönes Abendessen", sagte sie. „Gehen Sie zu Raoul auf der anderen Seite des Platzes. Politisch ist er verrückt wie ein Huhn, aber er hat ein großes Talent dafür, Schweine zu züchten und Würste zu machen. Diese Schweine werden wie Prinzen behandelt, was lustig ist, weil Raoul so weit links steht, dass Mitterrand im Vergleich wie ein Royalist wirkt."

Molly kaufte ihre Würste und machte sich auf den Heimweg, ohne einen Umweg zur Pâtisserie Bujold zu machen. Ihr Kopf hämmerte und sie fühlte, dass sie sich hinlegen musste. Manettes Worte waren beunruhigend gewesen. War sie wirklich der hohen Kriminalität ihrer Heimat entkommen, nur um sich inmitten einer dörflichen Verbrechenswelle wiederzufinden, mit Entführung und Mord und allem drum und dran? Das war sie ganz sicher nicht.

So sehr sie es auch hoffen wollte, sie wusste, dass Hoffnung unter solchen Umständen nicht viel änderte.

§&.

B<small>ENJAMIN</small> D<small>UFORT</small> <small>VERLIESS DIE</small> S<small>EITENGASSE</small>, in der sich das
Büro des von ihm frequentierten Kräuterkundigen befand, eine
neue blaue Glasflasche mit einer stresslindernden Tinktur in der
Tasche. Er bahnte sich seinen Weg über den Markt, plauderte mit
alten Freunden und Nachbarn, immer mit einem offenen Ohr für
alles Ungewöhnliche, jeden zufälligen Informationsfetzen, der
ihm bei seinem neuen Fall helfen würde. Bisher war ihm nicht ein
einziges Stückchen über den Weg gelaufen, oder zumindest hatte
er es nicht als solches erkannt. Es war immer möglich, dass er
darauf gestoßen war, es aber nicht erfasst hatte, egal wie
aufmerksam er zu sein versuchte.

Er war wieder auf dem Weg zum Institut Degas, in der Hoffnung, einen von Amys Lehrern für ein informelles Gespräch zu
erwischen. Ein Plausch, nicht mehr, nur für den Hintergrund –
das würde er Professor Gallimard sagen, der nicht auf der Liste
der Verdächtigen stand, die leider zu diesem Zeitpunkt völlig leer
war. Allen Berichten zufolge war er ein seriöser Mann, der völlig
in seiner Kunst und seinem Unterricht aufging, und Dufort hatte
kein einziges Wort gehört, das auf etwas Unangemessenes in
seiner Beziehung zu Amy Bennett hindeuten würde. Eine ernsthafte, engagierte Schülerin und ein ernsthafter, talentierter Lehrer
– das konnte eine ziemlich profitable Kombination sein, dachte
Dufort, und er hoffte, dass Gallimard etwas Hilfreiches zu sagen
haben würde, obwohl er nicht zu erraten versuchte, was es sein
mochte.

In der Zwischenzeit genoss Dufort den wunderschönen Sams-
tagmorgen. Das Wetter war absolute Perfektion, klar und sonnig,
aber nicht heiß, mit gelegentlichen Schönwetterwolken, die in
einer leichten Brise vorbeizogen. Er roch einen starken Lavendel-
duft und sah, dass er an einem Händler aus der Provence vorbeikam, der Säcke mit den Blumen offen herumstehen hatte, mit
kleinen Schildern in jedem Sack, die den Preis angaben. Weiter

vorn sah er Rémy, einen Bio-Bauern, der einen Berg wunderschöner Tomaten zum Verkauf anbot. Sie küssten sich auf die Wangen, einmal auf jede Seite, Freunde seit der Kindheit.

„*Mon Dieu*, Rémy! Wie viele Sorten züchtest du jetzt?"

„Bonjour Benjamin! Ich habe den Überblick verloren. Es sind alle alte Sorten, *bien sûr*, du solltest mal meine Saatgut-Aufzeichnungen sehen! Es ist kompliziert, den Überblick zu behalten, und nimmt viel Zeit in Anspruch, aber wenn ich mit so einer Ausbeute auf den Markt komme, lohnt es sich. Komm schon, selbst ein verschrobener alter Junggeselle wie du braucht ein paar Tomaten auf der Küchentheke – hier, probier mal eine." Rémy nahm ein gezacktes Messer und schnitt durch eine runde gelbe Tomate mit grünen Streifen, dann hielt er eine Scheibe hin.

Dufort schüttelte den Kopf, nahm aber die Scheibe und aß sie. Schnell nickte er und sagte: „In Ordnung, ich werde nicht widersprechen! Gib mir ein paar Kilo, etwas, das ich in ein paar Tagen aufessen kann."

Rémy lächelte und begann, Tomaten auf seine Waage zu legen. Dufort drehte sich um und beobachtete den Markt.

„Was hat es mit dem vermissten Mädchen auf sich?", fragte Rémy.

„Hier bleibt wohl nichts geheim, oder?"

„Natürlich nicht. Jeder redet darüber, hat seine Lieblingstheorien, du weißt doch, wie das ist."

Dufort griff gedankenverloren nach einer weiteren Scheibe der gelben Tomate und aß sie. „Ich habe dir nichts zu sagen. Ich halte nichts aus offiziellen Gründen zurück – ich sage, ich habe nichts. Keine Ahnung, wo sie ist, ob sie entführt wurde oder aus freien Stücken irgendwohin gegangen ist. *Nichts*."

Rémy stemmte die Hände in die Hüften und betrachtete seinen alten Freund. Er wünschte sich, Benjamin hätte etwas anderes in seinem Leben als nur die Arbeit, aber irgendwie war es jetzt, mit Mitte dreißig, genau das, was Benjamin hatte. Arbeit und Fitnesstraining. Rémy schüttelte den Kopf.

„Und ich muss fragen ...", Rémy senkte seine Stimme und beugte sich zu seinem Freund, „... denkst du, es gibt irgendeinen Zusammenhang ... mit den anderen?"

Duforts Gesicht wirkte steinern. „Ich weiß es nicht", sagte er schlicht. Die Männer sahen sich in die Augen, all ihre Emotionen lagen in den Blicken, die sie austauschten.

„Also, wie immer schön, dich zu sehen", sagte Dufort und spürte, wie seine Anspannung zunahm. „Ich sollte los, hab noch viel zu tun, wie du dir denken kannst."

Rémy nickte. „Hier", sagte er und hielt die Tüte mit Tomaten hin. „Aber geh vorsichtig damit um, sie mögen es nicht, herumgeschüttelt zu werden."

Dufort griff in seiner Tasche nach Geld, aber Rémy winkte ab. „Nimm sie einfach", sagte er. „Und lad mich irgendwann mal zum *Apéro* ein, ja?" Er grinste und schaute hinter Dufort zu einer Frau, die darauf wartete, an der Reihe zu sein.

Dufort ging ihr aus dem Weg und verließ den Platz in Richtung der Straße, die zum L'Institut führte. Er überlegte, welche Fragen er Gallimard stellen könnte und welchen unerwartete Richtung er mit dem Gespräch einschlagen könnte, damit vielleicht etwas Hilfreiches dabei herauskommen würde. Am Rande seiner Gedanken schwirrte Valérie Boutillier herum und die winzige Handvoll Details, die er in ihrem Fall gesammelt hatte. Auch sie hatte keinen offensichtlichen Grund zu verschwinden gehabt – tatsächlich hatte sie am Abend vor ihrem Verschwinden ihre Aufnahme in ein prestigeträchtiges Universitätsprogramm gefeiert.

Während er ging, nahm er gedankenverloren eine Tomate aus der Papiertüte und biss hinein, aber der Geschmack war so intensiv, dass er mitten im Schritt stehenblieb und ihr seine volle Aufmerksamkeit schenkte. Er achtete darauf, keinen Saft auf sein Hemd zu tropfen, und amüsierte sich darüber, wie entsetzt seine Mutter wäre, ihn so am Straßenrand essen zu sehen wie einen Barbaren.

9

Die Sonntagmorgen in Castillac waren ruhig. Die romanische Kirche am Platz lockte einen stetigen Strom von Besuchern an, weil sie eine architektonische Besonderheit war, aber die Gemeinde, die wöchentlich zum Gottesdienst kam, schrumpfte fast jedes Jahr, da die älteren Mitglieder verstarben. Was das Dorf am Sonntagmorgen tat, war, Zeit mit der Familie zu verbringen, das große Sonntagsessen vorzubereiten, zur Pâtisserie Bujold oder deren Konkurrenten für Gebäck zu gehen und in Hausschuhen zu faulenzen, die Zeitung oder vielleicht einen neuen Kriminalroman zu lesen. Die Ambitionierteren mochten im Garten werkeln.

Es war ein Tag für Familie, Entspannung und Essen.

Für Gilles Maron waren Sonntage eine langweilige Plage. Er kam aus dem Norden Frankreichs, in der Nähe von Lille, und er war froh, so weit von seiner Familie entfernt zu sein, denn sie waren ein giftiges Rudel Hyänen, und so war es viel besser. Er schätzte Essen natürlich, hatte aber festgestellt, dass ambitioniertes Kochen für eine Person allein eher deprimierend als befriedigend war, und er hatte nach acht Jahren Singleleben eine Abneigung gegen Reste entwickelt.

Nach dem Frühstück schlenderte Maron zum Degas hinüber. Er nahm an, dass Studenten, die weit von zu Hause entfernt waren, ebenfalls keine Sonntagspläne hatten, oder falls doch, dass diese Pläne keine familiären Verpflichtungen beinhalteten, aus denen sie sich nur schwer lösen könnten. Er wollte mit Maribeth Donnelly sprechen, der Mitbewohnerin, die Amys Verschwinden gemeldet hatte.

Es gab nur ein Wohnheim, das er leicht genug fand, aber er sah kein Verzeichnis oder irgendetwas, das ihm verraten hätte, welches ihr Zimmer war. Die Haupttür war verschlossen. Maron wanderte einige Minuten über den Campus und fragte sich, wie kurz die Leine war, an der Dufort ihn zu halten erwartete. Konnte er auf eigene Faust ermitteln, ohne direkte Anweisungen? Würde sein Chef erfreut sein, wenn er mit Beweisen käme, oder verärgert, dass er eigenständig gehandelt hatte?

Maron war seit über einem Jahr in Castillac, aber sie hatten noch keinen richtigen Fall gehabt, nichts außer ein paar häuslichen Streitereien und einer gestohlenen Schubkarre, wenn man Trunkenheit am Steuer und Parkverstöße nicht mitzählte. Parkverstöße! Er hatte definitiv erwartet, zu diesem Zeitpunkt in seiner Karriere schon viel weiter zu sein und keine dummen Strafzettel mehr zu schreiben. Natürlich hatte er von den anderen Vermisstenfällen gehört, aber die waren weit vor seiner Zeit gewesen.

Als er zur Vorderseite des Wohnheims zurückkam, sah er einen jungen Mann vor sich auf dem Weg. Der Student zog seinen Ausweis durch, um die Tür zu öffnen, und Maron war direkt hinter ihm und schlüpfte so leise durch die Tür, dass der Student nichts hörte. Er lief die Treppe hinauf und außer Sichtweite. Vom Foyer im Erdgeschoss gingen zwei Flure ab, und Maron öffnete die Tür nach links und schlich so leise wie möglich voran, auf der Suche nach einer Möglichkeit, Amys und Maribeths Zimmer zu identifizieren und hoffentlich Maribeth dort zu finden. Einige der Studenten hatten Whiteboards an ihren Türen angebracht –

seltsam in dieser Ära des Textens, dachte Maron, aber die meisten zeigten Zeichnungen statt Nachrichten, was Sinn ergab, da es schließlich ein Wohnheim einer Kunstschule war.

Er hörte einige junge Frauen sprechen und ging mit gespitzten Ohren in Richtung des Geräuschs. Als er zu ihrem Zimmer kam, hielt er den Atem an und lauschte, und als ihre Stimmen immer noch etwas zu undeutlich waren, drückte er verstohlen sein Ohr an die Tür.

„Ich weiß nicht, ich ... glaube einfach nicht."

„Ich sag dir, er ist interessiert! Warum, glaubst du, kommt er ständig zu unserem Zimmer?"

„Er will nur meine Vorlesungsnotizen."

„Deine Notizen *sind* wirklich gut." Pause. „Hör zu, ich weiß, er flirtet mit mir, aber ich sage dir, er tut das nur, um dich zu provozieren. Es geht um dich, nicht um mich!"

„Ach, halt die Klappe!" Die Frauen lachten.

Maron nahm den Kopf von der Tür und ging weiter den Flur entlang. Er überlegte, anzuklopfen, seine Marke zu zeigen und zu fragen, wo Maribeths Zimmer sei, aber er wollte einen weniger direkten Weg finden, etwas Unauffälligeres. Am Ende des Flurs war eine Treppe, und Maron ging sie zwei Stufen auf einmal hinauf und begann dann den Flur im zweiten Stock entlangzugehen, angestrengt nach Stimmen, Schritten, Hinweisen lauschend.

Gerade als er an einer Tür vorbeischlich, kam ein Student heraus und wäre fast in ihn hineingelaufen.

„*Pardon*", sagte Maron. „Könnten Sie mir das Zimmer von Maribeth Donnelly sagen?" Er hatte die Hand an seiner Marke, hoffte aber, sie nicht benutzen zu müssen.

„Dritter Stock. 314, glaube ich", sagte der junge Mann und eilte den Flur hinunter und polterte die Treppe hinab.

Maron lächelte, folgte ihm zur Treppe und ging in den dritten Stock. Der Flur war ruhig. Er hörte kein Gespräch, keine Bewegung. Die Sicherheit war offensichtlich unzureichend – er war mit sehr wenig Aufwand ins Gebäude gekommen. Die Studenten hielten ihre Türen geschlossen, aber Maron wettete, meist unverschlossen. Zumindest am Sonntagmorgen gab es keine Aktivität in den Fluren, keine Gruppen von Studenten, die sich unterhielten und jemanden, der nicht hierher gehörte, abschreckt hätten.

Wenn jemand wollte, könnte er diese Flure als Jagdrevier behandeln. Studenten waren leichte Beute – jung und leicht abzulenken, oft leichtgläubig, noch überzeugt von ihrer Unsterblichkeit. Und schön dazu. Oft sogar sehr schön.

Er fand 314 und legte zuerst sein Ohr an die Tür. Er glaubte, etwas zu hören, kein Gespräch, aber Bewegung, möglicherweise das Geräusch eines Buches, das auf einen Tisch fiel. Er klopfte fest.

Eine junge Frau öffnete die Tür einen Spalt. „Ja?", sagte sie.

„Bonjour mademoiselle, ich bin Gilles Maron von der Gendarmerie. Es tut mir leid, Sie zu stören. Sind Sie zufällig Maribeth Donnelly?"

Sie öffnete die Tür. „Ja, die bin ich", sagte sie. Maron bemerkte, dass ihr französischer Akzent ziemlich gut war. Sie trug eine Jogginghose – so amerikanisch! – und einen Hoodie sowie Flip-Flops. Sie schloss die Tür hinter sich und trat in den Flur. „Sind Sie wegen Amy hier?"

„Ja", sagte Maron und wünschte, sie hätte ihn in den Raum eingeladen. „Sie haben nicht zufällig etwas von ihr gehört?"

Maribeth schüttelte den Kopf.

„Dann frage ich mich, ob Sie vielleicht ein Foto von ihr haben, das Sie mir geben könnten. Wenn wir suchen sollen, müssen wir wissen, wie sie aussieht."

Er lächelte, aber Maribeth erwiderte das Lächeln nicht. Sie fand, dass dieser Gendarm etwas Kaltes an sich hatte, und wünschte, die nette Frau, mit der sie bei ihrem Anruf gesprochen hatte, wäre diejenige gewesen, die ihr einen Besuch abgestattet hätte.

„Tut mir leid, ich fürchte nicht. Ich habe Unmengen von

Schnappschüssen auf meinem Handy, aber keine Abzüge von irgendwas."

„Schnappschüsse auf Ihrem Handy würden auch funktionieren", sagte Maron. „Natürlich schlage ich nicht vor, dass ich Ihnen Ihr Handy abnehme", fügte er hinzu, als er ihren entsetzten Gesichtsausdruck sah. „Vielleicht könnten Sie mit mir zur Dienststelle kommen, und wir können dort einige Ausdrucke machen?" Er wusste, dass dies unnötig war, aber er dachte, er könnte sie auf dem Rückweg ins Dorf zum Reden bringen.

„Ja. Ich werde alles tun, um zu helfen", sagte Maribeth, die sich plötzlich daran zu erinnern schien, dass ihre Mitbewohnerin vermisst wurde, und die Wucht ihrer Angst darüber zu spüren bekam. In den letzten Tagen hatte Maribeth festgestellt, dass sie völlig verrückt wurde, wenn sie die ganze Sache nicht zeitweise beiseiteschob. Und wenn sie sich dann erinnerte und merkte, dass sie ihren Alltag gelebt und es verdrängt hatte, wurde sie von Schuldgefühlen geplagt.

„Könnte ich sie Ihnen mailen? Ich kann es sofort machen?"

„Natürlich."

Maron kramte in seiner Tasche nach seiner Karte und reichte sie ihr. „Meine Adresse steht genau da. Vielen Dank für Ihre Hilfe, Mademoiselle Donnelly. Wenn ich schon hier bin, darf ich fragen – was ist Ihre Meinung zu der Situation? Glauben Sie, Ihre Freundin könnte aus irgendeinem Grund weggefahren sein – wegen eines Freundes oder vielleicht wegen ihrer Kunst? – und einfach vergessen haben, jemandem Bescheid zu geben?"

Maribeth steckte ihre Fäuste in die Kängurutasche ihres Hoodies. „Null Chance. Amy ist keine Verrückte. Ich meine, *überhaupt* nicht. Sie ist eine fantastische Malerin, super talentiert, aber sie macht nicht diesen ganzen Quatsch mit, dass Künstler wild und verrückt und praktisch geisteskrank sein müssen. Amy ist, wissen Sie, ernsthaft bei Sachen."

„Und... es tut mir leid, das anzusprechen, aber keine Ahnung, dass sie vielleicht Selbstmord begangen haben könnte? Irgendetwas in der Art?"

„Gott, nein. Sie hatte gerade den Marfan-Preis gewonnen, sie war auf dem Gipfel der Welt!"

„Marfan?"

„Das ist ein Preis, der jedes Jahr an einen sehr vielversprechenden Kunststudenten vergeben wird. Leute, die ihn gewonnen haben, machen oft erfolgreich Karriere. Außerdem sollte sie etwas Geld bekommen."

„Haben Sie eine Ahnung, wie viel?"

„Nein, tut mir leid. Ich glaube nicht, dass es eine riesige Summe war. Obwohl für Studenten jede Summe riesig ist, verstehen Sie?"

Maron nickte und versuchte freundlich zu lächeln. „Und ihre Sachen – ist ihre Handtasche noch hier? Geldbörse und so weiter?"

„Sie trug immer einen Rucksack bei sich, einen ziemlich großen. Malutensilien und Junkfood", sagte Maribeth mit einem dünnen Lachen. „Der ist nicht im Zimmer, ihr Handy auch nicht."

Maron zögerte, das Interview fortzusetzen, da er es ohne Duforts Wissen durchführte. Er hätte anrufen und um Erlaubnis bitten können, aber aus irgendwelchen ihm selbst unerfindlichen Gründen wollte er dieses Treffen für sich behalten. „In Ordnung, das ist hilfreich, Mademoiselle. Und die Fotos werden es auch sein. Danke und haben Sie einen angenehmen Sonntag."

Maribeth nickte Maron zu und sah ihm dann nach, wie er den Flur hinunter und durch die Türen am Ende ging. Er war ein recht gutaussehender Mann, groß und fit, mit einem Gesicht, dessen Züge fast ausreichend für ein Model waren. Doch sie fand ihn nicht attraktiv. Ganz im Gegenteil sogar.

MARON WAR NICHT der einzige Junioroffizier, der am Sonntag arbeitete - oder es zumindest versuchte. Thérèse Perrault hatte den Morgen mit ihrer Familie verbracht: Eltern, beide Großelternpaare, ihre ältere Schwester mit ihrem Mann und zwei Kindern, und ein Onkel, der „seltsam" war und, so lange Thérèse zurückdenken konnte, jeden Sonntag zum Mittagessen kam. Für sie war das Sonntagsessen ein angenehmer Teil ihrer Woche. Sie freute sich auf die leckeren Dinge, die ihre Mutter und Großmutter in der Küche zauberten, sie genoss es, mit ihrem Vater herumzualbern, und sie ertrug sogar ihre ältere Schwester.

Der einzige weniger ansprechende Aspekt war, dass, je älter sie wurde, immer mehr Anspielungen gemacht wurden, dass ihre Karriere als Gendarme der Gründung einer eigenen Familie im Weg stand. Sie war es leid, die Kommentare abzuwehren. Es war nicht so, dass Thérèse etwas gegen Ehemänner und Kinder hatte, sie war einfach noch nicht daran interessiert. Sie war schließlich erst vierundzwanzig - keine verrunzelte alte Schachtel.

Und an diesem Sonntag war sie nervös und ein wenig ungeduldig und wollte, dass das Mittagessen vorbei war, damit sie zur Dienststelle gehen, ein bisschen recherchieren und in Ruhe nachdenken konnte. Später, wenn es auf dem Platz lebhaft wurde, plante sie, sich unter die Leute zu mischen und zu sehen, was sie herausfinden konnte. Jemand musste etwas gesehen oder gehört haben, wenn Amy Bennett nicht aus eigenem Antrieb weggegangen war. Thérèse musste nur mit der richtigen Person sprechen. Oder Personen.

Amy *könnte* auch einfach aus eigenem Antrieb weggegangen sein, das ist immer noch möglich, bis das Gegenteil bewiesen ist, erinnerte sich Thérèse. Sie stand am alten gusseisernen Ofen in der Küche ihrer Mutter, wo sie als Kind den ganzen Winter über gespielt hatte, und spähte in einen Kupfertopf, in dem in Butter geschmorte Karottenscheiben brodelten.

„Die liebe ich, *Maman*", sagte sie fröhlich.

„Du kannst mich nicht täuschen", sagte ihre Mutter. „Du

willst zurück ins Büro, nicht wahr? Du würdest jetzt das Mittagessen ausfallen lassen, wenn wir dich ließen." Sie wischte sich die Hände an ihrer Schürze ab, nahm ein Küchenmesser und begann, Radieschen in hauchdünne Scheiben zu schneiden.

„Erstens ist es eine Station, Maman, kein Büro. Und zweitens, ja, endlich habe ich etwas zu tun, das wichtig ist, und meine Art von Arbeit kann man nicht einfach aufschieben, bis ich dazu komme. Sie ist zeitkritisch. Du verstehst das doch."

„Ich verstehe das", sagte ihre Mutter, drehte sich um und blickte ihrer Tochter ins Gesicht. „Und ich bin froh für dieses Mädchen, dass du nach ihr suchst."

Die beiden Frauen sprachen eine Weile nicht, beide dachten an Valérie, Elizabeth Martin und jetzt Amy, und kämpften mit ihrem Wunsch, optimistisch zu sein, sowie mit ihrer Angst. Die Küche war warm und roch nach Butter und gebratener Ente. „Wasch den Salat, ja?", sagte ihre Mutter.

„*Oui*, Maman", sagte Thérèse und fragte sich, wo ihre Großmutter war, die normalerweise so pingelig mit dem Salat war, dass sie ihn selbst wusch.

Nachdem sie die gewaschenen und getrockneten Blätter in der Salatschüssel angerichtet hatte, trat sie durch die Küchentür nach draußen, wo ihre Nichte und ihr Neffe ein Spiel spielten, das eine Basis aus einem zerbrochenen Teller, verschiedene Superkräfte und geschwungene Stöcke beinhaltete.

„Tut mir nichts!", lachte Thérèse, als sie vorbeiging. Die Kinder stürmten auf sie zu und drohten, sie zu stechen, wobei sie ein Kauderwelsch von Beschwörungen schrien. „Ich ergebe mich!", sagte sie und hob die Hände.

Die Kinder kreischten, rannten um die Hausecke und direkt in ihren Vater, Frédéric, hinein, was zu noch lauterem Kreischen und mehr Stockschwingen und Zaubersprüchen führte.

Frédéric ging zu Thérèse hinüber, die so tat, als würde sie den Garten betrachten, in Wirklichkeit aber über die spärlichen Details des Bennett-Falls nachdachte.

„Bonjour, wie geht's dir, Thérèse?" Sie küssten sich auf die Wangen.

„Nicht schlecht, Fred. Ich bin nur – ich bin ungeduldig, wieder an die Arbeit zu gehen. Wir haben endlich etwas zu tun. Ich meine etwas Echtes."

Fred nickte. „Du bist glücklich mit deiner Arbeit?"

Sie strahlte. „Sehr sogar. Ich meine, ich will nicht so klingen, als ob ich froh wäre, dass jemand möglicherweise in Schwierigkeiten oder verletzt ist, ich weiß, das klingt furchtbar. Aber ich gebe zu, eine Vermisstensuche ist um einiges interessanter als Strafzettel für zu schnelles Fahren zu verteilen, weißt du? Es fühlt sich an, als ob das, was ich tue, etwas zählt."

„Ich verstehe", sagte Fred. Er drehte sich um, um seinen Kindern zuzusehen, wie sie vorbeisausten und um die andere Seite des Hauses verschwanden. „Ist es in Ordnung, wenn ich frage, was ihr unternehmt, um sie zu finden? Ich meine, ich habe versucht mir vorzustellen, was getan werden muss, und es scheint überwältigend. Selbst wenn, sagen wir, jemand das Mädchen hier in Castillac ermordet hat – es gibt jede Menge leerstehende Gebäude, und dann ist da noch die ganze Landschaft. Unmöglich, überall zu suchen, oder?"

„Es ist entmutigend", antwortete Thérèse. „Deshalb investieren wir so viel Mühe in die Suche nach Informationen, nach Hinweisen, damit eine Suche gezielt sein kann, anstatt einfach wahllos zu versuchen, ein großes Gebiet abzudecken. Wir sind alle durch das Schauen von Polizeiserien konditioniert, aber natürlich lässt das Fernsehen es einfach aussehen, da alles in einer Stunde abgeschlossen sein muss. Im echten Leben, wie du dir sicher denken kannst, ist die Arbeit viel zeitaufwendiger und mühsamer."

„Ich bin ein wenig überrascht, dass du dich so dafür begeistern kannst", sagte er. „In der Schule, erinnere ich mich..."

„Ich weiß, ich war eine schreckliche Schülerin", sagte Thérèse lachend. „Und diese Bürojobs, die ich nach dem Abschluss bekam

– darin war ich genauso schlecht. Ich schätze, ich bin einer dieser Menschen, die einfach das genau Richtige finden müssen."

Dann standen sie da und hörten dem Geschrei der Kinder zu, warteten darauf, dass Maman sie zum Essen rufen würde, und fragten sich beide, wo in aller Welt Amy Bennett wohl sein mochte.

10

Es war fast Abenddämmerung am Sonntagabend, und endlich konnte Molly verkünden, dass sie von dem elenden Kater befreit war, der sie das ganze Wochenende mit Sonnenbrille und Aspirin-Tabletten hatte verbringen lassen. Sie fühlte sich so viel besser, dass sie beschloss, einen Spaziergang zu wagen. Leider würde die Pâtisserie Bujold geschlossen sein, also würde sie vielleicht in die andere Richtung gehen, aus der Stadt heraus, um zu sehen, wie es dort aussah, und dankbar dafür zu sein, nicht den Tod durch zwei Negronis gestorben zu sein.

Die Rue des Chênes war ruhig, und schon bald standen die Häuser weit auseinander und sie befand sich auf dem Land. Sie schlenderte dahin, wünschte sich einen Hund als Begleitung und musterte die Häuser und dann die Bauernhöfe am Wegesrand. Sie versuchte, unauffällig zu starren, aber es schien, als wären alle drinnen und sammelten sich für die kommende Woche. Sie erinnerte sich daran, wie unangenehm Sonntagabende gewesen waren, als sie noch in einem Büro gearbeitet hatte – wie schwer es gewesen war, sich nicht von Bedauern über das zu Ende gehende Wochenende verzehren zu lassen, und an die Aussicht auf die bevorstehende Woche, die, obwohl sie noch nicht einmal begonnen hatte, sich scheinbar bis in die Unendlichkeit zu erstrecken schien.

Molly war in ihrer Arbeit als Spendensammlerin nicht glücklich gewesen. Sie hatte den Job bekommen, weil sie gesprächig und gesellig war und im Allgemeinen gut mit Menschen umgehen konnte, aber wie sich herausstellte, beinhaltete das nicht die Fähigkeit, Menschen um Geld zu bitten. Sie zog es bei weitem vor, Klatsch auszutauschen und über ihre Witze zu lachen. Wenn der Moment kam, nach einem Scheck zu fragen – und sie erkannte den Moment durchaus, ihr Timing war völlig in Ordnung –, begann sie zu murmeln und das Thema zu wechseln. Die Leitung einer Gîte-Vermietung erwies sich als unendlich viel besser für sie geeignet, obwohl sie zugab, dass sie nach kaum einer Woche noch kein fundiertes Urteil fällen konnte.

Die Straße machte eine Kurve, und zu beiden Seiten war ein Wald aufgetaucht, ohne Häuser in Sicht, stattdessen Farnbänke mit einem Hauch von herbstlichem Gelb, die sich verdunkelten, als die Sonne ohne Sonnenuntergangsfarben am Himmel unterging. Es war so still, dass sie nichts als Vogelchöre hören konnte. Ich sollte wirklich eine CD mit Vogelrufen besorgen, damit ich lerne, welche Vögel ich höre, dachte sie, wohl wissend, dass sie nichts dergleichen tun würde.

Sie hörte Schritte, jemand lief. Plötzlich zog sich ihr Herz zusammen und sie dachte an das vermisste Mädchen. Angst durchströmte ihren Körper und ihre Adern fühlten sich wie Eis an. Sie blieb stehen, wie erstarrt, unfähig zu entscheiden, ob sie sich umdrehen und weglaufen oder in die Farne springen und sich verstecken sollte.

Sie wedelte mit den Händen an ihren Seiten und versuchte, sich zusammenzureißen. Wenn dem Mädchen etwas zugestoßen war und niemand davon wusste, dann würde derjenige, der es auf eine Studentin abgesehen hatte, wohl kaum hinter ihr her sein, fast vierzig Jahre alt, deren Mann sie nach einer Affäre mit einer Barista bei Starbucks sang- und klanglos verlassen hatte. Und dann schloss sie fest die Augen und öffnete sie wieder, als ihr klar wurde, wie vollkommen unsinnig dieser Gedanke war.

Die Schritte wurden lauter. Sie kamen von vorn, gleich um die nächste Biegung. Molly setzte eine Miene auf, die selbstsicherer wirken sollte, als sie sich fühlte, und schritt mit gespielter Zuversicht voran. Um die Kurve erschien ein Mann, der gemächlich joggte. Er war kräftig gebaut, von mittlerer Größe mit breiten Schultern und muskulösen Armen und Beinen. Seine Haare waren nicht nach der aktuellen Mode geschnitten, sondern sehr kurz, im Bürstenschnitt. Er war verschwitzt, und Molly bemerkte trotz ihrer Bedenken, dass er recht gutaussehend war.

Doch als er näherkam – er beschleunigte, sie war sich sicher, dass er jetzt schneller lief –, verspürte sie einen weiteren Anflug von Angst, einfach weil es nicht mehr viel Tageslicht gab und sie als Frau allein auf der Straße war.

Allein, bis auf einen fremden Mann, der schnell laufen konnte und direkt auf sie zukam.

Als er sie erreichte, blieb er stehen. „Bonjour!", sagte er und verbeugte sich leicht. „Sie sind Madame Sutton von La Baraque? Ich bin Benjamin Dufort von der Gendarmerie. Ich freue mich, Ihre Bekanntschaft zu machen." Er nickte und lächelte.

Die Anspannung in Mollys Beinen löste sich so schnell, dass sie beinahe umgefallen wäre.

„Enchantée", sagte sie, und ihre Stimme klang ein wenig seltsam. Sie dachte, sie müsse wohl nicht erwähnen, dass er sich gerade in Sekundenschnelle von einem axtschwingenden Vergewaltiger in einen Polizisten verwandelt hatte.

Er *war* doch ein Polizist, oder? Das war doch keine Masche, um sie in Sicherheit zu wiegen?

Moment mal. Ich bin in Castillac, erinnerte sie sich, nicht in irgendeinem zwielichtigen Viertel zu Hause, wo die Mordrate durch die Decke geht. Ich sollte nicht erwarten, hinter jeder Straßenbiegung Sexualstraftäter zu sehen, die sich als Polizisten ausgeben.

Ihr wurde bewusst, dass der Mann mit ihr gesprochen hatte, während ihr Gehirn versuchte, die Situation einzuordnen.

„Pardonnez-moi", sagte sie. „Mein Französisch ist nicht gut und ich verliere leicht die Konzentration." Sie versuchte, einen freundlichen Gesichtsausdruck aufzusetzen, und hoffte, dass er ihre sprachlichen Defizite ausgleichen würde. Er *war* wirklich gutaussehend. Sie spürte, dass dieser Mann etwas Tiefgründiges an sich hatte.

Obwohl sie inzwischen hätte gelernt haben sollen, ihren Gefühlen nicht zu trauen, wenn es um attraktive Männer ging, sagte sie sich in einer Art innerem Aufschrei.

„Freut mich, Sie kennenzulernen. Willkommen in Castillac. Ich werde meinen Lauf fortsetzen", sagte Dufort. Und mit einem Lächeln und einer Art Salut lief er davon.

Molly stand einen langen Moment da und sah ihm nach. Sie lächelte in sich hinein, schüttelte den Kopf und machte sich auf den Heimweg. Unterwegs beschloss sie, dass sie sich vielleicht genug erholt hatte, um riskieren zu können, während der Zubereitung des Abendessens einen Kir zu trinken.

❧

„IN LONDON HÄTTEN wir dieses Problem nicht", sagte Dufort und schlug mit der Hand auf seinen Schreibtisch.

Perraults Augen weiteten sich.

„Die haben überall Überwachungskameras, ich meine wirklich *überall*. Man kann nicht einmal niesen, ohne dass es aufgezeichnet wird. Klar, die Leute protestieren gegen den Verlust der Privatsphäre. Ich sage: Ja, lasst uns die Privatsphäre der Idioten wegnehmen, die Gewaltverbrechen begehen. Lasst uns ihre Ärsche auf Video festhalten, damit wir sie wegsperren können, wo sie niemandem mehr schaden können."

Maron sah teilnahmslos aus, seine Lippen zusammengepresst.

„Ich stimme Ihnen voll und ganz zu, Monsieur", sagte Perrault. „Zumindest könnte es die Leute innehalten lassen, sie zum Nachdenken bringen, dass sie erwischt werden könnten, bevor sie handeln."

„Ich glaube nicht, dass die Leute, die solche Verbrechen begehen, sich Sorgen machen, erwischt zu werden", sagte Dufort. „Die Person, die solche Taten begeht, denkt, sie stehe über allen anderen, die normalen Regeln gelten nicht für sie. Sie kann andere Menschen benutzen, wie es ihr gefällt, weil sie für sie nicht einmal real sind, verstehen Sie, was ich meine? Andere Menschen sind nichts weiter als Requisiten – vielleicht notwendig für das Drama des Täters – aber trotzdem nur Requisiten. Ersetzbar. Verzichtbar.

„Im Moment ist er davon besessen, sich das nächste Mal vorzustellen und sich an die anderen Male zu erinnern. Er macht sich nicht die geringsten Sorgen darum, erwischt zu werden."

„Also, definitiv ein Mann? Und ... glauben Sie, dass die Vermisstenfälle miteinander zusammenhängen, obwohl sie zeitlich so weit auseinanderliegen?"

Dufort atmete lang ein und aus und blickte zur Decke. „Ich weiß nichts mit Sicherheit", sagte er vorsichtig. „Ich spreche von Wahrscheinlichkeiten und von Intuition. Es könnte auch eine Frau sein, aber Sie kennen die Statistiken, es ist höchst unwahrscheinlich, fast unmöglich. Sollten wir in unseren Köpfen eine Tür für den ungewöhnlichen Fall geöffnet lassen? Natürlich. Und was den intuitiven Teil betrifft ... ja, ich sage es Ihnen und Maron, niemandem sonst, dass ich unter der Annahme arbeite, dass derjenige, der Amy entführt hat, auch Valérie und Elizabeth verschleppt hat. Unbewiesen natürlich. Nichts verbindet die Fälle außer unserem Dorf."

„Dann ist es jemand, der hier lebt, einer unserer Nachbarn."

„Ich glaube schon. Ja."

Es gab eine lange Pause, während sie alle darüber nachdachten. „Maron? Haben Sie irgendwelche Gedanken dazu?" Maron war zwar jung, das stimmte, aber Dufort hielt ihn für einen klugen

Kopf. Der junge Mann hatte etwas Bitteres und Distanziertes an sich, und Dufort gab sich besondere Mühe zu zeigen, dass er seine Meinung hören wollte.

„Die Videos. Wie viele haben wir?", fragte Maron.

„Drei. Nun, zwei plus einige, die nur begrenzt nützlich sind, wie ich erklären werde. Das ist alles. Chez Papa hat eine Kamera installiert, nach dem Einbruch im letzten Jahr, der sich als das Werk einiger Touristenkinder herausstellte, Teenager auf der Suche nach Alkohol. Die *Presse* hat eine, weil Michel vor so ziemlich allem und jedem Paranoia hat. Und die *Crédit Agricole* und die anderen Banken haben Kameras an ihren straßenseitigen Geldautomaten, aber ich fürchte, der Blickwinkel ist ziemlich begrenzt, da sie direkt auf die Benutzer der Geldautomaten gerichtet sind. Bestenfalls kann man das untere Drittel der Leute sehen, die auf dem Bürgersteig vorbeigehen, nicht mehr. Ich erwarte nicht, dass sie sehr hilfreich sein werden."

„Wie schnell bekommen wir die Videos hierher?", fragte Perrault.

„Sie schicken sie sofort digital", sagte Dufort, wobei sein genervter Gesichtsausdruck deutlich machte, dass „sofort" bei weitem nicht schnell genug war. „Ich werde offen zu Ihnen sein", sagte er nach einer Pause. „Ich habe ein ungutes Gefühl bei dieser Situation. Irgendetwas hat sich über Nacht gewendet, ich weiß nicht, wie ich es erklären soll, aber − ich hatte schon vorher ein schlechtes Gefühl, doch als ich heute Morgen aufwachte, war es beinahe eine Gewissheit." Er drückte beide Handflächen auf seinen Schreibtisch und ließ den Kopf hängen. Maron und Perrault hörten, wie er tief durch die Nase einatmete.

Perrault nickte zustimmend. Maron verengte seine Augen, als ob ihm das Gerede über Gefühle nicht behagte.

Dufort hob den Kopf und sagte: „Wir werden dies als aktive Ermittlung behandeln. Kein Herumtänzeln mehr wegen eines Gesetzes, das nie hätte geändert werden dürfen. Diese junge Frau braucht uns. Ihre Familie braucht uns. Also werden wir Amy

Bennett finden und herausfinden, was mit ihr passiert ist." Er klickte mit der Maus und ein großes Foto öffnete sich auf dem Bildschirm.

Amy Bennett lächelte, die Augen in die Kamera gerichtet. Es war eine Innenaufnahme, eine Nahaufnahme. Mehrere Gemälde an der Wand hinter ihr waren unscharf. Amy hatte kastanienbraunes Haar, schulterlang und wellig. Sommersprossen auf ihrer Nase. Grüne Augen, weit auseinander. Dufort studierte ihr Gesicht auf der Suche nach besonderen Merkmalen, und zunächst sah er keine. Sie war nicht wunderschön, aber ansprechend und attraktiv in der Art, wie lächelnde junge Menschen es sind.

„Gute Arbeit, Maron, dass Sie diese Fotos von der Mitbewohnerin bekommen haben. Beide von Ihnen, studieren Sie die Serie. Sie hat uns fünfzehn gegeben, schauen Sie sich alle genau an, bis Sie sie kennen, als wäre sie Ihre Schwester. Ich bin gleich wieder da."

Maron und Perrault bewegten sich, um den Monitor zu sehen, und Dufort verließ schnell sein Büro und ging nach draußen. Er neigte sein Gesicht zur Sonne und versuchte, seine Atmung unter Kontrolle zu bringen, da er sich am Rande einer Hyperventilation fühlte. Amy so auf seinem Monitor zu sehen, lächelnd und glücklich – und dann zuzulassen, was als Nächstes kam, die Gewissheit, dass das Mädchen tot war – all das ließ seine Angst schneller ansteigen, als er sie bewältigen konnte.

Dufort schaute in beide Richtungen und sah, dass er allein auf der Straße war, abgesehen von einer alten Frau, die einen Einkaufswagen hinter sich herzog. Er trat in die Gasse, als hätte er dort wichtige Geschäfte zu erledigen, und zog ein blaues Glasfläschchen aus seiner Tasche. Er schüttelte mehrere Tropfen unter seine Zunge und zählte bis zehn, blickte noch einmal zur Sonne und ging dann wieder hinein.

Als er sein Büro betrat, gab der Monitor ein Hupen von sich. „Da ist das Video", sagte er. „Wir werden es ansehen und wieder ansehen, bis wir etwas finden. Sie wissen jetzt, nach wem Sie suchen."

Er tippte ein paar Mal auf seiner Tastatur und das erste Video begann abzuspielen. Sie sahen den Bürgersteig, ein verschwommenes Grau.

„Das ist eines von einer Bank, ich glaube, es ist die BNP."

Einige Beine gingen vorbei, die Hosen etwas zu kurz, die Schuhe mit abgelaufenen Absätzen. Niemand sprach. Als Nächstes sahen sie eine Flut von Beinen, aber sie konnten niemanden erkennen, den sie kannten, noch hatten sie eine Ahnung, ob die Beine zu Fremden oder alten Freunden gehörten. Die Bilder waren zu verschwommen und die Leute gingen nicht nah genug an der Kamera vorbei.

Im Nebenraum klingelte das Telefon.

„Maron, gehst du bitte ran?"

Maron nahm sich noch einen Moment Zeit, das Bankvideo zu betrachten, und ging dann, um das Telefon abzunehmen. Dufort und Perrault konnten seine Worte nicht hören, aber sie konnten aus seinem Ton schließen, dass der Anruf etwas Routinemäßiges war.

„Wie sollen wir sie finden?", sagte Thérèse. „Sie sieht aus... sie sieht aus wie eine Million anderer Mädchen. Ich sehe keine Möglichkeit, sie so zu beschreiben, dass sie hervorsticht, übersehe ich etwas?"

„Fast wünscht man sich ein hässliches Tattoo auf ihrer Stirn", sagte Dufort.

Thérèse lächelte in sich hinein, sagte aber nichts. Sie hatte eine Schlange auf ihrer rechten Pobacke, das Ergebnis eines wilden Wochenendes am Strand, als sie neunzehn gewesen war. Sie mochte es irgendwie, dass es so etwas Privates über sie gab, etwas, das kaum jemand wusste.

„Lass uns die anderen ansehen", sagte Dufort und klickte mit der Maus. „Achte auf ihren Körperbau, denk darüber nach, wie jemand, der so aussieht wie sie, gehen oder laufen könnte – du versuchst, ihre physische Realität in deinen Kopf zu bekommen, verstehst du?"

„Ja, Herr Kommissar", sagte Thérèse. Amy war schlank und schien mittelgroß zu sein. Hübsch genug, aber so gewöhnlich. Es schien unmöglich, irgendetwas zu finden, das sie von der Masse anderer Frauen ihres Alters abhob.

„Das war Madame Vargas am Telefon. Ihr Mann ist wieder verschwunden."

Dufort blinzelte und wandte den Blick von Amy Bennett ab. „Ah. Hoffentlich finden wir ihn am üblichen Ort und können ihn nach Hause zurückbringen. Maron, kümmere dich bitte darum."

Maron sah nicht erfreut aus, nickte aber und ging ohne ein Wort. Thérèse und Dufort verbrachten eine weitere Stunde damit, die Fotos zu betrachten, die Maribeth Donnelly zur Verfügung gestellt hatte. Sie versuchten, Amy Bennett in ihren Gedanken lebendig werden zu lassen, versuchten sich den Klang ihrer Stimme vorzustellen, was sie mochte und was nicht, was sie zu Amy Bennett machte und zu niemandem sonst. Sie kamen mit dieser Übung nicht sehr weit, aber die Ermittlungen hatten gerade erst begonnen, und sie hofften sehr, dass es einen Durchbruch geben würde, wenn sie den Rest des Videos durchgesehen hätten.

❧ 11 ❧

Perrault und Dufort sahen sich den Rest der Bankvideos und das *Presse*-Video an, warteten aber immer noch auf das von Chez Papa. Der Rest des Tages war fast vollständig von dem üblichen bürokratischen Unsinn in Anspruch genommen worden, abgesehen von ein paar Stunden am Nachmittag, als alle drei Gendarmen auf die Straße gegangen waren und zu Fuß und mit dem Motorrad nach Amy gesucht hatten. Jetzt hatten sie zumindest Fotos, die sie herumzeigen konnten, und eine bessere Vorstellung davon, nach wem sie suchten, auch wenn sie noch keinen Weg gefunden hatten, sie so zu beschreiben, dass jemand sagen würde: *Ach ja, dieses Mädchen habe ich gesehen!*

Am Ende des Tages schaute Thérèse bei Chez Papa vorbei, um zu fragen, warum die Übertragung des Videos so lange dauerte, und um nach einem langen und frustrierenden Tag einen Kir zu trinken.

„Bonsoir, Alphonse!", sagte sie grinsend.

„Und was hast du heute so getrieben, *ma chérie?*", fragte er und wuschelte ihr durchs Haar, als wäre sie sechs.

„Hast du von dem vermissten Mädchen gehört?"

„Oh ja. Ich habe Nico gebeten, das Video zu schicken, ihr habt es heute Morgen bekommen?"

„Nein, tatsächlich haben wir es nicht bekommen." Thérèse bemühte sich, ihr von Natur aus ausdrucksstarkes Gesicht unbewegt zu halten. Es war nicht ratsam, die Leute anzuschnauzen, jetzt wo sie Gendarme war.

„Kann ich mir nicht vorstellen, warum nicht, ich habe gleich mit ihm darüber gesprochen, als Ben anrief – als Erstes. Ich überlasse den Computerkram Nico. Ich bin einfach zu alt für all das jetzt! Diese Kamera macht nur Ärger, seit ich sie installiert habe, immer irgendwie kaputt. Technologie, pah!" Alphonse lachte und verdrehte die Augen. „Also sag mir, habt ihr irgendwelche Anhaltspunkte?"

„Du weißt, dass ich darüber nicht reden kann", sagte Thérèse, aber sie schüttelte den Kopf. „Bisher konnte ich nicht herausfinden, wer sie ist, wenn du verstehst, was für eine Persönlichkeit sie hat. Sie ist anscheinend eine talentierte Malerin, aber das ist alles, was ich habe. Sie sieht völlig durchschnittlich aus, wie jeder eigentlich." Thérèse, wie fast alle Einheimischen von Castillac, kannte Alphonse seit sie ein Baby war, und es war für sie einfach und natürlich, mit ihm über alles zu reden.

Alphonse nickte mit seinem zotteligen Kopf und sagte nichts.

„Ah, da ist Nico!", sagte er. „Jetzt können wir dir deinen Kir besorgen und diese Sache mit dem Video klären, alles auf einmal. Komm und sag auf Wiedersehen, bevor du gehst." Er wuschelte ihr noch einmal durchs Haar und ging um die Bar herum in die Küche.

„Hey, Nico."

„Bonsoir, Thérèse." Er lächelte und lehnte sich über die Bar, damit sie einander auf die Wangen küssen konnten, einmal pro Seite.

„Du solltest uns das Video von der Überwachungskamera schicken?"

Nico schlug sich an die Stirn. „Oh *mon Dieu*, ich wusste, dass ich etwas vergessen hatte! Ich werde es euch sofort schicken, sobald meine Schicht vorbei ist."

Thérèse schaute sich in der fast leeren Bar um. Es war kaum fünf Uhr und niemand sonst war da außer Vincent, dem Taxifahrer, der einen Espresso trank und in der Ecke an einem Tisch die Zeitung las. „Vielleicht könntest du es jetzt machen. Es ist niemand hier, und mein Kir kann warten."

„Oh nein, das kann er nicht", sagte Nico mit einem Lachen. „Ich will mir nie nachsagen lassen, dass jemand an meiner Bar durstig bleibt!" Er nahm die Flasche Cassis vom Regal und goss eine kleine Pfütze in ein Weißweinglas.

„Mit Sekt?"

Thérèse dachte, sein Lächeln wirkte etwas gezwungen. Warum zögerte er?

„Mit Sekt wäre wunderbar", sagte sie. Sie hatte erwachsene Geschmäcker, hatte aber nie ihre Wertschätzung für die Dinge verloren, die sie als Kind geliebt hatte, wie sprudelnde Cola und Haribo.

Sie nahm das Glas, sagte „Á la tienne!" und nahm einen Schluck. „Nichts ist besser als ein Kir Royal am Ende des Tages", sagte sie und beschloss, weiter mit Nico zu reden. Die Leine ein wenig auswerfen und sehen, wohin es sie führte.

„Da kann ich nur zustimmen", sagte er.

„Versuchst du manchmal zu erraten, was jemand bestellen wird, ich meine jemand, den du nicht kennst, der in die Bar kommt? Du weißt schon, den ersten Eindruck mit dem Getränk in Verbindung bringen?"

„Ab und zu", antwortete er, aber Thérèse hatte das Gefühl, dass er nur so antwortete, um gefällig zu sein.

„Im Allgemeinen", sagte er, „trinken die Einheimischen immer das Gleiche. Vielleicht wird jemand mal ein bisschen verrückt und bestellt einen Cidre statt des üblichen Biers, aber im Großen und Ganzen..." Er zuckte mit den Schultern.

„Und die Touristen?"

Nico lachte. „Oh, die trinken alles. Etwas am Reisen bringt die Leute dazu, experimentieren zu wollen. Neulich Abend war die Frau, die in La Baraque wohnt, hier – Larry hat sie dazu gebracht, Negronis zu trinken. Du kannst dir vorstellen, dass das nicht gut endete."

Thérèse lachte mit ihm, obwohl sie seine Geschichte nicht besonders lustig fand.

„Salut, Nico. Thérèse. Vincent", sagte eine Stimme hinter ihr.

„Hallo, Lapin", sagte Nico.

Thérèse seufzte. Sie war nicht in der Stimmung, Lapins Annäherungsversuche abzuwehren, und er unterbrach ihren Versuch, Nico unauffällig zu verhören.

„Schrecklich, das mit dem Mädchen", sagte Lapin.

„Furchtbar", sagte Nico. „Aber vielleicht taucht sie ja wieder auf. Leute laufen manchmal weg, weißt du."

„Das tun sie", sagte Perrault. „Normalerweise vor schlechten Ehen, riesigen Schulden, solchen Dingen. Dieser Fall scheint nicht dazu zu passen."

„Hört euch unsere kleine *Fliquette an!*", sagte Lapin. „Sie ist so eine ernsthafte Detektivin, jetzt wo sie erwachsen ist. Und zu einer ganz schönen Frau herangewachsen", fügte er hinzu und ließ seinen Blick langsam von ihrem Gesicht zu ihren Knien und wieder zurück wandern.

„Halt die Klappe, Lapin", sagte Thérèse mit einem Seufzer.

„Halt die Klappe, Lapin", sagte Nico lachend. „Du gibst nie auf, oder?"

„Ausdauer ist der Schlüssel zum Erfolg", sagte Lapin mit einem Augenzwinkern. „Schenkst du mir jetzt einen Pastis ein?"

„Und danach schickst du dieses Video", sagte Thérèse und beobachtete Nico, um zu sehen, wie er auf ihre Anweisung reagieren würde. Sie war so konzentriert auf Nico, dass sie nicht bemerkte, wie sich Lapins joviales Gesicht zu einer ausdruckslosen Maske verzog.

❧

MOLLY WAR IN EINEM PUTZRAUSCH. Sie hatte das Cottage auf den Kopf gestellt, sogar Möbel nach draußen geschleppt, Teppiche aufgehängt und ausgeklopft und die Fenster mit einer Intensität angegriffen, die sie an den Rand der Erschöpfung brachte. Das war ein guter Grund, es zu tun - es half ihr, sich zumindest ein bisschen zu beruhigen.

Sie war nervös, seit sie gestern Abend kurz vor dem Schlafengehen ihre E-Mails gecheckt hatte. Oft kamen dann Anfragen aus den Staaten an, und sie hatte sich angewöhnt, zweimal täglich nachzusehen, immer erleichtert, mehr Interesse und Geschäfte zu sehen. Aber die gestrige Anfrage war nicht einfach nur ein Paar im Urlaub, das leicht zu handhaben sein würde. Es waren die Bennetts, die Eltern der vermissten Amy Bennett, die ab Dienstag, also *morgen*, für einen Aufenthalt mit offenem Ende kommen wollten.

Als Molly die E-Mail las, wurde ihr ganz mulmig.

Sie konnte sich nicht vorstellen, was die beiden durchmachen mussten. Die Tiefe ihrer Angst. Wie um alles in der Welt kämpften sie mit dieser Art von Ungewissheit? Wenn man wenigstens wusste, was passiert war, konnte man anfangen, sich damit auseinanderzusetzen, wie langsam auch immer; zumindest wusste man, was einen erwartete. Aber das, womit die Bennetts zu kämpfen hatten, war etwas anderes. Möglicherweise ein schrecklicher Verlust, aber auch möglicherweise ein Missverständnis, ein verlorenes oder kaputtes Handy, ein heimlicher Liebhaber, ein Brief, der auf dem Postweg verloren gegangen war.

Es konnte hundert Erklärungen geben. Und keine Möglichkeit zu wissen, wann oder ob sie überhaupt herausfinden würden, welche die richtige war. Oder irgendein anderer Grund, an den sie nie gedacht hatten. Es ist möglich, dass sie es *nie* erfahren werden, dachte Molly, und ein Schauer lief ihr über den Rücken.

Das Mittagessen auf der Terrasse bestand aus etwas übrig gebliebener Quiche und einem Salat, der ziemlich welk, aber gerade noch essbar war. Sie spülte es mit dem Rest einer Flasche Rosé hinunter und blieb danach sitzen, blickte auf ihren verwüsteten Garten und verfolgte keinen besonderen Gedankengang. Sie war müde von dem Putzanfall. Ein Teil von ihr wünschte, sie hätte den Bennetts gesagt, sie sei ausgebucht, nur um nicht in die ganze Sache verwickelt zu werden, aber sie hatte sie nicht wirklich abweisen können. Sie hatte inzwischen gelernt, dass unfreundliche Gedanken völlig in Ordnung waren, solange man nicht danach handelte. Hatte sie das nicht irgendwo gehört? Vielleicht während der Phase mitten in der Scheidung, als sie den ganzen Tag auf dem Sofa lag und jede Menge Oprah und Dr. Phil und jeden anderen sah, der ihr vielleicht ein tröstendes Wort zuwerfen könnte.

Ich frage mich, ob es hier den gleichen Medienrummel geben wird wie in den Staaten, wenn eine junge Frau verschwindet, überlegte sie. Ich will keine Journalisten, die meinen Garten zertrampeln und durch meine Fenster spähen. Ich will ... nichts davon. Natürlich hoffe ich, dass sie sie finden. Und wenn es kein glückliches Ende gibt, wenn es kein Missverständnis ist, hoffe ich zumindest, dass die Bennetts erfahren, was passiert ist. Das ist das Mindeste, was sie verdienen.

Molly stand plötzlich mit der Energie der genau richtigen Idee auf, und diese Idee war die Pâtisserie Bujold - genauer gesagt, das Mandelcroissant. Wenn irgendetwas den Tag verbessern würde, dann dieses Mandelcroissant. Kein Hut nötig, der Tag war bewölkt und kühl, also schnappte sie sich nur ihre Tasche auf dem Weg durch das Haus und hinaus zur Rue des Chênes und war schnell auf dem Weg, ihr lief schon das Wasser im Mund zusammen.

Die Straße war ruhig. Sie hoffte, dass sie nicht zu spät dran war und der Laden nicht geschlossen hatte, was fast unerträglich gewesen wäre; sie wollte dieses Croissant unbedingt. Als sie die Abkürzung durch die Gasse nahm, spähte sie über die Mauer und bemerkte wieder die La Perla Unterwäsche auf der Wäscheleine, am selben Haus. Wer in aller Welt trägt ständig La Perla, fragte sie sich. Genau wie in der Woche zuvor blieb sie stehen und überlegte, ob sie hinübergreifen und etwas davon berühren sollte. Aber diesmal ließ sie ihre Hände an den Seiten und stand einen Moment da, betrachtete es und stellte sich ein Leben vor, in dem ihre Unterwäsche immer von La Perla war, ihr Haus mit den begehrtesten und brillant designten Geräten gefüllt war, und ihr Auto - nun, wenn sie schon dabei war zu fantasieren, warum nicht einen kleinen Austin Healey? Bitte in British Racing Green. Oder war das zu klischeehaft?

Sie warf einen letzten Blick auf das Haus, zu dem die Unterwäsche gehörte. Es war wirklich unauffällig, keineswegs eine Bruchbude, aber kaum die Behausung von jemandem, der an üppige Unterwäsche gewöhnt war, zumindest nicht von außen. Seltsam, nicht wahr, wie komisch Menschen waren, welche Entscheidungen sie trafen und was sie vielleicht verbargen?

Endlich bog sie um die Ecke und sah die rote Emaille-Fassade der Pâtisserie Bujold. Sie atmete den süßen Vanilleduft ein und zögerte mit der Hand auf dem Türknauf, wollte dieses Croissant mit jeder Faser ihres Wesens, wollte aber die Begegnung mit dem Besitzer hinauszögern. Sie atmete tief durch, dann noch einmal, und trat ein.

„Bonjour, monsieur", sagte sie, warf ihm einen Blick zu und schaute dann auf die Vitrine, die wie immer fantastisch schön war mit ihren genau angeordneten Reihen und ihrer verführerischen Vielfalt. Letzte Woche war sie frustriert gewesen, weil sie sich schon angewöhnt hatte, immer wieder ihre wenigen Favoriten zu kaufen, und sich von all den Leckerbissen, die sie nicht wählte, gestresst fühlte - und dann erinnerte sie sich daran, dass sie jetzt in Castillac lebte. Weder sie noch die Pâtisserie Bujold würden

irgendwohin gehen, und sie hatte alle Zeit der Welt, um irgendwann jedes einzelne Gebäck zu probieren.

„Bitte, ein Mandelcroissant", sagte sie und zeigte darauf. Der
Besitzer starrte auf ihre Brust, genau wie bei den anderen Malen,
als sie hereingekommen war. Er folgte nicht ihrer Zeigegeste,
sondern nickte und lächelte enthusiastisch, die Augen immer
noch auf sie gerichtet. Molly fiel auf, dass sein Gesichtsausdruck
der gleiche war, den sie hatte, wenn sie die schokoladenüberzo-
genen Windbeutel mit herausquellender Schlagsahne betrachtete
- als wolle er sie auf der Stelle verschlingen.

Molly biss die Zähne zusammen und kramte in ihrer Tasche
nach dem passenden Kleingeld. Zumindest wusste sie, was es
kostete, und konnte das zusätzliche Hin und Her vermeiden,
indem sie den genauen Betrag gab.

„Ich verstehe Ihre Vorliebe für das Mandelcroissant", sagte
der Inhaber. „Eines meiner Lieblingsgebäcke ebenfalls. Preisge-
krönt", fügte er hinzu und deutete auf ein vergilbtes Dokument
an der Wand mit einer Art kunstvollen Siegel darauf. „Es ist wirklich außergewöhnlich", sagte er, während er ihr die Wachspapier-
tüte überreichte. „Genau wie Sie, Madame." Und mit diesen
Worten, die er mit leiser Stimme sprach, wackelte er mit den
Augenbrauen auf eine Art, die er wohl für anziehend hielt, die
Molly aber als das Komischste empfand, was sie seit Tagen
gesehen hatte.

Wie Groucho Marx! Sie lachte auf dem Heimweg in sich
hinein und stopfte sich dabei das unbeschreiblich wunderbare
Gebäck in den Mund. Das Innere war mit Mandelpaste durchzo-
gen, sodass es sehr weich, mandelig und saftig war. Die Außen-
seite war die übliche zerbrechliche Butterexplosion, ergänzt
durch gehobelte und geröstete Mandeln und einen Hauch Puder-
zucker. Einfach und spektakulär.

Sie hatte das Croissant längst aufgegessen, bevor sie in La
Baraque einbog, aber der Spaziergang, das Gebäck und die
wackelnden Augenbrauen hatten ihre Stimmung völlig verändert.

Sie verspürte kein Verlangen mehr nach edler Unterwäsche oder Autos, und ihre Sorge, die Situation mit den Bennetts nicht meistern zu können, war auf ein handhabbares Maß geschrumpft. Vielleicht lässt sich der Zauber Frankreichs in einem Wort zusammenfassen, dachte sie.

Mandelcroissant.

12

Dufort war am Dienstagmorgen früh auf. Er machte einen anstrengenden Lauf, teils auf schmalen Landstraßen, teils auf Waldwegen, und kam zurück zu seinem kleinen Haus in der Stadt, um zu duschen, bevor er um 7:30 Uhr auf der Wache eintraf. Einige Tage zuvor war Gallimard weder in seinem Büro noch sonst irgendwo zu finden gewesen, und die Liste der Fragen, die Dufort ihm stellen wollte, wurde immer länger. Er vermutete, dass Gallimard nicht so früh bei der Arbeit sein würde, und so schlenderte er zunächst zum Café de la Place, um zu frühstücken.

„Bonjour, Pascal."

„Bonjour, Chef, *comment allez-vous?*"

„Mir geht's gut, und dir? Wie geht es deiner Mutter?"

„Es geht ihr besser, danke. Wir sind dankbar, dass wir einen guten Arzt haben, und sie erholt sich schneller als erwartet."

„Schön zu hören", sagte Dufort und behielt seine Gedanken über Ärzte für sich. „Petit café, bitte, und ein Croissant."

Pascal nickte und schlängelte sich geschickt zwischen den Tischen hindurch, um die Bestellung zu holen. Das Café war voll mit Einheimischen und Touristenfamilien, die vor Schulbeginn noch einen letzten Urlaub genossen. Dufort nickte einigen Freunden zu und verbrachte dann einige Momente mit Beobachtungen. Er hatte eine beiläufige Art zu beobachten, die die beobachteten Personen nicht alarmierte. Es war tatsächlich ein beachtliches Talent, obwohl Dufort sich dessen nicht bewusst war.

Dufort schloss die Augen und lauschte. Zunächst versuchte er nicht zu hören, was jemand sagte, sondern versuchte, die Untertöne, die Emotionen hinter den Gesprächen wahrzunehmen. Er konnte nichts Außergewöhnliches feststellen. Dann begannen sich Worte herauszukristallisieren, und er hörte mit, wie ein Vater wütend auf seinen Sohn wurde, weil er einen Schuh verloren hatte, ein junger Mann seiner Freundin sagte, dass es ihm leid tue, aber er würde nicht aufhören, Videospiele zu spielen, und eine alte Frau sich über ein Problem mit ihrer Leber beschwerte.

Er fragte sich, ob jemand hier jemals Amy Bennett getroffen oder gesehen hatte oder irgendetwas mit dem Verschwinden von Amy Bennett zu tun hatte – die gleichen Gedanken, die ihm durch den Kopf gingen, seit er ihren Namen zum ersten Mal gehört hatte. Für einen Bruchteil einer Sekunde überkam ihn der Gedanke, dass er vielleicht nie erfahren würde, was passiert war, sie vielleicht nie finden würde.

Der Gedanke war erschreckend, und sein Herz begann zu rasen.

Mit einem Tablett auf einer Hand über seinem Kopf kam Pascal tanzend durch die vollen Tische zurück zu Dufort. Er war ein gutaussehender Junge, bemerkte Dufort, und er konnte sehen, wie mehrere Frauen unterschiedlichen Alters im Café ihm mit ihren Blicken folgten.

„*Merci bien*", sagte er, als der Espresso und der Teller mit dem Croissant auf seinem Papier-Platzdeckchen landeten.

Pascal lächelte und nickte. „Oui, Chef. Kann ich Ihnen sonst noch etwas bringen?"

„Nichts weiter", sagte Dufort. „Ich spreche für viele, wenn ich sage, dass der erste Kaffee am Morgen möglicherweise der beste Moment des ganzen Tages ist, also danke ich dir." Er verbeugte sich leicht, und beide lachten.

Dufort nahm einen Schluck von seinem Espresso und biss dann in das Croissant. Das Café bezog sie jeden Morgen von der Pâtisserie Bujold, der besten Bäckerei der Stadt, und er wurde nicht enttäuscht. Die äußere Schicht knackte und zersplitterte, das Innere war geschmeidig und fast süß und noch leicht warm. Dufort schwelgte in den Empfindungen des Croissants und dann des bitteren Espressos, zumindest für ein paar Momente frei von Gedanken an Amy Bennett.

Als er fertig war, steckte er einen Fünf-Euro-Schein unter seine Untertasse und bahnte sich seinen Weg zwischen den Tischen hindurch auf die Straße, nickte einigen Bekannten zu, blieb aber nicht zum Plaudern stehen. Er wollte den Weg nach Degas nutzen, um über das nachzudenken, was er über Gallimard wusste, und zu versuchen, einige Fragen zu entwickeln, die ihn vielleicht ein wenig aus der Fassung bringen würden.

Anton Gallimard. Unterrichtet seit fast zwanzig Jahren an der Degas. Es hieß, er habe ein beachtliches Talent, habe in Paris ausgestellt, Preise gewonnen, all die üblichen Auszeichnungen, aber seine Karriere war in seinen späten Zwanzigern ins Stocken geraten. Hat seit seiner Ankunft an der Degas zum Unterrichten keine Kunst mehr gemacht (soweit bekannt).

Dufort hatte Gallimard nie getroffen, obwohl er mehrere Freunde hatte, die Künstler waren. Es war etwas überraschend, dass sich ihre Welten nie überschnitten hatten, aber nicht bedeutsam. Er war neugierig auf den Mann, sogar unabhängig von der Sache mit Amy Bennett. Neugierig darauf, warum jemand sich entschied, ein großes Talent aufzugeben, nichts daraus zu machen, nach einem so vielversprechenden Start und so viel Ermutigung und sogar Anerkennung.

Bald war er an den Toren des L'Institut. Diesmal mied er das Verwaltungsgebäude und machte sich auf den Weg zu den

Studios, in der Hoffnung, Gallimard dort anzutreffen. Natürlich hätte er einen Termin vereinbaren können, aber er hatte festgestellt, dass einfach aufzutauchen eine einfache Möglichkeit war, Befragte aus der Fassung zu bringen. Und das war es, was jeder Ermittler wollte.

L'Institut Degas war eine kleine Schule. Das Verwaltungsgebäude war stattlich – 18. Jahrhundert, vermutete Dufort richtig – und direkt gegenüber, über einen weiten Rasen hinweg, stand das Wohnheim. Es war drei Stockwerke hoch, aber eher schmal; er schätzte, dass die Studentenschaft weniger als hundert Personen zählte. Er machte sich eine Notiz, die finanzielle Lage der Schule zu checken, obwohl er im Moment keinen Zusammenhang mit Amy Bennetts Verschwinden sah.

Zwischen den beiden Gebäuden, ein U um den Rasen bildend, stand ein modernes einstöckiges Gebäude. Es hatte dramatische auskragende Oberlichter, Glaswände und eine seltsame Verkleidung über einigen Außenbereichen, die aussah, als wäre sie aus Quallen gemacht. Für Duforts Auge sah das Gebäude teuer und überdesignt aus, obwohl er verstand, dass Künstler gutes Licht für ihre Arbeit benötigten, und was auch immer, dieses Gebäude bot das sicherlich.

Er hörte und sah niemanden. Vielleicht waren die jungen Künstler und ihre Lehrer um 8:30 Uhr noch nicht auf. Er fand eine Tür zum Quallen-Gebäude an der Seite beim Wohnheim, aber sie war verschlossen. Er schaute durch die seitlichen Glasscheiben in der Hoffnung, jemanden zu sehen, der ihn hereinlassen könnte, aber er entdeckte niemanden.

Er war von seinem Lauf entspannt, und der Morgen und der Campus waren so ruhig gewesen, dass er heftig zusammenzuckte, als das Schreien begann.

ALS MOLLY AN DIESEM DIENSTAGMORGEN AUFWACHTE, wurde ihr nicht die üblichen Momente des faulen Streckens gewährt, in denen ihr Gehirn herausfand, wer sie war und was der Tag bringen würde. Sobald sie bei Bewusstsein war, erinnerte sie sich an die Ankunft der Bennetts und war schlagartig wach. Schnell stand sie auf und setzte Wasser zum Kochen auf. Sie sehnte sich nach einem Gebäck, hatte aber keine Zeit, ins Dorf zu gehen, um eines zu holen. Sie verzichtete auf ihre übliche Zeit auf der Terrasse, wo sie nichts anderes zu tun hatte, als ihren Kaffee zu schlürfen, und nahm ihre Tasse direkt mit zum Cottage, die Reinigungsmittel unter beiden Armen. Es erschien ihr wichtig, dass das Cottage makellos sauber und einladend für die Bennetts war. Das war das Mindeste, was sie tun konnte.

Sie steckte ihr Handy in einen kleinen tragbaren Lautsprecher und klickte auf die Blues-Playlist. Sie zögerte kurz und fragte sich, ob die Nachbarn Percy Sledge mochten, drehte die Lautstärke aber trotzdem auf. Nach einer Stunde Bodenschrubben und Staubsaugen des verhassten Staubs, der aus den Steinwänden rieselte, setzte sie sich auf den Boden und lehnte sich gegen die Wand, während sie den letzten Schluck ihres kalten Kaffees trank. Okay, dachte sie, mach den Ort schön für diese Menschen, die gerade etwas Schreckliches durchmachen. Das ist einfach nur anständig. Aber das Cottage brauchte keine drei Stunden Reinigung, wirklich nicht. Warum macht mich diese ganze Sache so verdammt nervös? Warum habe ich *Angst* davor, dass sie ankommen?

Sie stellte die Fragen, hatte aber keine Antworten.

Früher in der Woche hatte sie einen billigen Karton Wein gekauft, damit sie Willkommensflaschen für ihre Gäste bereitstellen konnte, aber als sie eine holen wollte, rümpfte sie die Nase darüber und wählte stattdessen eine bessere Flasche aus ihrem eigenen Vorrat. Dann streifte sie durch den überwucherten Garten – wirklich eine Peinlichkeit – und schaffte es, einige Rosen und Artemisia für eine Vase zu finden. Sie stellte die Blumen und den Wein auf den zerkratzten Esstisch des Cottages, warf einen letzten Blick umher und erklärte es für fertig.

Zumindest hatte sie diesmal früh genug mit der Arbeit begonnen, sodass sie nicht in Eile war und es schaffte, lange vor der geplanten Ankunft der Bennetts geduscht und präsentabel zu sein. Aber anstatt ein Buch zu nehmen, das Abendessen zu planen oder eine der anderen Sachen zu tun, die sie hätte machen können, begann sie auf und ab zu gehen, von der Küche durch den schmalen Flur zu ihrem Schlafzimmer und wieder zurück. Die Bewegung hielt das schlechte Gefühl nicht davon ab, sich zu verstärken, aber sie machte trotzdem weiter.

Amy Bennett war tot.

Molly konnte es spüren. Sie hatte keine Ahnung, woher das Gefühl kam oder ob sie ihm trauen konnte, aber es war unbestreitbar da. Es fühlte sich steinern und real und unerbittlich an. Sie fragte sich, ob die Bennetts es auch spürten.

Und wenn Amy Bennett tot war, was bedeutete das für Castillac, für die anderen Frauen im Dorf? War sie von jemandem getötet worden, den sie gekannt hatte? Jemandem aus dem Dorf? Jemandem, der nur auf der Durchreise war?

Das Dorf war groß, für Dorfverhältnisse – fast dreitausend Einwohner. Natürlich war Molly erst seit knapp einer Woche dort. Sie hatte noch nicht einmal begonnen, die sozialen Netzwerke zu verstehen, die den Ort ausmachten, aber es schien ihr, als ob die Dorfbewohner tief miteinander verbunden wären. Dass man vielleicht nicht ganz sagen konnte, dass jeder jeden kannte, aber fast.

Nicht über sechs Ecken, hier in Castillac. Eher über zwei.

Sie strich eine wilde Ingwerlocke hinter ihr Ohr zurück und versuchte, ihre Gedanken auf etwas anderes zu lenken. Die Bennetts waren noch nicht einmal angekommen, es gab absolut keine Neuigkeiten über Amy, soweit sie wusste, sie griff den Dingen völlig vor. *Beruhig dich, Mädchen.*

Molly war keine große Trinkerin, wirklich nicht, nicht einmal als ihre Ehe auseinandergefallen war, Negronis außen vor. Aber jetzt, da die Bennetts in wenigen Augenblicken eintreffen sollten, kam ihr die Idee eines kleinen Cognacs, und die Idee traf sie mit diesem Gefühl, das sich manchmal einstellte: Oh *ja!* Das ist genau das Richtige!

Sie brach das Siegel einer Flasche Martell, goss sich einen Fingerbreit ein und trank ihn in einem Zug, gerade als Vincents Taxi in ihre Einfahrt bog. Es brannte ein wenig in ihrer Kehle, aber sie spürte die Wärme bis in die Fingerspitzen, sammelte sich und ging hinaus, um ihre Gäste zu begrüßen.

„Salut!", rief sie und winkte.

Vincent zog seinen bulligen Körper aus dem Taxi und ging herum, um den Kofferraum zu öffnen, während Sally und Marshall Bennett ausstiegen. Sally sah benommen aus, so benommen, dass Molly sich sofort fragte, ob sie Beruhigungsmittel nahm.

Marshall Bennett stand einen Moment da und blinzelte, dann schritt er zu Molly hinüber und streckte ihr die Hand entgegen. „Hallo! Wir sind so froh, dass Sie Platz für uns hatten. Schöner Ort!"

„Danke." Molly schüttelte seine Hand und wurde plötzlich von dem Wunsch überwältigt, loszuschluchzen. Unauffällig griff sie mit einer Hand aus dem Sichtfeld und kniff sich hart, alles, um ihre Gedanken auf irgendetwas anderes als auf Amy zu fokussieren.

„Marshall? Du musst das Taxi bezahlen." Sallys Stimme war schwach, als ob sie in einer dicken Blase wäre.

„Oh ja, was schulde ich Ihnen?"

Vincent sagte „Ten Euro" auf Englisch, grinste dann und hielt seine Hand auf.

„Siehst du, Sally, ich habe dir gesagt, unser mangelndes Französisch würde kein Problem sein!" Marshall lächelte Vincent an und kramte in seiner Brieftasche nach einem der Scheine, die er gerade am Flughafen bekommen hatte. „Wir haben einen Flug von London genommen, dann einen Zug nach Castillac", erklärte

er Molly. „Ich hasse es, Autos zu mieten, es ist schrecklich teuer –
finden Sie, dass es hier unbedingt notwendig ist, eines zu haben?"

„Ich bin zwar noch nicht lange hier, aber ich bin noch nicht
dazu gekommen, mir eines zuzulegen. Ich kann leicht ins Dorf
laufen, und wenn ich weiter weg muss, kann ich immer Vincent
anrufen."

Vincent grinste erneut. „Genau, du rufst mich an", sagte er.
„Ich kann dich abholen, wann immer du willst."

Die Bennetts hatten nicht viel Gepäck mitgebracht. Molly
nahm einen der kleinen Handkoffer und ging in Richtung des
Häuschens.

„Lassen Sie mich Ihnen zeigen, wo Sie untergebracht sind",
sagte sie, ihre Nerven trotz des Schlucks Martell angespannt. Wie
sprach man mit Menschen, die eine solche Krise durchmachten?
Sie wollte weder zu fröhlich noch zu bedrückt erscheinen.

Vincent winkte und fuhr davon, und die Bennetts folgten
Molly. Sogar ihr Gang schien von dem beeinflusst zu sein, was sie
durchmachten – Sally Bennett war unsicher auf den Beinen,
schwankte vom Kurs ab, und Marshall starrte auf den Boden und
ging, als würde er sich stark darauf konzentrieren, wohin er jeden
Fuß setzte.

„Ich weiß nicht, ob Sie sich für Geschichte interessieren",
begann Molly, als sie hineingingen und ihre Sachen abstellten.
„Ich kann nicht sagen, ob es stimmt, aber mir wurde erzählt, das
Häuschen stamme aus dem frühen 18. Jahrhundert..." Dann hielt
sie inne und schüttelte den Kopf. „Ach, vergessen Sie das. Ich
möchte nur sagen – ich weiß, es gibt keine Worte dafür – aber es
tut mir so leid, dass der Grund für Ihren Aufenthalt hier ein so
schrecklicher ist. Ich hoffe sehr, dass Sie bald gute Nachrichten
über Amy erhalten."

Sally Bennett brach in Tränen aus und Marshall nahm sie in
beide Arme. „Danke, Molly", sagte er. Sie sagten nichts weiter
und sahen nicht mehr in ihre Richtung, also murmelte Molly

noch einige Willkommensworte, ging rückwärts hinaus und schloss die Tür des Häuschens.

Na, ich scheine ja schon ins Fettnäpfchen getreten zu sein, dachte sie. Mein Herz schmerzt für sie, und ich wünschte, es gäbe etwas Nützliches, das ich tun könnte.

Aber nichts zählt außer ihrer Tochter. Natürlich.

13

Der Schrei war aus dem Quallen-Gebäude gekommen, aber die Tür war verschlossen. Dufort rannte zum anderen Ende des Gebäudes und probierte es an dieser Tür – auch verschlossen. Er hielt inne und lauschte. Er hörte mehrere dumpfe Geräusche, etwas Gerede, dann einen weiteren Schrei.

Er erwog, eine Scheibe einzuschlagen, um hineinzukommen, lief stattdessen aber zum Verwaltungsgebäude. Die Tür im Erdgeschoss war unverschlossen, er riss sie auf und stürmte hinein, während er rief: „Hallo! Polizei! Hier ist Kommissar Dufort! HALLO!"

Eine Sekretärin, die immer schon Stunden vor allen anderen zur Arbeit kam, steckte ihren Kopf aus ihrem Büro. „Was ist denn los? Kann ich Ihnen helfen?", fragte sie überrascht.

„Schließen Sie das mittlere Gebäude auf, jemand drinnen schreit. Können Sie es öffnen? Schnell!"

Die Sekretärin verschwand in ihrem Büro und kam mit einer Karte zurück. „Ziehen Sie die durch", sagte sie. „Soll ich das machen? Ist jemand verletzt?"

„Bleiben Sie hier", sagte Dufort, schnappte sich die Karte und rannte los.

Er zog die Karte einmal durch, aber die Tür blieb verschlossen. Zu schnell. Er versuchte es erneut, zog die Karte weniger hektisch durch und hörte das Schloss aufklicken.

Aus dem Gang war ein Streit zu hören. Dufort trottete schnell und leise in Richtung der Stimmen. Er hörte jemanden weinen.

Als er den richtigen Raum erreichte, hielt er für einen Moment inne, um zu lauschen, dann schlich er vorsichtig um die Ecke. Er sah einen großen Mann, der seine Hand hob, und eine Frau, die sich vor ihm duckte.

„Halt!", rief Dufort und stürmte in den Raum.

Der Mann drehte sich um und starrte Dufort an, die Hand immer noch erhoben. „Wer sind Sie?", fragte er verblüfft.

Die Frau stand auf. Sie sah seltsam neugierig aus, nicht verstört – sie sah nicht so aus, wie er es erwartet hatte.

„Ich bin Kommissar Dufort von der Polizei Castillac", sagte er. Er wandte sich an die Frau. „Geht es Ihnen gut?"

Der große Mann lachte. „Wir machen eine Show. Wir sind Schauspieler, machen nur Theaterübungen und wollten gerade eine Szene proben!"

Dufort blickte den Mann an, dann die Frau. Jetzt, da er mit ihnen im selben Raum war, spürte er weder Adrenalin noch Angst. Er glaubte ihnen. „Es tut mir furchtbar leid", sagte er und versuchte zu lächeln. „Ich bin vorbeigegangen und hörte Sie schreien..."

„Es ist ein gewalttätiges Stück", sagte die Frau mit einem Lachen. „Mein Mann hier, er ist kein sehr netter Kerl!"

„Dafür wirst du bezahlen", sagte der Mann, seine Augen verdunkelten sich.

„Er scherzt!", sagte die Frau, als sie sah, wie sich Duforts Augenbrauen hoben. „Wirklich! Hör auf, Marc, oder er nimmt dich mit." Sie lachte wieder, und Dufort konnte die Schauspielerin in ihr sehen – wie ihr Lachen nicht ganz echt war, sondern ein bisschen aufgesetzt, um ihn zu bezaubern. „Hallo, ich bin Marilyn McKay."

„Das ist ihre Rolle im Stück", sagte Marc und verdrehte die Augen. Sie streckte die Hand aus und streichelte seinen Arm. Dufort wollte dieses Paar bei dem, was sie taten, allein lassen und mit dem Interview fortfahren, für das er gekommen war. Aber wenn er schon mal hier war, konnten sie ihm vielleicht ein paar Informationen geben. Man wusste nie, woher der entscheidende Hinweis kommen konnte.

Er sah sich um und bemerkte, dass sie sich in einem großen, lichtdurchfluteten Raum befanden. In der Mitte des Raumes, wo das Paar stand, gab es eine etwa um einen Meter erhöhte Plattform. Eine Wand, die gegenüber dem Flur lag, war komplett aus Glas, und die anderen Wände waren mit Zeichnungen bedeckt, die an einem Streifen befestigt waren, der knapp über Augenhöhe um den Raum herum verlief.

„Ich wusste gar nicht, dass Degas auch Theater hat? Ich dachte, es gäbe hier nur bildende Kunst?"

„Das stimmt", sagte die Frau. „Wir führen nur zum Spaß etwas auf. Nicht für die Öffentlichkeit, nur für die anderen Studenten."

„Ich verstehe", sagte Dufort, obwohl er das Theater nie gemocht hatte und es nicht wirklich verstand. Der Fokus seines Arbeitslebens lag darauf, die Wahrheit zu finden, also auf der Bühne herumzulaufen und so zu tun, als wäre man jemand anderes... er hatte nie den Sinn darin gesehen. „Sagen Sie mir", fuhr er fort, „hat einer von Ihnen Kurse bei Professor Gallimard?"

Marilyn, oder die Schauspielerin, die Marilyn spielte, lachte. „Oh, wir alle haben früher oder später Gallimard", sagte sie. „Hat er Ärger?", fragte sie hoffnungsvoll.

„Oh nein. Ich wollte nur wissen, was für eine Art Lehrer er ist, sowas in der Art? Falls Sie eine Meinung dazu haben."

„Marc hat immer eine Meinung", sagte Marilyn verspielt.

„Er ist okay", sagte Marc. „Er fokussiert sich ein bisschen zu sehr auf seine Studentinnen, wenn Sie verstehen, was ich meine."

Dufort nickte wissend, als hätte er so etwas schon gehört. „Ist er gut im Unterricht? Kennt sich aus und so weiter?"

„Sehr sogar", sagte Marilyn. „Hören Sie nicht auf Marc, er ist Bildhauer und gibt den Malern nie Anerkennung. Gallimard ist ein ausgezeichneter Lehrer, wirklich. Und er scheut sich auch nicht, seine Studenten einigen der einflussreichen Leute vorzustellen, die er kennt. Er gibt sich außerhalb des Ateliers zusätzliche Mühe."

„Das will ich meinen", sagte Marc. Marilyn stieß ihm den Ellbogen in die Rippen.

„Also gut", sagte Dufort. „Es tut mir leid, dass ich bei Ihnen hereingeplatzt bin, ich bin weg – vielen Dank für Ihre Hilfe."

Das Paar nickte und sah Dufort beim Verlassen des Raumes zu. Er ging zügig den Flur entlang, ohne die dort hängende Kunst zu beachten, und machte sich auf den Weg zurück zur Sekretärin im Verwaltungsgebäude.

„Entschuldigung, ich bin Kommissar Dufort", sagte er, als er ihr Büro erreichte. „Danke für Ihre Hilfe, alles ist in Ordnung." Er gab die Karte zurück und nickte. Er war jetzt ruhig genug, um zu bemerken, dass die Frau ungefähr in seinem Alter und ziemlich attraktiv war.

„Ich bin Marie-Claire Levy", antwortete sie. „Ich war so besorgt, nachdem Sie weggerannt sind, dass ich Ihnen gefolgt bin und im Flur gelauscht habe, bis ich hören konnte, dass alles in Ordnung war."

„Ich habe Ihnen gesagt, Sie sollen hierbleiben!", sagte Dufort, aber er lächelte dabei. Marie-Claire hatte dunkles Haar, das zu einem strengen Dutt zusammengebunden war, aber einen warmen Ausdruck in ihren Augen. Und ein hübsches Gesicht, daran bestand kein Zweifel. Dufort lächelte noch breiter.

„Na ja, ich weiß, dass Sie das getan haben. Und zuerst dachte ich, wenn etwas Schlimmes passiert, würde ich die Gendarmen rufen, aber dann wurde mir klar, dass Sie ja schon hier sind. Dumm von mir, ich weiß."

Dufort zuckte mit den Schultern. „Theaterübungen."

Marie-Claire lachte. „Die Studenten hier sind wie Studenten

überall, immer zu irgendwelchem Unfug bereit, Sie wissen schon, wie das ist!"

„Diese Zeiten scheinen mir jetzt ziemlich weit weg", sagte Dufort.

Marie-Claire nickte. „Also, Sie sind wegen Amy hier?"

Dufort zögerte. Mit einiger Anstrengung, nachdem er einen letzten anerkennenden Blick auf Marie-Claire geworfen hatte – ihre intelligenten Augen und ihre schlanke Gestalt –, brachte er seine Gedanken zurück zur Arbeit, und nur zur Arbeit.

Es war immer ein wenig heikel zu entscheiden, wie viel man sagen sollte. Er schätzte schnell ein, dass Frau Levy jemand war, die bei dieser Ermittlung nützlich sein konnte. Eine aufmerksame Person in ihrer Position wusste möglicherweise mehr darüber, was in der Schule vor sich ging, als irgendjemand sonst.

„Ja", sagte er schließlich. „Ich bin wegen Amy hier."

SIE WAR EINE ERBÄRMLICHE, feige Gastgeberin, das gab Molly vor sich selbst zu. Wenn sie auch nur ein Quäntchen Mut oder den kleinsten Tropfen Menschlichkeit besessen hätte, wäre sie zum Cottage hinübergegangen, um mit den Bennetts zu plaudern, ihnen einen Drink anzubieten, ihnen ein paar Häppchen zu bringen, irgendetwas. Aber nein, stattdessen hatte sie sich in ihrem Haus verbarrikadiert und überließ sie sich selbst, weil die ganze Aura der Bennetts – ihre bodenlose Angst, ihre monumentale, taumelnde Besorgnis – so zutiefst unangenehm war.

Sie hatten das Cottage nicht verlassen, seit Molly sie vor Stunden hineingeführt hatte. Sie wurde sich bewusst, dass sie noch nicht viel Erfahrung hatte, aber sie war es gewohnt, dass Gäste sich ziemlich schnell einrichteten und dann einen Blick auf La Baraque werfen oder ins Dorf gehen wollten. Selbst die verrückten Lawlers hatten nicht den ganzen Tag außer Sichtweite mit geschlossener Tür verbracht.

Ich sollte etwas tun, um ihnen zu helfen, dachte sie, rührte sich aber trotzdem nicht vom Fleck und blieb auf der Terrasse auf ihrem rostigen Lieblingsstuhl sitzen, aß ein paar Stückchen Salami (Wildschwein mit Fenchel, extrem lecker) und bewegte sich kein bisschen in Richtung der Bennetts, egal wie sehr sie sich dafür geißelte, nicht auf sie zuzugehen.

Sie überprüfte ihre E-Mails in der Hoffnung, von einigen Freunden aus der Heimat zu hören, aber es gab nichts außer ein paar neuen Anfragen für das Cottage. Sie lehnte sie ab, da sie keine Ahnung hatte, wie lange die Bennetts bleiben würden. Werden sie im Cottage wohnen, bis Amy auftaucht, so oder so? Das konnte Monate dauern. Es konnte dauern bis... in alle Ewigkeit.

Sie schauderte. Was ich brauche, dachte sie, ist etwas Ablenkung. Hallo, Lawrence Weebly! Er sitzt wahrscheinlich genau in diesem Moment auf demselben Hocker bei Chez Papa.

Sie segelte in ihr Badezimmer, beflügelt von einem Gefühl der Zielstrebigkeit, wie unbedeutend es auch sein mochte, und trug etwas Mascara und einen Hauch Lippenstift auf.

Ich muss wirklich mal sehen, dass ich ein Auto bekomme, dachte sie, während sie aus der Auffahrt abbog und wie üblich zu Fuß ins Dorf ging. Bald wird es kalt sein und früh dunkel werden, und Laufen wird viel weniger reizvoll sein. Ich will kein Vermögen für Vincent und sein Taxi ausgeben.

Genau wie sie vermutet hatte, *war* Lawrence bei Chez Papa, auf genau demselben Hocker, und trank einen Negroni. Nico nickte, als Molly hereinkam. Lawrence sprang auf, und sie küssten einander auf die Wangen.

„Meine Liebe!", rief er aus. „Ich war besorgt, dass du dich von neulich Abend noch nicht erholt hast. Die Zeit nach ein paar Negronis ist manchmal ein steiniger Weg. Wie geht es dir? Und ich höre, die Bennetts wohnen bei dir. Erzähl mir alles."

„Bonsoir. Nur einen Kir", sagte Molly zu Nico. „Mit Sekt, bitte." Sie ließ sich auf einen Hocker sinken und sah sich um, genoss den freundlichen Geruch von Chez Papa: eine Mischung aus Entenfett, Tabak, Kaffee und Menschen.

„Ich habe wirklich nichts zu erzählen."

Lawrence' Gesicht fiel ein. „Ach komm schon, ich frage nicht auf eine unfreundliche Art. Neugierig vielleicht, aber nicht gemein."

Nico stellte Mollys Kir ab und zwinkerte ihr zu.

„Danke, Nico", sagte sie. „Lass mich nicht an die Negronis ran, ja?"

„Ich tu nur, was man mir sagt", sagte er grinsend.

Hübscher Junge, dieser Nico, dachte Molly. Er war dunkelhaarig und sah teilweise italienisch aus, und Gott weiß, die Italiener hatten den Markt der gutaussehenden Männer fest im Griff.

„Oh, ich bin nicht eingeschnappt", sagte sie zu Lawrence. „Ich habe wirklich nichts zu erzählen. Die Bennetts sind heute angekommen, ich habe sie zum Cottage gebracht und sie seitdem nicht mehr gesehen. Ich nehme an, sie werden sich mit Dufort und der Schule treffen, aber soweit ich weiß, ist nichts davon bisher passiert. Ich bin nur... ich bin froh, dich hier zu finden, weil ich mit jemandem darüber reden muss."

Lawrence nickte ermutigend.

„Aus irgendeinem Grund gehe ich wegen dieser Amy-Bennett-Sache halb kaputt, und die Eltern direkt da zu haben, in meinem Cottage... Ich weiß nicht, was es ist... Ich fühle mich so schuldig, als ob ich etwas für sie tun sollte, sie irgendwie trösten sollte. Aber ich rühre keinen Finger. Ich lasse sie den ganzen Tag allein dort drüben sitzen, und hier bin ich."

„Oh, Molly", sagte Lawrence. „Ich würde alles darauf verwetten, dass sie in Ruhe gelassen werden wollen. In ihrer Situation wäre das Letzte, was man wollen würde, Small Talk mit einem Fremden zu machen, meinst du nicht?"

„Ja. Natürlich." Sie nippte an ihrem Drink. „Du hast recht." Leider änderte die Überzeugung, dass Lawrence recht hatte, nicht viel an ihren Gefühlen. „Hast du etwas gehört? Was sagt der Rest des Dorfes zu der ganzen Sache?"

„Nun, ich habe ein paar interessante Dinge gehört. Jemand hat mir erzählt, Amy war hier, bei Chez Papa, am Abend bevor sie verschwand."

Molly strich sich einige widerspenstige Locken hinters Ohr, ihre Augen weit aufgerissen. „Wirklich? Mit wem war sie zusammen, Freunde von der Schule?"

„Es ist unklar. Anscheinend war es einer dieser Abende, in denen viele, die hier waren, etwas zu tief ins Glas geschaut haben. Meine Quelle sagt mir, sie war ziemlich betrunken."

„Wer ist deine Quelle?"

„Das verrate ich nicht", sagte Lawrence, lächelte und nahm einen großen Schluck Negroni.

„Hey Nico!", rief Molly.

Nico schlenderte vom anderen Ende der Bar herüber. „Was gibt's, Boston?"

„Oh nein, du gibst mir nicht diesen Spitznamen. Vergiss das gleich wieder, verstanden?"

Nico zwinkerte ihr nur zu.

„Also war Amy Bennett hier, kurz bevor sie verschwand?", fragte sie ihn beiläufig.

Nico zuckte mit den Schultern und sah weg. „Ich kenne nicht jeden", sagte er. „Es wird hier an manchen Abenden ziemlich voll. Touristen, Studenten, Einheimische, plus, keine Ahnung, zufällige Leute von überall her." Er ging zurück zum anderen Ende der Bar und wischte die Oberfläche energisch mit einem Barhandtuch ab.

„Also ist er nicht deine Quelle", sagte Molly zu Lawrence.

„Ich mag dich wirklich sehr", antwortete er. „Aber ich verrate nie eine Quelle."

„Na gut, nehmen wir an, sie war in der Nacht vor ihrem Verschwinden hier. Und nehmen wir an, sie war betrunken. Wohin führen uns diese Fakten?"

„Ein Fan von Krimiserien, was?"

„Früher war ich besessen von *Law & Order*, wie jeder anspruchsvolle Fernsehzuschauer." Molly drehte sich auf ihrem Hocker, um einen besseren Blick auf den Raum zu haben, und beobachtete einen Moment lang. Es war ein ruhiger Abend bei Chez Papa – ein paar Paare aßen zu Abend, eine Familie mit drei Kindern wartete darauf, zu bestellen. Molly war beeindruckt, wie ordentlich sich die französischen Kinder benahmen, sie lärmten nicht, stießen sich nicht gegenseitig an und schauten auch nicht auf irgendwelche elektronischen Geräte, sondern saßen einfach ruhig auf ihren Plätzen und unterhielten sich mit leiser Stimme.

Molly wandte sich wieder Lawrence zu. „Sag mir das, ist Dufort gut in seinem Job? Ich habe ihn neulich draußen auf der Straße getroffen."

„Hmm, das kann ich nicht wirklich sagen. Hatte bisher nichts mit ihm zu tun. Aber es gibt da diese anderen Fälle, weißt du. Es ist nicht so, als wäre das Verbrechensregister von Castillac ganz leer."

Molly schluckte. Sie zögerte und wollte für ein paar Sekunden nichts mehr wissen. Ein letzter Moment, um ihre Unwissenheit zu genießen. Dann fragte sie langsam: „Wovon sprichst du, ‚andere Fälle'?"

„Amy Bennett ist nicht die erste Frau, die aus Castillac verschwunden ist, Molly. Ich weiß, es sieht hier ziemlich friedlich und malerisch aus, aber das Böse achtet nicht unbedingt auf die Umgebung, oder?"

Molly starrte ihn nur an, mit weit aufgerissenen Augen und leicht geöffnetem Mund. „Nicht die erste?", brachte sie schließlich heraus, aber so leise, dass Lawrence von den Lippen ablesen musste, um zu verstehen, was sie sagte.

❧ 14 ❧

Es war Mittwoch, der 17. September. Amy Bennett war seit über einer Woche nicht mehr gesehen worden.

Mit jedem verstreichenden Tag verschlimmerte sich Benjamin Duforts Unruhe, egal welche Kombination von Kräutertinkturen er einnahm oder wie weit er morgens lief. Er erstellte Listen mit den Schritten, die er in der Ermittlung unternehmen musste – hauptsächlich Personen, die er befragen wollte, und andere administrative Details. Und es war an der Zeit, an die Öffentlichkeit zu gehen und zu versuchen, die Hilfe der gesamten Gemeinschaft zu gewinnen. Aber das Erstellen von Listen und Planen minderte sein Gefühl der Beklemmung nicht. Und zu dieser Beklemmung kam das ständige Gefühl, dass er für seinen Job nicht geeignet war und vor den Augen des ganzen Dorfs versagte. Lawrence Weebly war nicht der Einzige, der an die anderen Frauen dachte, die aus Castillac verschwunden waren. Natürlich dachte Dufort ebenfalls an sie, und das tat er schon seit Jahren, stetig, stündlich.

Drei Frauen. Er hatte *nichts* für sie getan.

Er würde es den Bürgern von Castillac nicht verübeln können, wenn sie anfingen, ihn unter Druck zu setzen, seinen Posten aufzugeben, noch bevor die Gendarmerie ihn routinemäßig in eine andere Gemeinde versetzte.

Die erste Frau, die verschwunden war, war Elizabeth Martin gewesen, eine junge Britin, eine Touristin, ohne jegliche Verbindung zu Castillac, die Dufort je gefunden hatte, abgesehen von einem Besuch für ein paar Tage im Rahmen einer Frankreichreise in einem früheren Sommer. Alles, was man wusste, war, dass Castillac der letzte Ort war, an dem sie je gesehen worden war – die Möglichkeiten, was ihr zugestoßen sein könnte, waren also praktisch unzählbar. Falscher Ort, falsche Zeit, und sie war getötet und nie gefunden worden? Oder absichtliches Verschwinden, und sie lebte irgendwo mit einer neuen Identität, trank Cocktails auf Ibiza und blickte nicht zurück?

Es gab eine Million möglicher Abläufe. Sie hatte keine Familie, keine Eltern oder Verwandten, die Druck ausüben konnten, und ihr Fall war recht schnell in den staubigen Aktenschränken ungelöster Fälle gelandet.

Das nächste Ereignis hatte Castillac härter getroffen. Weil ein zweites Verschwinden sich zum einen nicht doppelt so schlimm anfühlte, sondern eher tausendmal schlimmer, was die Dorfbewohner zwang zuzugeben, dass das erste wahrscheinlich nicht zufällig gewesen war, nicht einfach eine dieser Sachen, und dass der Täter möglicherweise nicht weggegangen war, sondern noch da war, anwesend, *einer von ihnen* – und weil das Opfer, falls sie *ein* Opfer war, eine junge Frau aus dem Ort war. Ihr Name war Valérie Boutillier. Sie war achtzehn gewesen, als sie vor sechs Jahren verschwunden war. Niemand, auch nicht Dufort, glaubte, dass es eine Chance gab, dass Valérie weggelaufen war und nie wieder Kontakt nach Hause aufgenommen hatte. Ihr Leben in Castillac war glücklich gewesen, gerade genug familiäre Dysfunktion, um nicht langweilig zu sein, und sie war an einer erstklassigen Universität angenommen worden – ihr Traum – und hatte einen Monat nach ihrem Verschwinden ihr Studium beginnen sollen.

Es gab in Duforts Kopf absolut keinen Zweifel daran, dass jemand Valérie entführt hatte. Ob sie irgendwo noch am Leben war, gegen ihren Willen festgehalten wurde ... nun, die Chancen dafür sanken mit jedem Tag, und es waren schon verdammt viele Tage vergangen, seit sie verschwunden war.

Dufort war zurück am L'Institut Degas, diesmal fest entschlossen, das Gespräch mit Gallimard durchzuführen, egal welche Unterbrechungen auftauchen würden. Marie-Claire Levy hatte ihm gesagt, wo er ihn finden könnte und zu welchen Zeiten er wahrscheinlich da sein würde, und so klopfte Dufort an seine Bürotür, genau ihren Vorschlägen folgend.

„Einen Moment", sagte eine raue Stimme von drinnen.

Dufort hörte einige dumpfe Geräusche, dann einen Stuhl, der über einen Holzboden kratzte. Die Professoren hatten ihre Büros im alten Verwaltungsgebäude, und der Geruch von alten Büchern, Holz und Gips erinnerte ihn an die Gebäude seiner Universität im Norden.

Schließlich öffnete sich die Tür und ein großer Mann schaute heraus. „Kann ich Ihnen helfen?", fragte er gereizt.

„Bonjour, Professor. Es tut mir leid, Sie zu stören. Ich bin Kommissar Dufort von der Gendarmerie Castillac. Ich frage mich, ob ich einen Moment Ihrer Zeit haben könnte?"

Gallimard zuckte mit den Schultern.

„Ich hatte gehofft, kurz mit Ihnen sprechen zu können. Ich werde nicht lange brauchen." Dufort erkannte, dass Gallimard die Art Mann war, der von anderen Männern Unterwürfigkeit erwartete, also gab er sie ihm. Zumindest oberflächlich.

Gallimard nickte und öffnete die Tür, wobei er Dufort hereinwinkte. Drinnen stand ein breiter Schreibtisch, bedeckt mit Papierstapeln und Nippes, und ein offensichtlich antiker drehbarer Schreibtischstuhl. Neben dem Schreibtisch stand ein abgenutztes Sofa, und am Ende des schmalen Raumes ließ ein rundes Fenster das einzige natürliche Licht herein.

Dufort wunderte sich, warum keine Kunst an den Wänden

hing, und ihm wurde klar, dass er in der Annahme an die Tür geklopft hatte, der Raum hätte ein bestimmtes Aussehen. Er machte sich eine Notiz, darüber weiter nachzudenken, da er festgestellt hatte, dass seine falschen Annahmen gelegentlich auf unerwartete Weise sehr aufschlussreich sein konnten.

„Also", sagte er und spielte ein wenig den Desorganisierten, „es ist ein bisschen überraschend, dass wir uns nicht schon früher getroffen haben, nicht wahr? Lassen Sie mich sehen ... ich bin hier wegen der Sache mit dieser Studentin. Amy. Amy Bennett?"

„Ja", sagte Gallimard. Er blickte finster drein. „Schrecklich. Sie ist sehr talentiert. Nicht dass ihr Talent irgendetwas mit ihrem Verschwinden zu tun hat. Zumindest sehe ich nicht, wie es das könnte. Jedenfalls, was ich Ihnen sagen kann, ist, dass sie mittwochmorgens einen Malkurs bei mir hat, und letzten Mittwoch war es? Das wäre also eine volle Woche? Ja, letzten Mittwoch ist sie nicht erschienen. Ich habe sie seitdem nicht gesehen."

Dufort nickte. „Dieser Mittwochmorgen-Kurs – wie viele Studenten sind darin?"

„Elf."

„Und wie würden Sie sie einschätzen, ich meine, würden Sie Amy an die Spitze dieser elf setzen? Ans Ende?"

„An die Spitze. Ganz an die Spitze. Was spielt das für eine Rolle?"

„Ich versuche nur... ich möchte mir ein Bild davon machen, wer Amy war, das ist alles. Alles, was Sie hinzufügen können, wirklich alles, wäre hilfreich."

Eine Pause wurde etwas länger als angenehm war, aber Dufort sprach nicht.

„Nun, ich bin mir nicht sicher, ob ich Ihnen viel erzählen kann. Sie war eine ziemlich gute Studentin - talentiert, wie ich schon sagte, und auch fleißig. Beständig. Ich hatte vor, ihr später einige Kontakte zu vermitteln, wenn sie etwas weiter entwickelt wäre, verstehen Sie. Dies war erst der Beginn ihres zweiten Jahres.

Noch ein weiter Weg. Aber das Potenzial, ja, das Potenzial war definitiv vorhanden."

„War?"

„Oh, ich - ich meinte nichts damit. Ich sage 'war' nur, weil… weil sie nicht mehr hier ist, verstehen Sie. Als ob sie im Urlaub wäre oder ein Semester ausgesetzt hätte oder so, wie Studenten es heutzutage so oft tun. Schwer, den Überblick zu behalten, ob sie kommen oder gehen!", fügte er hinzu, vielleicht ein bisschen zu herzlich.

„Können Sie mir etwas über ihr Privatleben erzählen?"

Gallimard presste die Lippen zusammen. „Überhaupt nicht. Sie schien mit ihren Kommilitonen gut auszukommen. Kein Mädchen, das Drama verursacht, verstehen Sie. Ruhig. Nicht daran interessiert, sich als Künstlerin zu inszenieren, sondern eine zu sein, wenn Sie verstehen, was ich meine. Nun, wenn es nicht noch viel mehr gibt? Ich habe einige Arbeiten, die ich heute Morgen unbedingt benoten muss, sonst werden mich meine Studenten kreuzigen wollen."

Dufort blickte in Gallimards Gesicht. Er war vielleicht Anfang fünfzig, und sein Gesicht verriet ein etwas raues Leben - zu viel Alkohol, zu viele Zigaretten, die Aufgedunsenheit von zu viel von allem. Sein Bauch war rund und seine Strickjacke, zweimal zugeknöpft, war so gespannt, dass Dufort befürchtete, die Knöpfe würden den Tag nicht überstehen.

„Ich verstehe, entschuldigen Sie", antwortete er. „Darf ich Sie wieder kontaktieren, wenn Sie nichts dagegen haben, falls etwas auftaucht, bei dem ich denke, dass Sie uns helfen könnten?"

„Natürlich", sagte Gallimard und bewegte sich zur Tür. Dufort hatte definitiv das Gefühl, dass er hinausgedrängt wurde. „Ich dachte, heutzutage ermittelt die Polizei nicht mehr bei vermissten Personen, außer bei Kindern?"

„Das ist richtig", sagte Dufort. „Ich würde das keine offizielle Ermittlung nennen. Ich versuche nur zu helfen, wenn jemand aus unserer Gemeinde in Schwierigkeiten ist. Möglicherweise in Schwierigkeiten, meine ich."

„Ja, natürlich. Ich erwarte, dass sie auftauchen wird. Junge Leute - sie setzen sich alle möglichen verrückten Ideen in den Kopf, wissen Sie. Ich hatte letztes Jahr einen Studenten, der nach Alaska abgehauen ist, ausgerechnet. Er war besessen von irgendeiner Tierart, ich erinnere mich nicht, vielleicht dem Murmeltier? Und nichts anderes kam in Frage, als nach Alaska zu gehen, um es zu sehen. Ich glaube, er hat einige ziemlich gute Skulpturen daraus gemacht!" Gallimard lachte, und zum ersten Mal konnte Dufort seinen Charme sehen, eine Art wissende Liebenswürdigkeit, die einen einbezog, einen das Gefühl gab, man sei genauso kultiviert und weltgewandt wie er, und dass er einen wirklich sehr mochte.

Charme kann ziemlich problematisch sein, dachte Dufort auf seinem Rückweg ins Dorf. Er wiegt die Menschen in dem Glauben, dass Dinge wahr sind, die vielleicht gar nicht wahr sind. Es ist fast wie ein Zauber, wie Magie, nicht wahr.

§&

MOLLY HIELT es keine Minute länger aus. Sie zog ihre schmutzigsten Klamotten an, nahm eine Tasse Kaffee und ging mit wahnwitzigen Plänen, die Ranken in der vorderen Grenze bis zum Vormittag loszuwerden, in den überwucherten Garten. Es war der bisher kälteste Morgen, und sie musste zurückgehen, um einen Pullover zu holen, aber ihr wurde schnell warm, als sie anfing, tief zu graben, um die Wurzeln zu erreichen, und dann alles, was sie herausreißen konnte, auf einen Haufen hinter sich zu werfen.

In gewisser Weise mochte sie diese Art von Gartenarbeit am liebsten: Es war gedankenlos, es war körperlich anstrengend, und die Detailarbeit, bei der man versuchte, jedes letzte Stückchen Wurzel herauszubekommen, ließ sich auf Autopilot erledigen.

Man konnte meinen, dass alle möglichen ängstlichen Gedanken in den leeren Raum strömen würden, aber tatsächlich taten sie das nicht. Während des Jätens der Ranken blieb Mollys Kopf selig leer, ohne jeden Gedanken an die Bennetts oder an die Geschichten, die Lawrence ihr am Abend zuvor über die anderen zwei Frauen aus Castillac erzählt hatte, die verschwunden und nie gefunden worden waren. Nichts in ihrem Kopf außer dem Anblick der unbekannten Erde, dem Gefühl der zähen Ranken, als sie sie um ihre Hände wickelte, um sie herauszureißen, und vielleicht dem gelegentlichen gemurmelten Fluch, wenn eine Wurzel abbrach und einen Klumpen tiefer unten zurückließ, der nachwachsen würde, wenn sie nicht danach grub.

Als die Sonne höher stieg, wurde der Tag wärmer. Die orangefarbene Katze erschien und rieb sich an Mollys Bein, aber sie würdigte sie keiner Streicheleinheit.

„Denkst du, ich bin so leichtgläubig?", sagte sie zu der Katze. „Mein Finger tut noch weh vom letzten Mal." Die orangefarbene Katze miaute und rieb sich wieder an ihrem Bein.

So viele fantastische französische Rosensorten, dachte Molly. Ich liebe die Damaszener-Rosen. Muss unbedingt La Ville de Bruxelles haben, dieses tiefe Rosa bringt mich jedes Mal um den Verstand. Und Duchesse du Brabant mit dem erstaunlichen Duft. Und Chapeau de Napoleon, kann ich nicht drauf verzichten, oder De Meaux, und Fantin Latour. Ich sollte besser ständig Buchungen haben, um meine Rosensucht zu finanzieren, dachte sie und schaute sich um, erschüttert von dem Kontrast zwischen ihrer Vision des Gartens, üppig mit kohlartigen Blüten und himmlischen Düften, und der stacheligen, überwucherten Realität.

Die Mittagszeit brach heran. Molly blickte zum Cottage hinüber, sah aber kein Lebenszeichen. Sie fragte sich, ob die Bennetts überhaupt schlafen konnten – oder vielleicht schliefen sie die ganze Zeit, mit Hilfe einiger starker Beruhigungsmittel? Das würde ich wahrscheinlich an ihrer Stelle tun, dachte sie.

Mich mit Medikamenten betäuben und beten, dass alles wieder in Ordnung ist, wenn ich aufwache. Wie sonst sollte man mit der Hilflosigkeit und dem schleichenden grauen Schrecken umgehen, nicht einmal zu wissen, was passiert war, und nichts anderes tun zu können, als zu warten und zu hoffen?

Sie essen wahrscheinlich auch nichts, dachte sie. Sie nickte sich selbst zu und sprang auf, ließ ihre Werkzeuge im Unkraut liegen und ging mit der Absicht hinein, den Bennetts ein anständiges Mittagessen zuzubereiten. Das konnte sie zumindest tun, auch wenn sie nie die richtigen Worte finden würde.

Lebensmittel einzukaufen war zu einer von Mollys Hauptbeschäftigungen in Frankreich geworden. In den Staaten hatte sie sich einmal pro Woche zum Supermarkt geschleppt und zumindest während des kurzen Sommers zu einigen Bauernmärkten, die zwar nicht praktisch gewesen waren, auf denen es aber gutes Gemüse gegeben hatte. Meistens hatte sie den Lebensmitteleinkauf jedoch als eine weitere zu erledigende Pflicht betrachtet. In Castillac war es eine Mischung aus sozialem Anlass, Kultur und Kunst. Ganz zu schweigen von der logischen Komplexität herauszufinden, was man wo in welcher Saison bekam: ein Käsehändler für Frischkäse und ein anderer für Käse aus anderen Regionen; der Mann, der Bio-Obst verkaufte und nur dienstags kam; der Fischstand, der mittwochabends auf dem Platz aufgebaut wurde. Und so weiter und so fort.

Im Laufe der Tage hatte Molly mit verschiedenen Dorfbewohnern geplaudert, sie ein wenig kennengelernt und ihr Wissen darüber erweitert, wo man das Beste von allem bekam. Das Ergebnis war, zumindest für den Moment, dass ihre Vorratskammer bis zum Bersten mit einer breiten Palette köstlicher Zutaten gefüllt war. Sicherlich würde sie in der Lage sein, etwas zuzubereiten, das die Bennetts erfreuen und stärken würde, bei so viel Fülle, aus der sie schöpfen konnte.

Sie stand vor der offenen Kühlschranktür und starrte auf eingewickelte Fleisch- und Käsepakete, auf Salate und eine

Flasche Sahne. Wenn ich einer Tragödie gegenüberstünde, dachte sie, was würde ich am liebsten essen wollen?

Zunächst überlegte sie, aufwendige, extravagante Gerichte zuzubereiten, entschied dann aber, dass diese eher als Henkersmahlzeit vor der Guillotine geeignet waren als zur Trauerbewältigung. Und obwohl sich die Bennetts vielleicht fühlten, als erwartete sie die Guillotine, waren Trüffel und Foie gras vielleicht nicht die beste kulinarische Richtung. Etwas Tröstlicheres war gefragt.

Sie entschied sich schließlich für das einfachste aller Gerichte, eine Soupe Parmentier. Lauch, Kartoffeln und ein Schuss Sahne. Im Küchengarten musste es Schnittlauch geben, und während der halben Stunde, in der sie im üppigen Wildwuchs danach suchte, war die Suppe fertig. Der Schnittlauch war die ganze Zeit direkt neben der Hintertür gewesen, und sobald das Brot geschnitten war, war das Mittagessen fertig. Auf einem Tablett richtete Molly eine dicke Scheibe Landpastete auf einen Teller mit einem kleinen Messer und die Schüsseln mit heißer Suppe an, dazu grobe Landservietten und eine Flasche Pécharmant vom Sallière-Weingut die Straße hinunter. Dann schnitt sie ein paar schwarzäugige Susannen ab, steckte sie in eine alte Medizinflasche aus Glas und quetschte diese ebenfalls auf das Tablett.

Und jetzt – musste sie ihnen gegenübertreten.

Sie ging zum Cottage hinüber, ihr Herz schlug zu schnell. Sie stellte das Tablett auf den Boden, holte tief Luft und klopfte fest an die Tür, dann hob sie das Tablett wieder auf.

Stille.

„Hallo?", rief sie. „Ich habe Ihnen etwas zum Mittagessen mitgebracht!"

Stille.

Die orangefarbene Katze miaute irgendwo in der Nähe, aber Molly konnte sonst kein Geräusch von etwas Lebendigem hören. Sie klopfte noch einmal, wartete und stellte dann das Tablett so ab, dass die Tür nicht dagegen stoßen würde, auch wenn die

Katze sicherlich mit der Pastete davonlaufen würde, sobald sie ihr den Rücken zukehrte.

Sie setzte sich auf der Terrasse an den rostigen Tisch und aß eine Schüssel der Suppe, schmeckte sie aber nicht und nahm nicht einmal wahr, was sie tat.

Ich weiß nicht genau, warum ich das Gefühl habe, als wäre es meine eigene Tochter, die vermisst wird, dachte sie. Nun, so ist es nicht ganz. Aber irgendwie bin ich viel mehr in die Probleme der Bennetts verwickelt, als ich irgendeinen Grund – oder ein Recht – dazu hätte. Vielleicht liegt es daran, dass ich selbst Studentin in Frankreich war, als ich in Amys Alter war. Ich bin lächerlich nostalgisch deswegen und denke, es sollte für sie eine wunderbare Zeit sein, nicht ... nicht das hier.

Wenn es ihnen nicht gelungen war, wegzugehen, ohne dass sie es bemerkt hatte, waren die Bennetts im Cottage, fünfzig Meter entfernt, aber für Molly fühlte es sich emotional so an, als hätten sie sich in ihrem Wohnzimmer eingerichtet, ihre unkontrollierbaren Gefühle tobten durch Mollys ganzes Haus, und keine Schüssel Suppe würde in der Lage sein, sie in Schach zu halten.

1 963
Der siebenjährige Anton Gallimard stürmte durch den Salon seines weitläufigen Hauses und schwenkte dabei ein Blatt Papier über seinem Kopf.

„In diesem Haus wird nicht gerannt!", brüllte sein Vater. „Geh zurück!"

Anton hielt sein Papier hoch. „Papa, ich möchte dir zeigen-"

„Geh *zurück!*"

Der Kopf des Jungen sank herab. Er drehte sich um und ging aus dem Zimmer zurück den Korridor entlang, der mit Gemälden und Radierungen in vergoldeten Rahmen gesäumt war, viele von großem Wert. Er seufzte und drehte sich wieder um, warf einen erneuten Blick auf seine Zeichnung. Sie *war* doch gut, oder? Das hatte er gedacht, aber jetzt war er sich nicht mehr sicher. Vielleicht sollte er sie Papa doch nicht zeigen.

„Anton!", donnerte die Stimme seines Vaters.

Langsam machte sich der Junge auf den Weg den Korridor hinunter, das Blatt Papier schlug gegen seine Beine. Er wollte es jetzt nicht mehr zeigen. Er wusste, dass es schrecklich war, und sein Vater würde ihn nur anschreien. Die Freude, die er verspürt hatte, während der Bleistift über das Papier geglitten war, war verflogen. Zaghaft näherte er sich seinem Vater und hielt es ihm hin.

Eine kurze Pause. Anton konnte spüren, wie sich in seinem Gehirn etwas abspielte, eine klirrende Störung, und er legte seine Hände über die Ohren, noch bevor sein Vater gesprochen hatte.

„Was für ein kindisches Gekritzel hast du mir da gegeben?", höhnte sein Vater. Er riss das Papier in zwei Teile, knüllte die Stücke zusammen und warf sie nach Anton. „Was ist nur falsch mit dir?"

Der kleine Anton hatte keine Antwort.

16

2 005 „Denkt daran", sagte Dufort zu Perrault und Maron, als sie sich vor der geplanten Pressekonferenz in seinem Büro versammelten. „Die Presse kann uns sehr hilfreich sein. Ich möchte nicht, dass ihr euch um den Rest kümmert – ignoriert einfach die Kritik und die Spekulationen. Wir brauchen sie, um die Nachricht über Amy zu verbreiten, ihre Fotos zu veröffentlichen, und dann drücken wir die Daumen, dass jemand mit Informationen an uns herantritt, die wir verwenden können."

„Ich habe eine Pressemappe vorbereitet", sagte Thérèse. „Ein paar Fotos und einen kurzen Bericht, den sie mitnehmen können."

„Gute Arbeit", sagte Dufort.

„Ich wette, es werden Blogger oder selbsternannte Bürgerjournalisten da sein. Gibt es eine offizielle Möglichkeit, sie auszubremsen?", fragte Maron mit einem Anflug von Spott.

„Wir wollen niemanden ausbremsen", sagte Dufort. „Je mehr Öffentlichkeit Amy bekommt, desto mehr hilft es unseren Ermittlungen. Wir wollen, dass ihr Gesicht wiedererkannt wird. Wir wollen die Leute zum Nachdenken und Erinnern bringen –

ihr wisst ja, wie es manchmal ist, manchmal ist es die Kleinigkeit, das Detail, an das zunächst niemand denkt – manchmal ist das der Punkt, der den ganzen Fall aufrollt.

„Also, wenn einige Dorfbewohner oder Touristen oder Leute aus den Nachbarorten online über Amy schreiben wollen, bin ich voll dafür. *Bon*, sind wir bereit?"

Maron und Perrault nickten, und die gesamte Gendarmerie von Castillac trat nach draußen auf die Stufen vor der Wache. Es wartete nicht gerade eine Menschenmenge auf sie, nur eine Frau von der Regionalzeitung und eine Handvoll Dorfbewohner.

„Du hast den Fernsehsender erreicht?", fragte Dufort Maron.

„Ja, habe ich. Sie sagten, sie würden jemanden schicken." Er zuckte mit den Schultern.

„Danke, dass Sie gekommen sind", sagte Dufort zu der einzigen Reporterin. „Wie Sie zweifellos wissen, wird eine Studentin des Institut Degas vermisst. Ihr Name ist Amy Bennett, und sie wurde seit letztem Dienstagabend nicht mehr gesehen."

„Wurde sie von derselben Person entführt, die Valérie verschleppt hat?", fragte die Reporterin.

„Wir konzentrieren uns im Moment auf Amy", antwortete Dufort mit einem innerlichen Seufzen. Er hatte gewusst, dass das Thema Valérie zur Sprache kommen würde, das war unvermeidlich. Aber er hatte nicht erwartet, dass es die allererste Frage sein würde, direkt zu Beginn.

Es fühlte sich lächerlich an, wie sie zu dritt dastanden, ohne Kameras und nur einer einzigen Reporterin mittleren Alters gegenüber. Damit so etwas funktionierte, brauchte man Leute. Interessierte Leute. Man brauchte etwas *Aufregung*. Die Dorfbewohner waren bereits weitergegangen, und Dufort beschloss, diese erbärmliche Pressekonferenz abzukürzen.

„Perrault, würdest du – ja, hier ist eine Mappe mit allen Informationen, die wir herausgeben können –"

Perrault sprang auf, um der Reporterin ein Exemplar zu überreichen, und lächelte sie an, bemüht, optimistisch zu bleiben. Dann nickten die Gendarmen, verabschiedeten sich und gingen zurück in die Wache.

„Na, das war ja wohl Zeitverschwendung", murmelte Dufort. Er ging in sein Büro und schloss die Tür, um sofort beim Fernsehsender anzurufen und dem Manager, den er erreichen konnte, die Meinung zu sagen.

Als das erledigt war, rief er Maron und Perrault in sein Büro. „Also gut", sagte er. „Wir müssen anfangen, nach der Leiche zu suchen. Wie ich euch schon gesagt habe, kann dies keine offizielle Untersuchung sein, also müssen wir es tun, ohne dass es so aussieht, als würden wir es tun. Ich werde am Morgen, bevor ich zur Wache komme, einige Zeit damit verbringen – ich übernehme alles nördlich der Rue Gervais. Perrault, du checkst die Nachbarschaft deiner Familie, bis zur Rue Tartine. Maron, fahr entweder mit deinem Fahrrad oder nimm das Auto und sieh dich am Stadtrand um – Bauernhöfe, Garagen, ihr wisst, wie es läuft. Wenn jemand fragt, denkt euch etwas aus.

„Wir müssen sie finden. Es ist mir egal, ob ihr vor oder nach der Arbeit sucht, aber investiert jeden Tag Zeit dafür. Wir suchen weiter, bis wir sie finden, ist das klar?"

Perrault und Maron nickten mit grimmiger Miene.

17

Dufort verbrachte die letzten Arbeitsstunden damit, durchs Dorf zu laufen. Er blieb nicht stehen, um mit jemandem zu reden, winkte aber, wenn er Bekannte sah. Er versetzte sich in eine Art Trance, ähnlich wie beim Joggen, wo die sich wiederholende Bewegung seines Körpers seinen Geist beruhigte und ihm erlaubte, frei über die Details des Amy-Bennett-Falls und alles damit Zusammenhängende nachzudenken. Er beurteilte die Informationen nicht, versuchte nicht, objektiv zu sein, sondern eher das Gegenteil – die Gefühle unter den Fakten zu erspüren.

Aber zu diesem Zeitpunkt waren die Fakten minimal. Eine junge Frau war verschwunden. Die dritte aus diesem Dorf. Kein offensichtliches Motiv, wegzugehen, ohne jemandem Bescheid zu geben. Keine bekannten romantischen Verwicklungen, und keine Person, die zu Dramatik oder Impulsivität neigte.

Keine Spur von ihr. Ihr Portemonnaie, Handy und Ausweise fehlten, ihr Rucksack war weg.

Amy Bennett: vermisst.

Dufort ging eine schmale Hinterstraße entlang, sein Gang leicht uneben wegen des Kopfsteinpflasters. Er warf einen Blick in die Gärten der Dorfbewohner und bemerkte, wer die Dinge ordentlich hielt und wer nicht.

Ihm entgegen kam ein Mann, der einen Hund ausführte. Er war ein großer, schmächtiger Mann mit auffallend langen Füßen. Brille. Haare bis über den Kragen. Dufort war sich nicht sicher, aber er glaubte, der Mann war ein Maler, der an der Degas unterrichtete. Konnte dies endlich ein Moment der glücklichen Fügung sein, während einer Nicht-Ermittlung, die bisher nur voller Blockaden und Schweigen gewesen war?

Normalerweise sprach er nicht, wenn er jemandem aus dem Dorf begegnete, den er nicht kannte, sondern schaute weg, um der Person ihre Privatsphäre zu lassen. Aber in diesem Fall musste er sprechen, musste sehen, ob der Mann ihm überhaupt etwas zu sagen hatte.

„Bonjour, monsieur", sagte Dufort mit einem Nicken. Er verlangsamte seinen Schritt und blieb dann stehen, als der Mann mit dem Hund ihn erreichte. „Entschuldigen Sie die Störung, ich glaube, wir kennen uns nicht. Ich bin Benjamin Dufort von der Gendarmerie."

„Bonjour, Chef Dufort. Ich bin Rex Ford. Natürlich weiß ich, wer Sie sind, eine Koryphäe unseres Dorfes", sagte der Mann ehrerbietig. Sein Französisch war perfekt mit nur einem leichten Akzent.

Dufort machte eine schnelle, etwas ironische Verbeugung. „Ich glaube, Sie unterrichten an der Degas?"

„Das ist korrekt. Seit sechs Jahren nun."

Der Hund, ein Dackel, zog an der Leine und wollte an der Zaunlinie eines Hinterhofs schnüffeln. Ford machte ein paar Schritte, um dem Hund sein Vergnügen zu gönnen.

„Macht es Ihnen etwas aus, wenn ich Ihnen ein paar Fragen stelle? Ich kann mit Ihnen mitgehen, damit Sie gleichzeitig Ihren Hund ausführen können."

„Sie sind sehr freundlich. Natürlich, fragen Sie nur. Ich nehme an, es geht um Amy?"

„Ja. Es geht um Amy." Dufort und Ford gingen in Richtung Dorf, hielten aber immer wieder an, damit der Dackel an jedem Grasbüschel, das er finden konnte, schnüffeln und sein Bein heben konnte. Dufort war so tief in seiner Trance gewesen, dass er Mühe hatte, spontan eine Fragelinie für den Lehrer zu finden.

„Also, hatten Sie Amy als Studentin?"

„Leider nicht. Obwohl die Schule klein genug ist, dass wir Professoren den Ruf aller Studenten kennen. Sie hat durchaus Talent, das kann ich ohne Zögern sagen. Und was wichtiger ist – sie ist fleißig. Beharrlich. Das ist es wirklich, was einen Künstler erfolgreich macht, wissen Sie", sagte er. „Talent – ach, es gibt Unmengen von Menschen mit Talent. Es ist Talent gepaart mit Nicht-Aufgeben... das macht einen Künstler aus, der es zu etwas bringt."

„Wollte Amy Bennett es zu etwas bringen?"

„Ich würde sagen, sehr sogar. Ziemlich ehrgeizig, wirklich. Fast wie eine Geschäftsfrau, mit durchdachten Zielen und Plänen. Nicht das Temperament, das wir oft an der Degas sehen – die Fähigkeit oder das Interesse an langfristiger Planung, solche Dinge. Natürlich macht es das umso untypischer, dass –"

Ford ging weiter, hörte aber auf zu sprechen.

Dufort ging weiter, achtete darauf, dass sein Körper entspannt blieb, aber er war sich sicher, dass Ford im Begriff war, etwas Interessantes zu sagen.

Er wartete, aber Ford sagte nichts mehr.

„Umso untypischer...?", drängte Dufort sanft.

„Ich möchte es eigentlich nicht sagen", sagte Ford, aber Dufort hatte das Gefühl, dass er es tatsächlich sehr gerne sagen wollte.

Er wartete und versuchte, seine steigende Aufregung nicht zu verraten.

Nach ein paar Schritten sagte Ford hastig: „Ach, wissen Sie, typische Sache für junge Mädchen. Sie verlieben sich, denken, die

Aufmerksamkeit eines älteren Mannes bedeutet mehr, als sie tatsächlich tut. Alte Geschichte, nehme ich an."

Dufort bemerkte einen Hauch von Bitterkeit in der Stimme des Mannes.

„Könnten Sie mir sagen... welcher ältere Mann ihr Aufmerksamkeit geschenkt hat?"

„Anton Gallimard, wer sonst?", sagte Ford, und jetzt lag die Bitterkeit offen zutage, und als Dufort ihn ansah, sah er einen Mann, der aussah, als hätte er gerade etwas Verdorbenes gegessen. „Sie müssen verstehen, der Mann verlässt den Campus nie. Ich glaube nicht einmal, dass er Auto fährt. Er ist immer da und leiht diesen jungen Studentinnen eine oh-so-tröstende Schulter zum Ausweinen."

„So fängt es an", fügte Ford hinzu, presste dann aber seine schmalen Lippen zusammen und war fertig mit dem Reden. „Ich muss nach Hause, habe heute Nachmittag Unterricht. Ich hoffe, ich konnte Ihnen helfen. Und mehr noch – natürlich hoffe ich, dass Sie Amy finden."

Er drehte sich um und zog den Dackel mit sich. Dufort beobachtete sie ein paar Minuten beim Gehen, wie der Hund komisch auf seinen kurzen Beinen über das Kopfsteinpflaster hüpfte und es auf wundersame Weise schaffte, genug Urin zu produzieren, um sein Bein noch viermal zu heben, während Dufort zusah.

Ford schien es eilig zu haben, wegzukommen, und Dufort fragte sich, warum. Er konnte aus beruflicher Eifersucht gesprochen haben – schließlich war es Gallimard, der den Ruf hatte, ein großes Talent zu sein, auch wenn es sich nie vollständig verwirklicht hatte. Soweit Dufort wusste, hatte niemand von Rex Ford gehört.

Wenn das, was Ford sagte, wahr war und Gallimard tatsächlich seine Studentinnen ausnutzte, konnte Ford auch darauf eifersüchtig sein. Er konnte sich vorstellen, dass die Schar junger Frauen, die jedes Jahr neu an die Schule kam, für die Art von

Mann, der so etwas wollte, durchaus ein begehrenswerter Preis sein konnte.

Wenn Amy so engagiert und ehrgeizig war, hätte sie dann so viel für eine Liebschaft mit einem ihrer Professoren riskiert? Eine solche Beziehung konnte leicht schief gehen und sie die Unterstützung eines einflussreichen Förderers kosten.

Ah, dachte Dufort, ich bin nicht so alt, dass ich mich nicht daran erinnere, wie es war, Hals über Kopf verliebt zu sein. Oder der Lust zu verfallen. Beides, dachte er, lächelte in sich hinein bei einer bestimmten Erinnerung und wandte sich dann wieder in Richtung Stadt.

❧

ES WAR WIRKLICH WUNDERBAR, das Gefühl zu haben, dass sie bereits Teil des Dorfes wurde, dachte Molly, als sie in der Dämmerung durch eine Nebenstraße schlenderte und sich auf den Weg zum Chez Papa machte. Sie war sich sicher, dass jemand da sein würde, mit dem sie sich unterhalten konnte, selbst wenn es nur Nico hinter der Bar wäre – jemand, der aufschauen würde, wenn sie hereinkäme, sie erkennen und vielleicht das eine oder andere Klatschstückchen zum Besten geben würde.

Obwohl in diesen Tagen, da die Bennetts in ihrem Cottage in La Baraque wohnten, alle von *ihr* die Neuigkeiten erwarteten, und bisher hatte sie nichts zu erzählen.

„Soweit ich weiß, haben sie das Cottage noch kein einziges Mal verlassen", sagte sie zu Lawrence Weebly, der auf seinem üblichen Hocker saß und seinen üblichen Negroni trank.

„Na ja, wie lange ist es her, zwei Tage?"

„Jap. Sie sind am Dienstag angekommen. Falls dein Negroni-Nebel nicht zu dicht ist, weißt du, dass heute Donnerstagabend ist."

„Negronis geben mir Klarheit, meine Liebe, keinen Nebel", sagte Weebly und hob seine Nase in die Luft.

„Das sagst du", meinte Molly lachend und nahm einen Schluck von ihrem Kir. „Ich verstehe, dass sie nicht sofort zur Polizei eilen wollen. Aber würdest du nicht erwarten, dass sie zumindest zur Schule gehen und mit ihrer Mitbewohnerin sprechen oder so? Und was ist mit den *Mahlzeiten*?"

„Ich habe festgestellt, dass Menschen in sehr stressigen Situationen oft nicht das tun, was man erwarten würde."

„Ich glaube, du hast recht."

Die beiden saßen mehrere Minuten in angenehmer Stille.

„Plötzlich vermisse ich das Rauchen", sagte Molly.

„Ah, wann hast du aufgehört? Ich habe seit Jahren keine Zigarette mehr geraucht. Sieben Jahre, um genau zu sein. Sieben Jahre, drei Monate und siebzehn Tage."

Molly brach in Gelächter aus.

„Ich mache nur Spaß. Aber ehrlich – wenn es eine Möglichkeit gäbe, zu rauchen, ohne dein Gesicht und deine Lungen zu ruinieren, würdest du nicht sofort wieder damit anfangen?"

„In Sekundenbruchteilen", sagte Molly. „Obwohl ich trotzdem, was ich gerade gesagt habe, fast nie mehr an Zigaretten denke. An der Bar zu sitzen, sich ein bisschen ängstlich, ein bisschen nervös zu fühlen – das ist ein Hauptauslöser fürs Rauchen, genau hier. Ich will eigentlich keine Zigarette, ich erinnere mich nur daran, wie köstlich es war, in solchen Momenten zu rauchen."

„Ja. Sie ziehen einem eine schöne, gemütliche Decke über die Gefühle, nicht wahr?"

„Das beschreibt es perfekt."

„Fühlst du dich ängstlich und nervös wegen Amy?"

„Ja."

„Verständlich. Manchmal weiß ich nicht, wie ihr Frauen das schafft."

„Das hilft jetzt nicht gerade."

„Tut mir leid", sagte Weebly und tätschelte ihr Bein. „Wenn du dich jemals unsicher fühlst, allein in La Baraque zu sein, ruf mich einfach an, und ich komme sofort rüber."

„Das ist sehr nett von dir", sagte Molly, gerührt von seinem Angebot.

Bisher war es ein ruhiger Abend im Chez Papa. Nur eine Familie war zum Essen da und hatte den Ecktisch belegt. Vincent lehnte an seinem üblichen Platz nahe der Tür und nippte an einem Bier. Es sah nicht nach einer wilden Nacht aus, und dafür war Molly dankbar. Es war sehr angenehm, an der Bar zu sitzen, sich nicht in irgendwelche Eskapaden zu verstricken und ihren neuen Freund besser kennenzulernen. Es war beruhigend, und ihre Nervosität wegen der Bennetts − Eltern und Tochter − ließ langsam nach.

„Oh oh, Angriff", murmelte Weebly.

Molly drehte sich auf ihrem Hocker um und versuchte, nicht sehr subtil, zu sehen, wen Weebly über ihre Schulter hinweg ansah.

„Bonsoir, *mes amis!*" sagte Lapin, als er lärmend durch die Tür kam. Er trug eine Art Stiefel, die auf dem Fliesenboden viel Lärm machten.

„Oh je", sagte Molly leise. Sie verschränkte die Arme vor der Brust und versuchte, ihr Gesicht in etwas zu verwandeln, das Neutralität ausdrückte.

„Immer froh, dich zu sehen, La Bombe", sagte Lapin und sah etwas verärgert aus, dass Mollys Arme ihre Brust gut genug bedeckten, um die Aussicht zu verderben. „Was, ist dir kalt oder so? Nico, dreh die Heizung auf, Mann! Unsere Molly wird sich noch erkälten!"

Molly sah zu Nico und bemerkte, wie er Lapin finster anblickte. Sie fing seinen Blick auf und schüttelte den Kopf. Nico grinste sie an und nickte.

„Was hast du so getrieben, Lapin?", fragte Weebly.

„Oh, nicht viel. Kann nicht klagen. Ihr wisst ja, dass Madame Louvier letzten Monat gestorben ist, und ich war draußen, um der Familie zu helfen."

„Lapin ist Trödelhändler", sagte Weebly zu Molly.

NELL GODDIN

„Trödel? Sie beleidigen mich, Monsieur Weebly!" Er wandte sich Molly zu, seine Augen entschlossen auf ihre Brust gerichtet. „Ich verkaufe verschiedene wertvolle antike Objekte", sagte er, „die ich gelegentlich auf einem Dachboden oder in einer Abstellkammer finde. Nico, bringst du mir einen Whiskey?"

„Er fleddert die Knochen der kürzlich Verstorbenen", sagte Weebly trocken.

„Würdest du es vorziehen, wenn ich sie rupfe, während sie noch am Leben sind?", fragte Lapin mit einem schallenden Gelächter. „Madame Louvier hatte einige schöne Sachen, nicht dass sie jemals jemanden in ihr Haus gelassen hätte, um sie zu sehen. Eine Kommode, die ich vielleicht nach Paris zum Verkauf mitnehme. Ein paar gute Ringe..." Seinem Gesichtsausdruck nach zu urteilen, schien Lapin von all dem Geld zu träumen, das er bald einstreichen würde, aber seine Augen wichen nicht einen Moment von Molly ab.

Ihre Arme waren müde. Sie wusste, wenn sie sie an ihre Seiten fallen ließe, würde Lapin starren, wahrscheinlich ein oder zwei Bemerkungen machen... aber vielleicht würde er dann weitergehen, es sein lassen? Es war einen Versuch wert. Langsam, in dem Versuch, die Bewegung natürlich erscheinen zu lassen, um keine Aufmerksamkeit zu erregen, ließ sie einen Arm und dann den anderen von ihrer Brust sinken. Sie griff nach ihrem Kir und nahm mit angehaltenem Atem einen kleinen Schluck.

„Ah", sagte Lapin, „na also!" Er grinste breit und schaute, wie erwartet, mit weit aufgerissenen Augen auf Mollys Busen. „So froh, die Mädels wiederzusehen. Und darf ich nochmals sagen, Madame Sutton, wie sehr es mich freut, dass Sie Castillac als Ihre neue Heimat gewählt haben."

„Du bringst mich langsam dazu, das zu überdenken", murmelte Molly und drehte sich auf ihrem Hocker zu Nico um. Sie fragte sich, warum er Lapin böse angeschaut hatte, als dieser hereingekommen war, aber sie nahm an, dass es Jahre dauern würde, die verschiedenen Strömungen der Dorfantipathie zu entwirren.

„Also, was passiert im Winter?", fragte sie Nico. „Bleiben die Leute zu Hause oder läuft das Geschäft das ganze Jahr über gut?"

„Oh, das kommt drauf an", sagte Nico zerstreut. „Wir haben natürlich die Stammgäste, die jeden Tag kommen – Lapin, Weebly hier, normalerweise Vincent. Es gibt eine deutsche Familie, die jeden Dienstag zum Abendessen kommt, wie ein Uhrwerk. Fast keine Touristen mehr, sobald es kalt wird. Manchmal servieren wir nur an ein paar Tagen in der Woche Abendessen, wenn das Geschäft stark nachlässt."

Molly bekam plötzlich einen Stich, als sie sich fragte, ob dieser Umzug nach Frankreich, nach Castillac, ein Fehler gewesen war. Sie hatte keine einzige Seele gekannt, als sie es ausgewählt hatte – es war alles wegen des Hauses gewesen, dessen Fotos sie so fasziniert hatten. Natürlich hatte sie verstanden, dass es nervige Leute geben würde – die gab es schließlich überall. Aber dieser Lapin – er war nervig *und* stand direkt neben ihr, seine Augen wanderten über ihren Körper, als ob er Messer und Gabel herausholen und sie aufessen wollte. Und er war *unermüdlich.*

Die Aussicht, einen Winter irgendwo im Umkreis von fünfzig Kilometern von Lapin zu verbringen, ließ es schon jetzt nach einem sehr langen und unangenehmen Winter erscheinen.

Weebly hatte *Pommes Frites* bestellt, extra-knusprig, was den Koch ärgerte, der behauptete, dass *alle* seine Pommes Frites extra knusprig seien. Molly teilte sie sich mit ihm und genoss jeden herzhaften Bissen. Sie dachte, dass der Herbst wohl angekommen sein musste, weil jetzt ein Teller mit heißem Essen genau das Richtige war.

„Die Franzosen snacken nicht wirklich an der Bar, wie wir es gewohnt sind", sagte Weebly. „Selbst Nico hält mich für einen völligen Banausen, weil ich nur Pommes frites bestelle und nicht das Steak dazu. Aber manchmal ist meine Verdauung nicht so, was sie sein sollte", sagte er und rieb sich mit einer Hand über den Bauch.

„Ich bin kein Regelbefolger", verkündete Lapin. „Wenn du Pommes Frites ohne Hauptgericht essen willst, dann tu es. Wenn du Pommes Frites zum Frühstück essen willst, tu es. Ich selbst – ich mache, was ich will. Und es ist mir ehrlich gesagt scheißegal, was jemand anderes macht."

„Das ist eine ganz schöne Ansage", sagte Weebly. „Bist du wirklich bereit, dich gegen die gesamte französische Tradition zu stellen, was man wann isst? Ich hatte keine Ahnung, dass du so ein Ikonoklast bist."

„Du denkst, ich weiß nicht, was ,Ikonoklast' bedeutet", sagte Lapin und sah wütend aus. „Aber ich weiß es. Und ich bin einer. Also, leck mich."

Molly war überhaupt nicht in der Stimmung für Konflikte. Sie aß noch eine Pommes, trank den letzten Schluck ihres Kirs und sprang von ihrem Hocker.

„Ich werde mich verabschieden, Jungs", sagte sie. „Bonsoir *à tous!*"

„Oh, lass dich von uns nicht verscheuchen", sagte Weebly. „Lapin und ich scherzen nur, stimmt's Lapin?"

„Klar", sagte Lapin, aber Molly glaubte ihm nicht.

„Ehrlich, ich bin reif fürs Bett. Ich kann die Kälte spüren, die durch die Tür hereinkommt, und mein Buch und eine Decke rufen nach mir."

„*Bonne nuit*, dann, meine Liebe", sagte Weebly.

Lapin nickte und hoffte immer noch, einen guten Blick auf Mollys Brust zu erhaschen, bevor sie für die Nacht ging.

„Es ist dunkel", sagte Vincent und erhob sich schwerfällig von seinem Tisch an der Tür. „Soll ich dich nach Hause fahren?"

Molly zögerte. Die Vorstellung, nach Hause gefahren zu werden, erschien ihr in diesem Moment wie ein verlockender Luxus; sie fühlte sich müde und völlig erledigt für den Tag. Sie konnte es sich eigentlich nicht leisten, aber....

„Gerne", sagte sie. „Ich habe im Moment nicht viel Lust auf den Spaziergang."

Vincent nickte. Sein Taxi stand direkt vor der Tür und er öffnete ihr grinsend die Tür.

Ich muss wirklich Geld sparen, um diese verdammten Silikonbeutel entfernen zu lassen, dachte sie und verbrachte die wenigen Minuten, die es dauerte, nach Hause zu kommen, damit, davon zu träumen, wie bald sie mit der Renovierung des verfallenen *pigeonnier* beginnen könnte, damit sie eine weitere Ferienwohnung zu vermieten hätte und vielleicht ihr Einkommen mit einem Schlag verdoppeln konnte.

18

Am nächsten Morgen verbrachte Dufort eine Stunde damit, nach Amy zu suchen, bevor er zur Wache ging, sah aber nichts Ungewöhnliches in den Gassen und Müllcontainern. Bevor er hineinging, trat Dufort in die Gasse und zog seine blaue Glasflasche heraus. Er schüttelte ein paar Tropfen unter seine Zunge und schloss die Augen. Er wandte sein Gesicht der Sonne zu und nahm mehrere langsame, tiefe Atemzüge.

Tu einfach das Nächste, was richtig ist, sagte er zu sich selbst. *Tu einfach das Nächste, was richtig ist.*

Die Situation mit Amy begann, ihn zu überfordern, der Druck, das Rätsel ihres Verschwindens zu lösen, lastete auf ihm und drohte, eine so unkontrollierbare Angst auszulösen, dass er sie nicht beherrschen konnte.

„Guten Morgen", sagte er mit erzwungenem Optimismus zu Perrault und Maron, die bereits an ihren Schreibtischen saßen. „In mein Büro", sagte er, und sie sprangen auf, um ihm zu folgen.

„Natürlich lassen wir nicht von Amy Bennett ab", sagte er. „Und wir werden gleich darüber sprechen, wo wir in dieser Sache stehen. Aber zuerst möchte ich alles andere durchgehen und sicherstellen, dass wir den Rest der Castillac-Angelegenheiten im

Griff haben. Bei Fällen wie dem von Amy ist es immer verlockend, sich darauf zu stürzen und den Blick für unsere übrigen Verantwortlichkeiten zu verlieren, und ich möchte sicherstellen, dass das nicht passiert.

„Maron, du bist Monsieur Vargas nachgegangen, äh, war das am Sonntag? Ist das erledigt?"

„Jawohl, Chef", sagte Maron. „Er war nicht an seinem üblichen Platz, der Bank auf dem Friedhof hinter der Kirche. Ich bin durch das ganze Dorf gelaufen und habe nach ihm gesucht und gefragt, ob ihn jemand gesehen hat. Nichts. Dann dachte ich, okay, wenn er normalerweise zum Friedhof geht, sollte ich vielleicht auf den anderen suchen – und tatsächlich, er war auf dem kleinen Friedhof am Rand von Salliac, saß auf dem Grabstein eines Monsieur Pierre Duchamp und aß seelenruhig ein Baguette mit Schinken."

„Er ist ohne Probleme mit dir mitgekommen?"

„Ohne jedes Problem, Chef."

„Gut gemacht", sagte Dufort.

In diesem Moment hörten sie, wie sich die Tür zur Wache öffnete, und Perrault ging nachsehen, wer es war.

„Er ist einfach weg und ich halte es nicht mehr *aus*!", sagte eine alte Frau mit lauter, zitternder Stimme.

Dufort ging in den Vorraum und legte seinen Arm um ihre dünnen Schultern. „Bonjour Madame Bonnay, schön Sie zu sehen. Yves ist wieder verschwunden, nicht wahr? Auf und davon, um den Damen nachzustellen?"

Madame Bonnay brach in Schluchzen aus.

Maron und Perrault tauschten überraschte Blicke aus und wunderten sich über Duforts Schroffheit.

„Ich sage Ihnen immer wieder, wenn Sie den Kerl kastrieren lassen, wird er nicht mehr so oft weglaufen", sagte Dufort.

Marons Augenbrauen schossen in die Höhe.

„Aber ich kann ihn doch nicht so verstümmeln", rief die alte Frau. „Das scheint so grausam! Oh Yves, wo bist du nur hin?" und sie brach mit einem erneuten Tränenschwall an Duforts Schulter zusammen.

Dufort zwinkerte Perrault zu. „Yves gehörte ihrem Mann Raimond, der ein versierter Jäger war", erklärte er. „Er hat eine vornehme Abstammung, nicht wahr, Madame Bonnay? Ein begehrter Deckhund für Jagdhundwelpen?"

„Er ist ein Grand Bleu de Gascogne", antwortete sie und richtete sich auf. „Er war *sehr* gefragt", sagte sie und wischte sich die Nase mit einem lavendelduftenden Taschentuch. „Und ich würde es hassen, ihm dieses Vergnügen zu nehmen, verstehen Sie."

Alle drei Gendarmen lachten.

„Aber andererseits, jedes Mal, wenn er eine läufige Hündin wittert, ist er wie eine Rakete auf und davon. Es kann irgendein Köter aus der Gasse sein, verstehen Sie – wählerisch ist er nicht. Ich habe solche Angst, dass er von einem Auto angefahren oder gestohlen wird."

„Natürlich, ich verstehe", sagte Dufort. „Wir alle drei gehen in wenigen Minuten raus und werden nach ihm Ausschau halten. Und manchmal findet er ja auch allein zurück, oder?"

„Manchmal", sagte Madame Bonnay, und es gelang ihr fast, ein Lächeln aufzusetzen. „Er ist so ein lieber Kerl. Seit Raimond nicht mehr da ist, glaube ich, hat Yves nicht genug Beschäftigung. Nun, danke, dass Sie nach ihm suchen. Ich lasse es Sie wissen, wenn er auftaucht. Ich wollte ihm Leber zum Abendessen machen, sein Lieblingsessen."

„Meins auch", sagte Dufort, während er sie zur Tür begleitete. „Ich bin sicher, wenn er den Geruch davon in die Nase bekommt, wird er sofort nach Hause laufen."

„Also gut", sagte Dufort zu Perrault und Maron, als sie wieder allein waren. „Perrault, geh rüber zu Chez Papa und hol das Video von Nico. Ich weiß nicht, warum sie so trödeln, aber mach dem ein Ende."

„Jawohl, Chef", sagte Perrault munter und ging.

„Hast du irgendwas?", fragte Dufort und wandte sich Maron zu. „Gedanken? Ideen?"

Maron wollte nicht zugeben, dass er keine hatte. Er zögerte mit der Antwort in der Hoffnung, dass ihm schnell etwas einfallen würde, schüttelte aber schließlich nur den Kopf.

„Ich möchte, dass du heute Abend ausgehst, in Zivil. Ins Chez Papa oder an jeden anderen Ort, wo du siehst, dass sich Studenten von Degas versammeln. Offensichtlich ist das keine echte Undercover-Arbeit, und ich meine damit nicht, dass du so tun sollst, als wärst du kein Mitglied der Castillac-Polizei – nicht, dass das jemanden täuschen würde –, aber ich hoffe, dass etwas Ungezwungenheit bei dem hilft, was ich möchte, dass du tust. Nämlich: Finde heraus, was du über Anton Gallimard in Erfahrung bringen kannst. Was denken die Studenten wirklich über ihn? Welchen Ruf hat er bei den Studentinnen?

„Sei charmant", sagte Dufort mit einem etwas spröden Lächeln, da er sich kaum vorstellen konnte, dass Maron diese Art von Zauber in seinem Repertoire hatte. „Sieh zu, ob du sie dazu bringen kannst, sich zu entspannen und dir ein paar Geschichten zu erzählen ..."

„Jawohl, Chef", sagte Maron. „Und für den Rest des Tages, irgendeine besondere Aufgabe?"

„Mach einen Spaziergang durchs Dorf und schau, ob du Yves finden kannst", sagte Dufort. „Schwarz-weiß geflecktes Fell, lange schwarze Ohren, so ähnlich wie ein Basset Hound."

Maron zeigte keine Regung, nickte aber und sagte leise „Jawohl, Chef", als er die Wache verließ.

Dufort stand an seinem Schreibtisch und starrte aus dem Fenster, sein Blick war glasig. Nun, vielleicht kann sie bei den Ermittlungen helfen, rechtfertigte er sich, holte sein Handy heraus und tippte die Nummer des L'Institut Degas ein.

„Marie-Claire", sagte er, und seine Stimme hatte etwas von dem Charme, den er bei anderen verachtete. „Hier ist Ben. Ich wollte mich bei Ihnen bedanken, dass Sie mir geholfen haben,

Gallimard aufzuspüren – ich habe ihn genau zu der Zeit in seinem Büro angetroffen, die Sie mir gesagt haben."

„Das freut mich. Ich helfe gerne, wo ich kann."

„Und außerdem habe ich mich gefragt – hätten Sie Lust, mit mir essen zu gehen? Vielleicht übermorgen, am Freitag? Ich hätte noch ein paar Fragen an Sie bezüglich Amy", fügte er hinzu.

Es gab eine kurze Pause, die Dufort zu interpretieren begann, sich dann aber zurückhielt.

„Das wäre in Ordnung", sagte Marie-Claire.

„Ich hole Sie um zwölf ab", sagte Dufort, dann verabschiedeten sie sich und legten auf.

Er legte sein Handy auf den Schreibtisch und schaute weiter aus dem Fenster, aber in seinen Gedanken sah er Marie-Claire mit ihrer schlanken Taille und ihren intelligenten dunklen Augen.

Vielleicht ist das ein Fehler, dachte er. Aber manchmal kann es das Beste sein, einen Fehler zu machen.

❧

DUFORT LIEF am Freitagmorgen eine kürzere Strecke als üblich. Er hatte es eilig, zur Wache zu kommen, in der Hoffnung, dass der Tag einige Neuigkeiten im Fall Amy Bennett bringen würde.

Er wurde nicht enttäuscht.

Nico kam endlich mit dem Straßenkamera-Video vom Chez Papa vorbei. Er entschuldigte sich – es sei ihm immer wieder entfallen, er sei beschäftigt gewesen, er habe nicht herausfinden können, wie man eine digitale Kopie sendet – eine Menge Ausreden, von denen keine für Maron überzeugend klang, der Nico als alles andere als zerstreut oder unfähig kannte.

Nico erklärte, dass er schließlich mit seinem Handy eine Kopie vom DVR gemacht und diese dann auf eine CD kopiert hatte, da die Datei zu groß war, um sie per E-Mail zu versenden. Er habe die Sicherheitsfirma kontaktiert, die die Kamera betreute, aber seinen Angaben zufolge waren sie nicht sehr hilfsbereit und sagten ihm nur, er solle sich selbst darum kümmern, wenn er nur eine Kopie wolle und es keinen Einbruch oder Hinweise auf ein Vergehen gäbe.

„Ich habe versucht, ihnen zu erklären, dass Beweise für ein Vergehen genau das sind, wonach ihr Leute sucht", sagte Nico mit einem Achselzucken. „Aber tja, sie wollten sich nicht damit befassen. Der Kundenservice ist auch nicht mehr das, was er mal war."

Maron straffte die Schultern und sagte nichts.

Kalter Fisch, dachte Nico.

„Na gut dann, wenn es sonst nichts gibt, was ich für Sie tun kann?"

„Im Moment nicht. Möglicherweise werden wir Sie irgendwann befragen wollen", sagte Maron, obwohl er von keinen derartigen Plänen wusste. Er mochte es, Leute aus der Fassung zu bringen.

Nico nickte. „Dann bis demnächst", sagte er und verließ die Wache.

Thérèse Perrault kam gerade herein, als Dufort und Maron die Disc in Duforts Desktop einlegten.

„Bonjour, Perrault", sagte Dufort. „Was auch immer Sie zu Nico gesagt haben, muss gewirkt haben – er hat es endlich geschafft, mit dem Video herzukommen. Gute Arbeit. Es ist das letzte, von dem wir wissen, und die anderen waren nutzlos, wie Sie wissen. Ich gebe zu, meine Erwartungen sind gering."

Perrault quetschte sich neben ihre Kollegen, und sie warteten darauf, dass das Bild erschien. Zuerst kam der Ton – der Lärm einer ausgelassenen Party. Jemand sang, Popmusik spielte, es gab Rufe im Hintergrund, das Klirren von Geschirr und Gläsern – alles recht fröhlich, der Klang von Menschen, die sich gehen ließen und Spaß hatten.

Sie mussten nicht lange warten. „Da ist sie!", sagte Perrault und zeigte auf eine Ecke des Bildschirms.

Von hinten konnte man gerade noch den Kopf und die Schultern einer jungen Frau erkennen, die in einer Gruppe an der Bar stand.

„Sind Sie sicher, dass sie das ist?", fragte Maron.

„Ich bin sicher", antwortete Perrault. „Ich habe mir die Fotos, die ihre Mitbewohnerin geschickt hat, praktisch permanent angesehen. Ich fühle mich fast, als hätte ich sie selbst zur Welt gebracht."

Dufort warf ihr einen Blick zu, und Perrault schaute wieder auf den Bildschirm.

Der Lärm des Videos war laut, und es war unmöglich zu unterscheiden, was irgendjemand sagte, aber etwa alle dreißig Sekunden ließ jemand einen lauten Jubelschrei los. Es klang alles sehr feierlich. Und dann klatschten die Leute in Amys Gruppe, und jemand bewegte sich ins Bild und legte den Arm um sie.

„Sieht aus wie Lapin", sagte Perrault. „Hat immer seine Pfoten an irgendjemanden."

Sie schauten weiter zu. Das Band war zwanzig Minuten lang; es war nicht unterhaltsam, den langsamen Fortschritt einer Party auf diese Weise zu beobachten, ohne zu hören, was irgendjemand sagte, und nur zu sehen, wie die verschwommene Trunkenheit aller Beteiligten zunahm, während weitere Getränke bestellt und weitere Getränke hinuntergekippt wurden.

„Ich frage mich, was sie wohl gefeiert haben", sagte Perrault.

Alle drei Beamten studierten das Video aufmerksam, beobachteten Amy und scannten auch den Rest des Bildes nach irgendetwas, irgendetwas, das hilfreich sein könnte.

Nach etwa sieben Minuten drehte sich Amy zur Kamera. Sie konnten ihr verschwommenes Gesicht sehen, und alle drei Beamten waren davon getroffen, wie seltsam es war, sie dort zu sehen, lächelnd und lachend den Kopf zurückwerfend, während sie höchstwahrscheinlich tot war.

So viele Tage später, welche anderen Möglichkeiten gab es wirklich noch? Man kann die Prozentsätze nicht ignorieren, sagte Dufort immer.

Die Kamera befand sich direkt über der Tür von Chez Papa und zeichnete somit die Oberkopfansichten der ein- und ausgehenden Gäste auf. Etwa siebzehn Minuten nach Beginn der Aufnahme weiteten sich die Augen aller drei Gendarmen, als sie sahen, wie Amy Bennett einen Pullover anzog und unsicher in Richtung Tür ging.

Sie beobachteten, wie der obere Teil ihres Kopfes verschwand, als sie das Restaurant verließ, mit Lapin Broussards Arm fest um ihre Taille geschlungen.

19

„Ich kenne Lapin eigentlich nicht", sagte Maron zu Dufort, als sie zu Lapins Haus fuhren. „War es eine Überraschung, ihn mit dem Mädchen weggehen zu sehen?"

„Ja und nein", erwiderte Dufort. Sein Gesicht wirkte grimmig. „Er ist dafür berüchtigt, Frauen zu belästigen. Er fasst sie ohne Einladung an, ist unhöflich. Lüstern. Aber gleichzeitig – er gehört zum Dorf, Maron. Die Leute hier sind mit ihm aufgewachsen, sie glauben, ihn zu kennen. Deshalb sah Perrault so erschüttert aus, als wir ihn mit Amy im Arm weggehen sahen.

„Um ehrlich zu sein, dachte ich immer, er wäre mehr Gerede als alles andere. Dass er sich daran aufgeilte, Frauen vor anderen Männern zu belästigen, aber sich nicht wirklich bemühte, mit einer allein zu sein."

Dufort schwieg einen Moment. Er blickte nach rechts, um Lapins Haus nicht zu verpassen. „Ich dachte, er schaut und redet gern, handelt aber nicht", sagte er leise. „Vor einigen Jahren gab es einen Vorfall..."

Maron wartete. Dufort führte es nicht weiter aus. Er wollte einspringen und Dufort drängen, hielt sich aber zurück. Maron ballte seine Hände zu Fäusten und zählte für sich, während er sich gleichzeitig fragte, ob er jemals die Hierarchie der Gendarmerie würde ertragen können. Dufort konnte so schweigsam sein, und eines Tages würde ihn das womöglich zum Platzen bringen.

Schließlich sagte Maron: „Also... betrachten Sie ihn als Verdächtigen?"

„Nicht direkt. Ich würde ihn eher als Person von Interesse bezeichnen", sagte Dufort und fuhr sich mit der Hand über seinen Bürstenhaarschnitt. „Ich möchte, dass wir beide mit ihm sprechen. Ich kenne ihn seit Jahren — mein ganzes Leben, schätze ich. Also fällt es Ihnen zu, der Harte zu sein."

„Verstanden", sagte Maron.

Lapin Broussards Haus lag direkt an der Rue des Chênes, etwa zwei Kilometer außerhalb der Stadt, wo die Straße Castillac in Richtung Süden verließ. Es fühlte sich wie tiefstes Land an, obwohl es zu Fuß vom Dorf aus erreichbar war. Felder mit verblassenden Sonnenblumen säumten beide Seiten der Straße. Dufort bemerkte den Wald, der sich hinter Lapins Haus erstreckte, einen Hügel hinauf und darüber hinweg.

Sie bogen in Lapins Einfahrt ein. Kein Auto vor dem Haus.

Dufort und Maron stiegen aus, beide spürten eine kribbelnde Aufregung und versuchten, sich vorzustellen, wie das hier ablaufen würde. Würde Lapin ihnen eine glaubwürdige Geschichte erzählen, vielleicht wie er das Mädchen sicher zur Schule zurückgebracht hatte? Würde er nervös wirken, als ob er etwas zu verbergen hatte?

War er überhaupt zu Hause?

„Lapin ist nicht dafür bekannt, morgens als erster Hase aus dem Bau zu sein", sagte Dufort.

Maron lächelte nicht, und Dufort bereute den milden Scherz. Er wünschte, er wäre allein, damit er unbeobachtet etwas von seinen Kräutertropfen nehmen konnte.

Die beiden Männer schritten zur Tür und klopften. Sie lauschten.

Kein Laut außer Vögeln und dem entfernten Knirschen eines Traktors.

„Sein Anwesen ist ordentlicher, als ich erwartet hätte", sagte Maron.

„Es ist wichtig, Eigenschaften nicht zu vermischen", sagte Dufort. „Nur weil der Mann ein lästiger Lüstling ist, heißt das nicht, dass er auch unordentlich ist."

Maron nickte kurz.

Sie klopften stärker an die alte Holztür.

„Lapin!", rief Dufort.

Nichts.

„Du bleibst hier, falls er rauskommt", sagte Dufort. „Ich sehe mich hinten um."

Soweit er sich erinnern konnte, war das Haus Lapin von seinem Vater vererbt worden, der gestorben war, als Lapin noch ein Teenager gewesen war. Lapins Mutter war gestorben, als er noch ein Baby gewesen war, und er hatte sich nach dem Tod seines Vaters allein durchgeschlagen. Lapin war etwa zehn Jahre älter als Dufort, und so wusste Dufort über sein Leben zum größten Teil nur aus Gesprächsfetzen Bescheid, die er als Kind aufgeschnappt hatte.

Er erinnerte sich, dass die Frauen seiner Familie Mitleid mit dem Waisenkind gehabt hatten und dass die Dorfbewohner anfangs eingesprungen waren, um ihm zu helfen, als Lapin noch ein Teenager auf der Suche nach der passenden Arbeit gewesen war. Und er glaubte, sich zu erinnern, gehört zu haben, dass der Vater eine Art Tyrann gewesen war und dass die Leute glaubten, Lapin sei wahrscheinlich ohne ihn besser dran gewesen.

Das Haus war klein, aber gut gebaut. Im trüben Morgenlicht schien der goldene Kalkstein fast zu leuchten, und das Gebäude wirkte unendlich stabil und solide. Es war alt, wahrscheinlich aus dem 17. Jahrhundert. Dufort bemerkte, dass die Dachdecker gründliche Arbeit geleistet hatten; es gab mindestens vier Lagen orangefarbener Ziegel, und alle Maurerarbeiten sahen ordentlich und gut gemacht aus.

Dufort sah, dass es hinten keinen Küchengarten gab, nicht einmal einen Topf mit Kräutern, nur ein Fleckchen struppiges, überwuchertes Gras und eindringendes Unterholz aus dem Wald.

Dufort ging den Hügel hinter dem Haus hinauf und schaute sich um. Er betrachtete das Dach, die Fenster, die Garage. Er drehte sich um und blickte auf den Wald hinter ihm, der selbst im Tageslicht dunkel war.

Menschen sind zu allem fähig, erinnerte er sich – er fühlte, dass er sich daran erinnern musste, weil er nicht glauben wollte, dass es so war. Er hatte keine besonderen Gefühle für Lapin Broussard, abgesehen davon, dass der Mann Teil des Dorflebens war, des einzigen Lebens, das Dufort kannte. Aber das war nicht nichts, und es machte ihn traurig zu denken, dass Lapin dem Mädchen etwas angetan haben könnte.

Er kramte in seiner Tasche nach dem blauen Glasfläschchen und schüttelte sich ein paar Tropfen unter die Zunge, bevor er den Hügel wieder hinunterging.

Der Form halber klopfte er an die Hintertür, spähte hinein und warf einen Blick in die Garage, aber es sah ganz danach aus, als wäre Lapin nicht zu Hause.

Ob das bedeutete, dass er abgehauen war, konnten sie noch nicht wissen. Aber als Dufort um das Haus herumkam und Maron zuwinkte, wieder ins Auto zu steigen, machte er eine Liste von anderen Orten, an denen sie nach ihm suchen könnten. Er hatte sein Mittagsessen mit Marie-Claire Levy nicht vergessen, und er konnte nicht verhindern, dass eine kleine, egozentrische Stimme in ihm wünschte, er könnte mit echten Neuigkeiten zum Mittagessen erscheinen.

ER WUSSTE, dass es wahrscheinlich der falsche Schritt war, aber Dufort wollte dem Gefühl der Melancholie entgegenwirken, das er beim Anblick des Videos von Lapin, der mit Amy Bennett wegging, empfunden hatte. Also reservierte er einen Tisch im *La Métairie*, dem besten Restaurant im Dorf, für sein Mittagessen mit Marie-Claire. Ein falscher Schritt, weil dies eigentlich eine Art Arbeitsessen sein sollte, und außerdem setzte der Besuch des besten Restaurants zu viel Druck auf das erste Date (denn das war es, egal wie sehr er so tat, als wäre es keins).

Er fuhr mit seinem eigenen Auto, einem Renault, der schon bessere Tage gesehen hatte, zum L'Institut Degas und kam nur wenige Minuten nach zwölf an. Bevor er ins Verwaltungsgebäude ging, sah er sich auf dem Campus um und versuchte, ein Gefühl für die Stimmung des Ortes zu bekommen. Er sah eine Gruppe von Studenten, die vom modernen Gebäude zum Wohnheim gingen, eine junge Frau, die mit einem Skizzenblock an einem Baum saß, einen älteren Mann, der Blätter zusammenharkte. Die Szene wirkte normal, alltäglich. Er blieb stehen und schloss die Augen, lauschte, öffnete seine Wahrnehmung, spürte aber nichts Außergewöhnliches, nicht einmal besondere Spannung.

Er nahm an, dass es auf einem so kleinen Campus keinen Bedarf an Kundgebungen oder großem öffentlichen Tamtam gab. Die Fakultät und die Studenten waren sich alle bewusst, dass eine Kommilitonin vermisst wurde. Und vermutlich kannte jeder Amy persönlich, mit unterschiedlichen Graden der Vertrautheit. Jeder kannte jeden, ohne Ausnahme – einer der großen Vor- und Nachteile einer so kleinen, in sich geschlossenen Schule.

Amy Bennett war allen Berichten zufolge eine ernsthaft talentierte Künstlerin. Dufort fragte sich, wie die Schule mit Neidproblemen umging. Ließen sie die Studenten das unter sich ausmachen? Bemühten sie sich, die Studenten dazu zu bringen, mit sich selbst zu wetteifern und nicht miteinander? Oder das Gegenteil – schürten sie Rivalitäten, trieben sie an, stachelten sie zu Wettbewerbseifer auf?

Dufort konnte sich daran erinnern, wie es in der Gendarmerie-Ausbildung gewesen war, wie rücksichtslos einige der Kadetten gewesen waren, die auf jeden traten, auf den sie konnten, um voranzukommen und sich an die Spitze zu kämpfen. Er sah keinen Grund, warum es bei Künstlern anders sein sollte. Es liegt in der menschlichen Natur, dachte er, sich abheben und bemerkt werden zu wollen, *gewinnen* zu wollen. Und wenn man die finanzielle Kluft zwischen einem sehr erfolgreichen Künstler und einem nicht so erfolgreichen hinzudachte... er konnte sehen, dass die bukolische Umgebung von Degas an der Oberfläche friedlicher erscheinen mochte, als es ein Studenten möglicherweise erlebte.

Er fragte sich, wie Lapin bei Amy hatte landen können. Besonnen, planvoll, eine ehrgeizige und talentierte junge Frau – sie klang nicht nach dem Typ Frau, die auf die groben Annäherungsversuche von jemandem wie Lapin eingehen würde. War es einfach eine Sache von zu viel Alkohol und daraus resultierender Verletzlichkeit? Amy schien auch nicht jemand zu sein, der zu viel trinken würde.

Lapin war die letzte Person, die mit ihr gesehen worden war, und sie war jetzt seit acht Tagen verschwunden. Dennoch fühlte sich Dufort entschieden zwiespältig über den Durchbruch in dem Fall. Er verstand nicht, warum Amy mit ihm weggegangen war, und obendrein sah er Lapin nicht als jemanden, der fähig wäre, etwas so Schreckliches zu tun.

Diskret griff Dufort nach seiner blauen Glasphiole. Er hatte die Tagesdosis bereits verwendet, ignorierte das aber und schüttelte ein paar Tropfen unter seine Zunge – diesmal eine Mischung aus Lavendel, Zitronenmelisse und Ashwagandha – bevor er ins Verwaltungsgebäude ging, um Marie-Claire zu finden. Es war Monate her, seit er ein Date gehabt hatte, und er spürte eine nicht unangenehme Aufregung. Aber als er Marie-Claire an ihrem Schreibtisch sitzen sah, die Stirn gerunzelt, während sie etwas tippte und auf ihren Computerbildschirm starrte, verflog sein Unbehagen.

Sie sieht so intelligent aus, sagte er zu sich selbst. So intelligent und auch... sexy.

„Hi, Ben", sagte Marie-Claire. „Geben Sie mir nur eine halbe Minute", sagte sie, immer noch auf den Bildschirm schauend und wie wild tippend. Dann lächelte sie ihn an und stand auf und glättete ihren Rock. „Ich weiß nicht, warum ich diesen Job habe", sagte sie, den Kopf schüttelnd. „Ich hasse es absolut, Formulare auszufüllen und Papierkram zu erledigen. Und trotzdem... das macht fünfundachtzig Prozent von dem aus, was ich tue."

Sie kam um ihren Schreibtisch herum und sie und Dufort küssten sich auf eine Wange und dann auf die andere.

„Was sind die anderen fünfzehn Prozent?", fragte Dufort und half ihr in ihren Mantel.

„Leuten beim Jammern und Klagen zuhören", sagte sie lachend. „Ich bin so eine Art Pseudo-Therapeutin vor Ort, sowohl für die Fakultät als auch für die Studenten."

Sie gingen zusammen nach draußen und stiegen in Duforts Auto. „Ich koche viele Kannen Tee und höre viel zu", fügte sie hinzu.

„Und mögen Sie diesen Teil?"

„Ja. Die Studenten hier – und auch die Professoren – sind interessante, engagierte Menschen, größtenteils. Die meisten von ihnen sind sehr ehrgeizig. Nicht unbedingt was Geld angeht, nicht diese Art von Erfolg. Sondern für die Kunst. Es liegt eine Art Reinheit darin, wissen Sie? Eine Unschuld. Und ich mag es, in dieser Umgebung zu sein, Teil davon zu sein, auf kleine Weise zu helfen."

Als Dufort in Richtung La Métairie abbog, sagte Marie-Claire: „Ben! La Métairie, wirklich?", aber ihr Ton war von freudiger Überraschung.

„Ich habe ein paar Neuigkeiten, ich erzähle sie Ihnen, wenn wir am Tisch sitzen", sagte er. „Ich weiß nicht, irgendetwas daran

– es ließ mich etwas sehr Gutes essen wollen. Wie ein Talisman? Ich weiß nicht wirklich, was ich meine."

Marie-Claire sah Dufort mit ernstem Gesichtsausdruck an. Sie fragte ihn nicht, was er meinte, sondern wartete, bis sie drinnen waren und ihre Bestellungen beim Kellner aufgegeben hatten.

Dufort zögerte. Streng genommen sollte er niemandem außerhalb der mit dem Fall betrauten Beamten mitteilen, was das Video gezeigt hatte, aber er dachte, dass Marie-Claire vielleicht Licht in Amys Bewegungen in jener Nacht bringen könnte. Würde Marie-Claire es für möglich halten, dass Amy freiwillig mit Lapin mitgegangen wäre? Und aus welchen Gründen? Sich bewusst, dass diese Überlegung teilweise eine Rationalisierung war, beschloss er trotzdem, damit fortzufahren.

„Ich habe Sie zum Mittagessen eingeladen, um über Amy zu sprechen", sagte Dufort. „Und ich möchte das jetzt gerne tun. Es gab einen gewissen Durchbruch in dem Fall."

Marie-Claire saß ganz still und wartete.

„Wir haben Videomaterial aus dem ganzen Dorf bekommen, in der Hoffnung, etwas zu finden, irgendeinen Hinweis darauf, mit wem sie zusammen war oder... einfach irgendetwas, wir wussten nicht, wonach wir suchten. *Irgendetwas.*"

Marie-Claire nickte.

„Und Video um Video war nutzlos. Keine Amy, nichts von Interesse. Aber das letzte, das wir uns ansahen, gerade heute Morgen, zeigte Amy. Viele Minuten lang Amy, anscheinend feiernd mit ihren Freunden und einigen Leuten aus dem Dorf. Amy ging mit einem dieser Leute weg. Sie wirkte ziemlich angetrunken, und sein Arm lag um sie, als sie das Restaurant verließen."

Marie-Claire hatte ihre Hand über dem Mund und ihre Augen waren weit geöffnet. „Ich bin überrascht zu hören, dass Amy betrunken war", sagte sie. „Sie... war nicht so. Überhaupt nicht wild in dieser Hinsicht, hätte ich vermutet. Ganz Geschäftsfrau, dieses Mädchen."

Der Kellner brachte ein kleines Tablett mit winzigen Tassen, die in einer Reihe angeordnet waren, und erklärte ausführlich, was sie waren, aber weder Marie-Claire noch Dufort achteten darauf, obwohl sie den Kellner ansahen, während er sprach, und so taten, als würden sie zuhören.

„Ich kann Ihnen zumindest sagen, was sie zu feiern hatten", sagte Marie-Claire. „Amy hatte gerade einen Wettbewerb gewonnen, den Marfan-Preis. Es ist nicht einer der ganz großen, aber jeder Preis bringt in ihrem Alter ein hohes Ansehen mit sich. Und ich glaube, es gab auch eine Geldprämie, mehr als nur symbolisch. Ich müsste nachschauen, um Ihnen genau zu sagen, wie viel, aber ich schätze um die 5.000 Euro."

Dufort neigte den Kopf, nahm dann eine der winzigen Tassen und trank den Inhalt. „Mmm", sagte er. „Ich habe keine Ahnung, was ich gerade gegessen habe, aber es ist ausgezeichnet. Wissen Sie, ob sie das Geld schon erhalten hatte?"

„Keine Ahnung. Ich bezweifle es, weil ihr Sieg gerade erst bekannt gegeben worden war, und normalerweise dauert es bei solchen Dingen ein wenig, bis der Scheck kommt."

Dufort nickte.

„Also, werden Sie es mir sagen?", fragte Marie-Claire lächelnd.

Dufort mochte Marie-Claires Lächeln. Es war warm, es war einladend, und ein Teil von ihm wollte die Arbeit beiseiteschieben und sie besser kennenlernen, anstatt des endlosen Gesprächs über die Arbeit, das sich um etwas Schreckliches drehte, das jemand einem anderen angetan hatte. Mit Anstrengung riss er sich in den Moment zurück.

„Tut mir leid, was soll ich Ihnen sagen?"

„Mit wem sie weggegangen ist?"

Dufort nickte, sprach aber nicht. Er sollte es ihr wirklich nicht sagen. Aber er wollte mehrere Dinge wissen: War Lapin überhaupt in der Nähe der Schule gewesen? Hatte Marie-Claire ihn vielleicht herumstreunen sehen, entweder vor Amys Verschwinden oder danach?

Er holte tief Luft, bevor er sprach. „Ein Mann aus dem Dorf, vielen bekannt, auch mir. Lapin. Sein richtiger Name ist natürlich nicht Lapin – es ist Laurent. Laurent Broussard."

Marie-Claire schüttelte den Kopf. „Jede Frau im Umkreis von hundert Kilometern kennt Lapin", sagte sie und nahm einen Schluck Wasser.

Der Kellner brachte Wein, lokal und sehr gut, und dann Vorspeisen und Hauptgerichte und Kaffee und ein Paar der exquisitesten Crèmes brûlées, die mit Lavendel aromatisiert waren. Aber leider warf Amys Verschwinden, möglicherweise durch die Hand eines Mannes, den sie beide kannten, einen so tiefen Schatten über ihr Mittagessen, dass sie kaum etwas schmeckten. Ihre Unterhaltung war nicht das, was sich einer von ihnen erhofft hatte, sondern eher gedämpft und wenig geistreich.

Es ist das ständige Nichtwissen, dachte Dufort später, als er an diesem Abend zu einem zweiten Jogging aufbrach. Das ganze Dorf wartet seit Jahren darauf, dass dieser Entführer gefasst wird. Doch zu hören, dass es jemand sein könnte, den wir unser ganzes Leben lang gekannt haben – das bringt auch keinen Trost.

20

L apin? Lapin?! *Nein.*
      Thérèse Perrault kannte Lapin Broussard, seit sie ein
Baby war. Jeder in Castillac kannte Lapin. Weil er freundlich war,
ein *Typ*, der nichts lieber tat als unter Leute zu gehen, der den
neuesten Klatsch und Tratsch kannte, weil er im Zuge seiner
Schrottsammelei in jedermanns Privatangelegenheiten herum-
schnüffelte und sich daran erfreute, weiterzuerzählen, was er sah
und hörte.

Eigentlich, dachte Thérèse, wäre es wahrscheinlicher, dass
Lapin *umgebracht würde*, als dass er selbst jemanden umbringen
würde.

Natürlich billigte sie nicht die Art und Weise, wie er die
Frauen betatschte, mit denen er in Kontakt kam (oder zu
kommen hoffte, dachte sie spöttisch). Natürlich hatte sie schon
gesehen, wie er sich wie ein totaler Creep verhalten hatte, daran
bestand kein Zweifel, und es war auch kein seltenes Verhalten.

Aber das machte ihn noch lange nicht zu einem Entführer.
Einem möglichen Mörder.

Er pflegte diese albernen Tricks zu machen, wie Münzen aus

meiner Nase regnen zu lassen beim Sonntagsessen, dachte sie, und die Erinnerung machte sie wütend.

Dufort und Maron waren losgegangen, um Lapin zu finden, und Thérèse war auf der Wache zurückgeblieben mit nichts zu tun, außer neben einem Telefon zu sitzen, das selten klingelte.

Ich gehe raus zur Degas, dachte sie. Wenn ich hier jemanden für schuldig halten müsste, wäre es dieser aufgeblasene Kunstprofessor Gallimard. Mal sehen, was die Studenten über ihn zu sagen haben.

Sie hatte kein Polizeifahrzeug zur Verfügung, und da dieser Plan von ihr ohnehin nicht von Dufort angeordnet worden war, fand sie, dass sie zu Fuß besser dran war. Sie konnte immer sagen, sie sei auf der Suche nach dem Hund von Madame Bonnay, der immer noch vermisst wurde.

Als sie sich auf den Weg machte, erstellte Thérèse in ihrem Kopf eine Liste von Fragen zu dem Fall.

Warum hat Nico so lange gebraucht, um uns eine Kopie dieses Videos zu beschaffen? Hat er Lapin geschützt? Weiß er etwas?

Einen Moment lang überlegte sie, ob sie im Chez Papa vorbeischauen sollte, um ihn zu befragen, aber sie dachte richtigerweise, dass sie diesen Schritt nicht ohne Rücksprache mit Dufort unternehmen sollte. Er würde Nico vielleicht selbst befragen wollen.

Thérèse hatte in der Schule und in Bürojobs Schwierigkeiten gehabt, weil es ihr wirklich schwerfiel, Regeln zu befolgen. Die Gendarmerie hatte natürlich noch mehr Regeln - des Protokolls, der Vorgehensweise -, aber die Arbeit war für sie so sinnvoll, dass sie es bisher geschafft hatte, sich an die Vorschriften zu halten.

Und jetzt, wo der Druck zunahm, war sie entschlossen, sich nicht von ihren eigenen Ideen mitreißen zu lassen und sich daran zu halten, was sie tun sollte. Wahrscheinlich war es nicht Duforts Vorstellung von Regelbefolgung, an der Degas herumzuhängen, aber sie glaubte nicht, dass es ausreichen würde, um sie in echte Schwierigkeiten zu bringen. Verdammt, vielleicht konnte Lapin

Dufort ja etwas Nützliches erzählen, wenn er so spät am Abend mit Amy zusammen gewesen war.

War Amy wirklich *freiwillig* mit ihm gegangen?

Nun, zumindest auf dem Band sah es so aus. Sie schien sich nicht zu wehren oder Widerstand zu leisten oder irgendetwas in der Art. Sie ging einfach ruhig, wenn auch ein wenig wackelig, aus der Tür des Chez Papa, mit Lapins Arm fest um ihre Taille gelegt.

Thérèse liebte Lapin, irgendwie. Oder zumindest liebte sie die Tatsache, dass er eine Institution im Dorf war, eine Präsenz, an die sie gewöhnt war. Er war bei vielen dieser sonntäglichen Familienessen dabei gewesen, seit ihre Mutter Mitleid mit dem „armen Waisenkind" gehabt hatte und ihn unzählige Male eingeladen hatte, obwohl er ein erwachsener Mann war. Aber trotzdem - mit ihm *wegzugehen?* Eine junge Frau in Amys Alter? Das ergab keinen Sinn.

Thérèse dachte einen guten Teil des Weges zur Degas darüber nach. Sie konnte sich nicht daran erinnern, dass jemals eine Frau mit Lapin weggegangen wäre. Denn seien wir ehrlich, er mag zwar ein halb geliebter Dorfcharakter sein, aber er ist ein unattraktiver Flegel, wenn er versucht, sich an jemanden heranzumachen.

Falls er das überhaupt versuchte. Thérèse hatte immer das Gefühl gehabt, dass das alles ein bisschen Show war, nicht dazu gedacht, dass es jemand ernst nahm. Sie hatte es jedenfalls nicht getan.

Es war fast Mittag, als sie in die Einfahrt zum L'Institut Degas einbog. Es war etwas kühl, aber ein paar Studenten waren mit Skizzenblöcken draußen. Sie fragte sich, ob es auf dem Campus irgendeine Art von Verpflegung gab oder ob sie für alle ihre Mahlzeiten nach Castillac laufen mussten.

Sie beschloss, mit dem modernen Gebäude zu beginnen, das seltsamerweise wie ein Meerestier aussah, und machte sich gerade auf den Weg dorthin, als sie aus dem Augenwinkel Dufort sah, der das ältere Gebäude auf der angrenzenden Seite des Geländes verließ. Er ging mit einer Frau, die Thérèse nicht kannte. Sie war sich nicht sicher, aber irgendetwas sagte ihr, dass Dufort in diesem Moment nicht arbeitete.

Also hatten er und Maron Lapin gefunden? War Lapin in Gewahrsam?

Mehr als alles andere wollte Thérèse hinübereilen und diese Fragen zusammen mit etwa zehn anderen, die ihr in den Sinn kamen, stellen, aber sie lernte langsam, sich zurückzuhalten, so schwer es auch war.

Dufort sah sie nicht. Sie beobachtete, wie sie in sein Auto stiegen, sah Dufort auf eine besonders warmherzige Weise lächeln, wie sie es noch nie gesehen hatte, und das beantwortete zumindest eine der zehn Fragen.

Die Tür zum Meerestier-Gebäude war verschlossen, also ging sie zu einer Gruppe von Studenten hinüber, die sich auf dem Gelände unterhielten, und wünschte, sie würde nicht ihre dämliche Gendarmen-Uniform tragen, während sie sich mental die Hände rieb bei der Aussicht, etwas Schmutz über Gallimard auszugraben.

❧

DAS SOLLTE WIRKLICH keine große Sache sein, dachte Molly, während sie an diesem kühlen Morgen auf der Terrasse saß und ihre zweite Tasse Kaffee trank. Na gut, die Bennetts wollen das Cottage nicht verlassen – das ist ihre Sache. Wenn ich nicht reinkommen kann, um sauber zu machen, ist das auch ihre Sache. Ich kann nicht einfach reinplatzen und ihnen sagen, was sie zu tun haben. Sie haben bezahlt und stören niemanden. Und ehrlich gesagt, spielt ein sauberer Boden im großen Ganzen keine Rolle. Oder überhaupt nicht.

Sie müssen denken... was spielt schon *irgendetwas* für eine Rolle, irgendetwas überhaupt, angesichts ihrer vermissten Tochter, kostbar wie alle Töchter es sind.

Natürlich weiß ich das nicht, da ich selbst keine Tochter habe.

Aber es ist nicht schwer, sich das vorzustellen, dachte sie, während sie den letzten Schluck aus ihrer Tasse trank und einen Anflug von Entschlossenheit verspürte, weil ihr gerade eine Idee gekommen war, die sie für ausgezeichnet hielt.

Ich werde jemanden anheuern, der das Cottage putzt, während die Bennetts hier sind. Langfristig kann ich mir das nicht leisten, noch nicht, aber wenn jetzt jemand anderes das übernehmen würde, nur solange sie hier sind, habe ich eine Sorge weniger.

Ich habe das Gefühl, als gäbe es diese Aura der Angst um sie herum, und ich bekomme weiche Knie, wenn ich mich ihnen nähere.

Ich bin wirklich ein schrecklicher Mensch. Ich beklage mich über meine Gefühle, obwohl es nicht einmal meine Tragödie ist.

In der Hoffnung, dass ihre Nachbarin vielleicht jemanden kennen würde, den sie vorübergehend einstellen könnte, zog Molly sich an und bürstete ihr wildes Haar. Sie versuchte sogar (erfolglos), sich ein Tuch auf französische Art um den Hals zu binden.

Es war neun Uhr morgens, eine Zeit, zu der Molly Madame Sabourin oft in ihrem Garten sah, aber an diesem Morgen konnte sie sie nicht entdecken. Also ging sie um die Ecke zur Straße, folgte dem Steinweg zu ihrer Haustür und klopfte kräftig an.

Bitte lass mein Französisch ausreichen, betete sie zu den Göttern der Sprache. Ich bitte nicht um Muttersprachniveau, lass mich nur verstanden werden und mich nicht völlig blamieren. Das ist alles, worum ich bitte.

Ihre Nachbarin öffnete die Tür in einem staubigen Hausmantel, ihr Haar von einem Tuch bedeckt.

„Bonjour, Madame Sabourin!", sagte Molly, ein wenig zu herzlich. „Entschuldigen Sie die Störung, aber ich suche ein Mädchen, das putzt?"

„Ah", sagte Madame Sabourin. „Kommen Sie herein, Madame Sutton. Darf ich Ihnen einen Kaffee anbieten? Ich putze gerade selbst das Haus, wie Sie sehen können." Sie deutete zuerst auf ihre Kleidung und dann auf einen Eimer und einen Mopp, die an der Wand des Eingangsbereichs lehnten.

„Ja", sagte Molly grinsend, weil sie verstanden hatte. „Danke, aber keinen Kaffee mehr." Sie blickte in das freundliche Gesicht ihrer Nachbarin und dachte, wie schön sie mit ihren Falten und den leuchtend braunen Augen war. Etwas so Warmes an ihr, so beständig in ihrem Leben, mit seinen regelmäßigen Pflichten und zweifellos regelmäßigen Mahlzeiten.

Molly verspürte plötzlich den Drang, zu gestehen, was sie vorhatte.

„Sie kennen die Bennetts? Die Eltern des Mädchens, das verschwunden ist? Sie sind hier, in meinem Cottage", begann sie, und Madame Sabourin nickte ermutigend. „Und ich verstehe mich selbst nicht, aber... ich habe Angst bei ihnen, wissen Sie?"

„Sie machen Sie nervös? Weil sie so zutiefst aufgewühlt sind?"

„Ja, das ist es", sagte Molly erleichtert. „Und es wäre mir leichter, wenn ein Mädchen käme und das Cottage jetzt putzen würde. Nicht nach den Bennetts, sondern während die Bennetts da sind."

„Ich verstehe", sagte Madame Sabourin mit einem leichten Lächeln. „Ich überlege gerade... aber im Moment fällt mir leider niemand ein. Ich werde aber darüber nachdenken und Ihnen Bescheid geben, wenn mir jemand einfällt."

Molly nickte. „Danke", sagte sie und fühlte den Druck, mehr zu sagen, konnte aber die Worte nicht finden. „Danke", sagte sie noch einmal. „Ich gehe jetzt", fügte sie unbeholfen hinzu. „Bis später!"

Vielleicht kennt Nico jemanden, dachte sie und ging direkt die Rue des Chênes hinunter zum Chez Papa, obwohl sie keine Ahnung hatte, ob es so früh am Morgen geöffnet sein würde.

Während sie ging, zog sie ihren Pullover eng um sich, spürte die Kälte in der Luft und wünschte, sie hätte einen Mantel angezogen. Als sie einen Blick in die Gärten entlang des Weges warf, sah sie, dass es in der Nacht zuvor keinen Frost gegeben hatte, aber sie wettete, dass es knapp gewesen war. Das Dorf wirkte wie im Halbschlaf, als hätten sich alle wegen der kalten Luft entschieden, ein paar Stunden länger im Bett zu bleiben, wo es warm und sicher war, bevor sie sich hinauswagten, um den Tag zu beginnen.

Chez Papa war tatsächlich geschlossen, und Molly konnte niemanden drinnen sehen, als sie durch das Fenster spähte.

Was nun?

Nun, vielleicht könnte sie genauso gut zur Pâtisserie Bujold gehen, da sie sowieso praktisch nebenan war. Croissant *aux amandes?* Ja, definitiv. Und sie würde auch welche für die Bennetts mitnehmen, wenn sie schon mal da war. Natürlich war es immer eine Prüfung, dorthin zu gehen, mit dem lüsternen Besitzer, mit dem man sich auseinandersetzen musste. Für Gebäck war es das wert.

Aber eigentlich war für Gebäck fast alles die Mühe wert.

❧

MOLLY HATTE den Entenbeinen auf dem Markt nicht widerstehen können, und sie schmorte sechs davon für das Mittagessen. Nach mehreren Stunden im niedrig temperierten Ofen hatten die Karotten, Zwiebeln, der Sellerie und die Tomaten die köstlichste, schmierigste Sauce ergeben, die man sich vorstellen konnte, und das Entenfleisch fiel vom Knochen.

Dem kann niemand widerstehen, dachte sie, atmete zuerst den Duft von Rosmarin und Zwiebeln ein und richtete dann zwei Beine pro Teller an, dazu einen großen Löffel der dicken Sauce und einen kleinen Haufen Reis daneben.

Zögernd ging sie mit dem Tablett zum Cottage hinüber.

Ich mache mich wahrscheinlich zu einer echten Nervensäge, indem ich ihnen ständig Essen aufdränge. Oder vielleicht sind sie dankbar, denn obwohl ich verstehe, dass manche Menschen nicht essen, wenn sie aufgebracht sind (seltsame Wesen, meiner Meinung nach), kann man das trotzdem nicht tagelang durchhalten. Das geht einfach nicht.

Sie stellte das Tablett ab und klopfte, wappnete sich gegen den

Aufruhr und die Angst, die sie um das Cottage herum wirbeln spürte, entschlossen, dennoch weiterzumachen.

„Hallo!", rief sie. „Entschuldigen Sie die Störung, aber bitte antworten Sie!"

Schnell (hatte er sie kommen sehen?) öffnete Mr. Bennett die Tür.

„Sind wir mit der Miete im Rückstand?", fragte er. Sein Gesicht war blass und eingefallen, und seine Augen glasig.

„Nein, nein, nichts dergleichen", sagte Molly. Sie bückte sich und hob das Tablett auf. „Ich habe nur das Mittagessen gebracht. Darf ich reinkommen? Ich bleibe nicht lange."

Marshall Bennett zögerte, eine zu lange Pause, und öffnete schließlich die Tür weiter.

Sally Bennett saß auf dem Sofa, auf der Kante hockend wie ein Spatz auf einem Ast. Sie drehte ihren Kopf zu Molly, aber ihr Gesichtsausdruck änderte sich nicht. Molly war sich nicht sicher, wie sie es beschreiben sollte – es sah aus, als wäre ihr Gesicht irgendwie in sich zusammengefallen, als ob die Knochen und Knorpel weich geworden oder geschmolzen wären.

„Tut mir leid, dass ich störe", sagte Molly leise. „Aber ich bin ehrlich, ich mache mir Sorgen um Sie. Sie kennen hier niemanden, Sie haben keine Unterstützung, und... nun, Sie brauchen Hilfe. Es ist viel, viel zu viel, so etwas ganz allein bewältigen zu müssen."

Nun, das war mehr, als sie zu sagen geplant hatte. So viel dazu, es leicht zu nehmen.

Sie stellte das Tablett auf den runden Esstisch. „Ich habe geschmorte Ente zubereitet. Ich bin sicher, Essen steht nicht an erster Stelle in Ihren Gedanken, aber ich sage Ihnen, wenn ich schwere Zeiten durchgemacht habe, hat mir oft eine gute, kräftige Mahlzeit die Kraft gegeben weiterzumachen."

Okay, jetzt klang sie wie ein Fernsehspot oder jemandes übereifriger Großmutter. „Ich will nicht aufdringlich sein", fügte sie hinzu.

Die Bennetts sahen sie einfach an und blinzelten langsam. Molly hatte den klaren Eindruck, dass sie unter Beruhigungsmitteln standen.

Wer könnte es ihnen verübeln? Molly hatte selbst ein paar Mal, nachdem die Nachricht über Amy bekannt wurde, gedacht, dass sie auch eine Handvoll davon nicht ablehnen würde.

„Na ja, vielleicht will ich *doch* aufdringlich sein", fügte sie hinzu. „Kommen Sie, setzen Sie sich. Ich hole Servietten und Gabeln. Die Ente ist so zart, ich glaube, Sie werden nicht einmal Messer brauchen."

Sie wollte fast eine Flasche Wein holen, dachte dann aber, dass das Mischen mit Beruhigungsmitteln keine gute Idee wäre, also füllte sie zwei Gläser mit Wasser und stellte sie neben die Teller.

Die Bennetts hatten am Esstisch Platz genommen und starrten stumpf geradeaus, mit unfokussierten Augen.

„Also gut", sagte Molly. „Nehmen Sie Ihre Gabeln, stechen Sie ein Stück Fleisch auf, und los geht's!"

Lächerlich, so mit ihnen zu sprechen, aber die Bennetts schienen dieses Maß an Anleitung zu brauchen. Flüchtig fragte sich Molly, ob sie etwas anderes als Beruhigungsmittel nahmen und tatsächlich irgendeine Art von Drogenabhängigen waren, die schon so drauf waren, bevor ihre Tochter vermisst wurde.

Nein, das ist es nicht. Es muss Trauer plus ein bisschen verständliche Selbstmedikation sein.

„Hatten Sie schon Kontakt mit der Polizei?" *Jetzt, wo ich schon so weit bin, kann ich auch ganz eintauchen.*

Marshall schüttelte leicht den Kopf. Sally nahm eine Gabel und betrachtete sie, als wüsste sie nicht, wofür sie gut war.

„Nun, ich kann verstehen, dass Sie diesen Weg nicht einschlagen wollen, das kann ich absolut. Aber ich habe Benjamin Dufort kennengelernt, den Polizeichef. Er ist ein sehr netter Mann und intelligent, soweit ich das beurteilen konnte. Nicht kalt oder so etwas."

Marshall blinzelte sie an. Sally schien ein wenig aufzuwachen und aß eine winzige Gabel voll Sauce mit etwas Reis.

Ich hätte sie nie so lange allein lassen sollen, dachte Molly und versuchte, eine überwältigende Welle von Schuldgefühlen zurückzuhalten.

„Kommen Sie, Marshall", drängte sie. „Essen Sie!"

Die Bennetts begannen ihre Gabeln zu benutzen, hoben Essen zu ihren Mündern und kauten es, aber der Effekt war in etwa so, als würde man eine Vorführung von Automaten um 1910 beobachten. Sie waren so losgelöst von der Gegenwart, dass es unheimlich und einsam war, bei ihnen zu sein. Molly begann wieder, ihre Angst zu spüren, und ihre Knie wurden wacklig.

„Nun, ich bin froh, dass Sie zumindest etwas gegessen haben", sagte Molly und deutete auf eine Tüte McVitie's Digestive Kekse und eine andere mit scheußlich aussehendem salzigen Lakritz auf dem Tisch.

„Oh nein", sagte Sally, ihre Stimme klang weit entfernt, als wäre sie in einem Keller statt fünf Fuß entfernt, „Die sind für Amy. Wir haben sie für sie mitgebracht. Ihre Lieblingsnaschereien." Sallys Stimme brach und sie bedeckte ihr Gesicht mit den Händen.

„Wie wäre es damit", sagte Molly, die das Thema wechseln wollte. „Ich könnte eine Art Vermittlerin sein, wenn Sie möchten. Ich kann verstehen, dass die Logistik von all dem und das Sprechen mit Fremden, besonders in einer anderen Sprache, überwältigend sein kann. Also würde ich gerne Dufort anrufen und einen Termin für Sie vereinbaren, damit er Sie sehen kann. Ich habe keinen Zweifel daran, dass er Sie *gerne* sehen würde."

Es gab eine weitere lange Pause, länger als Menschen unter normalen Umständen zulassen würden. Schließlich sprach Marshall. „In Ordnung", sagte er. Er suchte keinen Blickkontakt, sondern schaute auf die geschlossene Tür, als ob er jemanden erwartete.

Molly fragte sich, ob die Bennetts überhaupt Französisch

sprachen, aber sie wollte nicht fragen. Sie ein paar Bissen essen zu lassen, war Fortschritt genug für einen Besuch.

„In Ordnung", sagte sie und ging dankbar zur Tür. „Ich werde Dufort anrufen. Und ich schicke Ihnen einfach eine SMS mit der Uhrzeit, wenn das in Ordnung ist, damit ich Sie nicht noch einmal stören muss. Und wir gehen dann zusammen."

Die Bennetts zeigten keine Reaktion, aber sie stolperte trotzdem nach draußen und schloss die Tür fest hinter sich. Sie fühlte sich schrecklich, dass sie so dringend von ihnen wegkommen wollte.

21

Molly war am nächsten Morgen früh auf den Beinen, unfähig, etwas anderes zu tun, als auf den Termin der Bennetts mit Dufort um neun Uhr zu warten. Sie wanderte durch den Garten und betrachtete, wie der nächtliche Frost alles verändert hatte: Jedes Blatt, jeder Stängel, jede verwelkte Blüte war mit Weiß überzogen. Es gab keine Möglichkeit mehr, sich an die Idee des Sommers zu klammern, nicht mehr.

Sie versuchte sich einzureden, dass es schön war. Sie wusste – objektiv und subjektiv –, dass es *wirklich* schön war, wie die fast unendliche Anzahl von Farben alle Variationen von Grün und Braun waren, und sogar wie der Frost in der Bahn der Sonne schmolz.

Aber für Molly sah es einfach nach Tod aus. Sie war kein Fan des Herbstes.

Schließlich beschloss sie, schnell ins Dorf und zurück zu gehen, damit sie den Bennetts vor ihrem Termin auf der Wache noch ein paar Croissants mitbringen konnte. Wahrscheinlich würden sie nichts essen wollen, aber falls sie doch Appetit hatten, konnte sie ihnen wenigstens etwas Frisches und Leckeres anbieten.

Und mehr noch, sie würden zumindest das Gefühl haben, dass sich jemand um sie kümmerte, wenn auch nur fürs Frühstück.

Molly ging nach nur einer Tasse Kaffee zügig die Rue des Chênes hinunter. Es war kalt, und ihr Atem segelte in Wolken davon und fing das Sonnenlicht ein. Ein tiefer Atemzug, bevor sie die Pâtisserie Bujold betrat, die um sechs Uhr öffnete.

„Bonjour, monsieur", sagte sie.

„Ihr Akzent, Madame – er wird jeden Tag besser", sagte der Besitzer, während er wie üblich auf ihre Brust starrte.

Molly nickte kurz und bestellte vier Croissants und drei *Croissants aux amandes*.

Nun, sie hatte Hunger, trotz all der Unruhe.

Auf dem Rückweg schwankte ihr Geist hin und her zwischen Mitgefühl für die Bennetts und der Sorge darüber, dass die Person, die ihre Tochter entführt hatte, immer noch frei herumlief. Mit einem plötzlichen Stich fragte sie sich, ob sie überhaupt allein spazierengehen sollte, wenn es so früh war, dass kaum jemand unterwegs war?

Wie war es möglich, dass dieser Mann – denn es *war* sicherlich ein Mann, vorausgesetzt, die Welt hatte sich nicht völlig auf den Kopf gestellt – weiterhin Frauen aus diesem kleinen Dorf entführen konnte, ohne gefasst zu werden? Sie war sehr gespannt darauf zu hören, ob Dufort irgendwelche Fortschritte in dem Fall gemacht hatte, und sie hoffte, er würde mitteilsam sein.

Um 8:30 Uhr rief sie Vincent an und bat ihn, die Bennetts und sie ins Dorf zu fahren. Es war ein kurzer Spaziergang, nicht einmal zwanzig Minuten, aber Molly dachte, es wäre viel einfacher, sie in Vincents Taxi zu verfrachten, als sie die Rue des Chênes hinunterzutreiben. Sie stellte sich vor, dass sie mitten auf der Straße stehen bleiben und sich unerklärlicherweise weigern könnten, weiterzugehen, oder in Seitenstraßen abwandern. Die Bennetts waren, soweit sie es beurteilen konnte, nicht fest in der Realität verankert, und wer konnte es ihnen verübeln?

Nachdem sie den Anruf getätigt hatte, brachte sie ein Tablett mit Kaffee und den warmen Croissants zum Cottage hinüber. Zu ihrer Überraschung fand sie das Paar angezogen und abfahrbereit vor.

„Es wird höchste Zeit, das hinter uns zu bringen", sagte Marshall und goss sich eine Tasse Kaffee ein.

„Vielleicht hat er gute Neuigkeiten?", sagte Molly und wollte sich am liebsten auf die Zunge beißen. Ihre Worte der Hoffnung klangen für alle so falsch; die Bennetts hatten die Gnade, sie zu ignorieren.

Sally knabberte an einem einfachen Croissant, während Molly eines ohne und eines mit Mandeln aß. Sie schloss die Augen, als ihre Zähne durch die äußeren knusprigen Schichten brachen und in die süße mandelige Weichheit im Inneren gelangten. Sie schaffte es, ein Stöhnen zu unterdrücken, es schmeckte so gut, der perfekte Gegensatz zur Bitterkeit des schwarzen Kaffees.

Alle drei blickten auf, als sie hörten, wie ein Auto in die Einfahrt fuhr. „Das wird Vincent sein. Ich dachte, es würde die Dinge einfacher machen – und es ist auch ziemlich kühl –"

Die Bennetts nahmen einen letzten Schluck von ihrem Kaffee und zogen langsam ihre Mäntel an. Ihre Bewegungen, ihre Gesichtsausdrücke, alles an ihrem Verhalten deutete darauf hin, dass sie sich darauf vorbereiteten, zur Guillotine zu gehen, als ob Vincent mit ihrem Karren ankäme.

„Guten Morgen allerseits!", sagte Vincent freundlich und öffnete eine der hinteren Türen seines etwas verbeulten Peugeots.

Die Bennetts sagten nichts, stiegen aber ins Auto ein, und Vincent setzte zurück und fuhr in Richtung Dorf.

„Bitte entschuldigen Sie das Bordell", sagte er, drehte sich zu ihnen um und erschreckte Molly, die es vorgezogen hätte, wenn seine Augen auf der Straße geblieben wären.

Eine lange Stille, während die drei Englischsprachigen versuchten, einen Sinn in dem zu finden, was er gesagt hatte.

„Oh!", sagte Molly. „Er meint das Durcheinander. ‚Bordel' – es bedeutet Bordell, aber auch Unordnung, ein großes Durcheinander. Stimmt's, Vincent?"

Vincent drehte sich wieder um und lächelte. „Ja, Madame", sagte er. „Ich freue mich über die Gelegenheit, Englisch zu sprechen, und danke Ihnen."

„*Pas de problème*", sagte Molly. Sie schob einige der Essensverpackungen auf dem Boden unter den Sitz in einem vergeblichen Versuch, für die Bennetts aufzuräumen, obwohl sie vermutete, dass es ihnen kaum wichtig war. Marshall und Sally blickten aus dem Autofenster, ihre Augen unfokussiert, ohne ein Wort zu sagen.

Maron tauchte lange nach dem Mittagessen im Chez Papa auf, in der Hoffnung, Nico zu erwischen, wenn wenig los war. Das Restaurant war leer und Nico lehnte an der Bar und las in einem abgegriffenen Taschenbuch.

„Bonjour, Nico", sagte Maron und ließ sich auf einen Hocker gleiten.

Nico erschrak, versuchte aber, so zu tun, als wäre es nicht so, genauso wie jemand, der geweckt wurde und vorgibt, nicht geschlafen zu haben, obwohl niemand jemals darauf hereinfallen würde.

„Bonjour, Gilles. Ich fürchte, die Küche ist geschlossen", sagte Nico. „Möchten Sie etwas trinken?"

„Petit café."

„Natürlich." Nico wandte sich der Espressomaschine zu und begann mit der Zubereitung. Maron sah, wie er tief Luft holte. „Also", sagte Nico mit nicht ganz natürlicher Stimme, „gibt es Neuigkeiten über dieses Mädchen, die Kunststudentin?"

„Wir haben sie nicht gefunden", sagte Maron langsam und genoss den Gedanken, ein wenig mit Nico zu spielen. Nico war zu gutaussehend für sein eigenes Wohl, das war Marons Meinung, obwohl er verstand, dass daran nichts spezifisch Kriminelles war. „Aber ich nehme an, Sie haben sich das Video angesehen, bevor wir es taten? Also haben Sie gesehen, was wir gesehen haben, ja?"

Nicos Gesicht lief rot an. „Ja", gab er zu. „Ich habe sie gesehen."

„Mit Lapin."

„Ja."

Maron fragte sich, warum Nico so schuldbewusst aussah. Es war fast so, als hätte das Video gezeigt, wie er mit Amy wegging, nicht Lapin.

„Hören Sie, Gilles – ich weiß, wie es aussieht, ich habe gesehen, wie sie an diesem Abend mit Lapin wegging, und ich meine nicht nur auf dem Video. Aber ich glaube keine Sekunde – ich meine, kommen Sie schon, wir kennen ihn unser ganzes Leben lang hier im Dorf. Glauben Sie nicht, wir hätten es schon lange vorher gewusst, wenn er so verdreht wäre?"

„Nicht unbedingt", sagte Maron und drehte sich leicht auf seinem Hocker. „Es hat schon zahlreiche Fälle gegeben, in denen Menschen jahrelang mit allen möglichen abscheulichen Verbrechen davongekommen sind, direkt unter der Nase ihrer Familien und Nachbarn. Ich weiß nicht, warum Lapin automatisch von dieser Gruppe ausgeschlossen werden sollte. Aber natürlich", fügte er hinzu, „bin ich nicht aus dem Dorf. Vielleicht sehe ich ihn etwas klarer als der Rest von Ihnen. Ohne den Vorteil der Nostalgie."

„Er begrabscht alle Frauen, klar. Er ist widerlich. Aber er hat das an diesem Abend nicht einmal mit Amy gemacht. Er wurde einfach von dieser großen Gruppe mitgerissen, die alle einen Preis feierten, den sie gewonnen hatte. Sie wissen, wie das sein kann – ein Ausbruch von Aufregung, es ist wie ein Streichholz auf Benzin oder so, und plötzlich feiert die ganze Bar ausgelassen. Ich glaube ehrlich keine Sekunde lang, dass er ihr etwas angetan hat."

Maron sah Nico an und legte den Kopf schräg, sagte aber nichts.

„Was denkt Dufort?", fragte Nico.

Maron antwortete nicht. Er fand, dass Schweigen Menschen aus dem Gleichgewicht brachte und sie oft dazu brachte, Dinge zu sagen, die sie sonst vielleicht nicht gesagt hätten. Die Wahrheit war, dass er nicht mit Sicherheit glaubte, dass Lapin direkt etwas mit Amys Verschwinden zu tun hatte. In Marons Vorstellung war das Täterfeld weit offen, obwohl Lapin bisher standardmäßig der klare Spitzenreiter war. Und es war ihm immer noch nicht gelungen, etwas über das herauszufinden, was Dufort „den anderen Vorfall" genannt hatte, bei dem Lapin *etwas* getan hatte, aber anscheinend nicht formell verhaftet worden war.

„Dufort hat den früheren Vorfall nicht vergessen", sagte Maron und stellte sich seine Worte als einen saftigen Bissen zappelnder Garnelen an einem Angelhaken vor, den er zu Nico hinüberwarf.

Mit einem befriedigenden Platschen biss der Fisch an.

„Oh, das war nichts, wirklich nichts", sagte Nico. „Lapin ist in mancher Hinsicht wie ein Kind, verstehen Sie. Ja, er hatte sich im Internet so eine schicke Kamera gekauft und versucht, ein paar Schnappschüsse unter den Röcken von Frauen zu machen. Natürlich wurde er sofort erwischt. Man muss ein bisschen Mitleid mit ihm haben, finde ich, wissen Sie?"

Maron zuckte mit den Schultern. Er war verärgert, dass Dufort ihm die Geschichte nicht einfach erzählt hatte, als sie zum ersten Mal das belastende Video gesehen hatten. „Ist das, was Sie fühlen würden, wenn er unter Ihren Rock gespäht hätte?"

Nico errötete und sah weg, den Kopf schüttelnd.

„Ich würde gerne verstehen, warum Sie so gezögert haben, uns das Video zu geben", sagte Maron und versuchte vergeblich, lässig zu klingen. Er wusste, dass seine Art dazu neigte, Menschen in die Defensive zu treiben.

Nico sah unbehaglich aus, fast so, als würde er gleich weinen.

„Haben Sie wirklich nur Lapin geschützt? Oder jemand anderen?"

Nico schüttelte den Kopf. „Nein, so ist es nicht. Es ist nur... ich fühle mich so schuldig. Ich habe ihr zu viele Drinks serviert.

Ich wusste, dass sie betrunken war, ich hätte sie aufhalten sollen. Und dann... dann hätte sie vielleicht nicht..."

Maron schwieg. Er spürte eine Welle plötzlicher Enttäuschung, als wäre Nico ein Pferd, auf das er gewettet und sein Geld verloren hatte. Es wäre so befriedigend gewesen, dieses hübsche Gesicht ins Gefängnis zu bringen. Und so sehr ärgerlich, dass Nico einen verständlichen, sogar moralischen Grund dafür hatte, so langsam mit dem Video gewesen zu sein.

Nico beendete das Hantieren an der Maschine, stellte eine Tasse Espresso vor Maron und trat zurück. „Nun, wenn es Sie interessiert", sagte er leise, „gibt es... gibt es jemand anderen, den ich mir ansehen würde, wenn ich Sie wäre."

Maron nippte an seinem Espresso und wartete.

„Kennen Sie Gallimard?", fragte Nico.

„Den Kunstprofessor? Was ist mit ihm?"

„Nun, er kommt nicht hierher", sagte Nico. „Es ist zu voll mit Leuten, die ihn kennen könnten. Aber ich habe einen Freund, der in einer Bar außerhalb des nächsten Dorfes arbeitet, so eine Art abgelegener Ort, verstehen Sie. Und er hat mir erzählt, dass Gallimard ständig dorthin kommt, mit allen möglichen Frauen. Jung. Meistens Studentinnen. Sie gehen total besoffen weg."

Maron war interessiert, behielt aber seinen Gesichtsausdruck neutral. „Also Sie deuten an... was?"

„Dass er mit der Hälfte der Studentenschaft an der Degas schläft", sagte Nico, seine Stimme kaum mehr als ein Flüstern. „Glauben Sie nicht...?"

Maron zuckte mit den Schultern. „Ich werde der Sache nachgehen", sagte er und tat so, als wäre es eine lästige Aufgabe, die wahrscheinlich keinen Unterschied machen würde. „Aber ich sehe nicht, was ein paar Affären mit dem Verschwinden eines Mädchens zu tun haben."

Nicos Stimme wurde lauter. „Nein? Sie sehen nicht, wie Eifersucht, Ehrgeiz, Alkohol und Sex zusammenkommen können, um eine Explosion zu verursachen?"

Maron zuckte mit den Schultern. „Wie gesagt, ich werde der Sache nachgehen. Die Frage wäre dann, an welchem Punkt Amy Lapin verlassen und bei Gallimard gelandet ist? Denn bisher war die letzte Person, die Amy lebend gesehen hat, Lapin Broussard. Gleich nach Ihnen, wohlgemerkt."

Nico zuckte zurück, sein Gesicht lief erneut rot an. Maron bemerkte, dass die Röte ihn attraktiver machte, und er zwang sich zu einem Lächeln, nachdem er seinen Espresso hinuntergekippt und sich verabschiedet hatte.

22

Die Bennetts stiegen aus Vincents Taxi aus, als wären sie unter Wasser, ihre Glieder unter Druck. Sie bewegten sich so langsam, dass Mollys Ungeduld anstieg und sie sich fragte, ob sie jemals ganz aussteigen und die Tür schließen würden. Schnell bezahlte sie Vincent und ging die Stufen zur Polizeiwache hinauf. Dabei spürte sie all die Angst, die die Bennetts mit Beruhigungsmitteln verdrängt hatten, als wäre sie von ihnen abgeprallt und auf sie übergesprungen.

Chef Dufort stand direkt hinter der Tür.

„Herr und Frau Bennett? Chef Benjamin Dufort. Es freut mich, Sie kennenzulernen", sagte er und schüttelte Marshalls schlaffe Hand. Er wandte sich Molly zu: „Und danke für Ihre Hilfe, die Eltern von Amy herzubringen", sagte er und zuckte dann zusammen. Er drehte sich wieder zu den Bennetts und deutete auf sein Büro, dann zurück zu Molly. „Haben Sie zufällig noch ein paar Minuten übrig? Mein Englisch...", er zuckte mit den Schultern und schüttelte den Kopf.

„Sie wollen, dass *ich* beim Übersetzen helfe?", sagte Molly, verblüfft darüber, dass jemand ihre rudimentären Sprachkenntnisse für nützlich halten könnte. „Chef, ich würde gerne helfen, aber ehrlich, mein Französisch ist *absolument* schlechter als Ihr Englisch, glauben Sie mir."

Aber er sah sie so flehend an, und er war durchaus gutausse- hend, das ließ sich nicht leugnen. „In Ordnung", hörte sie sich sagen. „Ich werde es versuchen." Und so fand sich Molly uner- wartet in Duforts Büro beim ersten Treffen des Chefs mit den Eltern des vermissten Mädchens wieder.

„Danke, dass Sie uns empfangen", sagte Marshall. Er schien zumindest wach zu sein, wenn auch ein wenig zittrig. Sally Bennett sah aus, als würde sie jeden Moment einschlafen. Molly fügte die Sorge um eine Überdosis ihrer langen Liste von Bedenken in Bezug auf die Bennetts hinzu.

„Vielen Dank, dass Sie gekommen sind", sagte Dufort. „Ich wünschte zutiefst, die Umstände unseres Treffens wären einfacher."

Er fuhr mit verschiedenen beruhigenden Worten fort, und zu ihrer Überraschung stellte Molly fest, dass sie Dufort recht gut verstand und es schaffte, das, was er sagte, den Bennetts zu vermitteln, wenn auch etwas unbeholfen und ungenau.

Es gab wenig Neuigkeiten. Mehrmals versicherte Chef Dufort ihnen, dass die Polizei von Castillac alles in ihrer Macht Stehende tat, um ihre Tochter zu finden, und er erläuterte einige der Dinge, die sie dafür taten — die Anrufe bei Flughäfen, so etwas — aber er vermied es sorgfältig, ihnen den Eindruck zu vermitteln, dass sie zu diesem Zeitpunkt nach einer Leiche suchten, obwohl das in der Tat ein kritischer Teil der Ermittlungen war. Es war die Aufgabe der Polizei, alle Möglichkeiten abzudecken, und genau das taten sie, mit Gründlichkeit und Aufmerksamkeit, ungeachtet der Ängste, die das hervorrufen könnte. Doch Dufort sah keine Notwendigkeit, die Bennetts weiter zu beunruhigen, da ihre Verzweiflung zeigte, dass sie bereits das Schlimmste befürchteten.

Nachdem Molly ihre Panik überwunden hatte, übersetzen zu müssen — wodurch es leichter wurde, als sie es sich je hätte vorstellen können — war sie aufgeregt, mittendrin zu sein, dann enttäuscht, dass Dufort entweder absolut nichts in dem Fall vorzuweisen hatte oder keine Details preisgab.

Gutaussehende Männer sind so oft schwer von Begriff, dachte sie, aber ich glaube nicht, dass das bei dem Chef der Fall ist. Er hat etwas Kluges an sich, aber auch etwas Nervöses. Ein wenig aufgeregt. Ist es, weil er mehr weiß, als er sagt? Oder weil das einfach seine Art ist?

„Ja, sie hatte Freunde, aber keine ernsthaften", sagte Marshall gerade. „Kunst war alles für sie, verstehen Sie. Sie würde nicht zulassen, dass ein Junge ihren Erfolg behindert."

„Das hat mir Sorgen gemacht", sagte Sally, ihre Stimme kaum mehr als ein Flüstern.

„Inwiefern?", fragte Dufort.

„Nun", sagte Sally, hielt dann aber inne, und die Pause zog sich endlos hin.

Molly stand auf den Fußballen, als würde sie Tennis spielen, und wartete auf Sallys nächste Worte, um sie sanft über das Netz zu Dufort zu spielen, falls er ihr das Signal gäbe, dass sie übersetzen sollte. Aber Sally fuhr nicht fort.

„Es ist so... Sally hat immer gedacht, dass Amys zielstrebiges Hinarbeiten auf eine Karriere in der Kunst sie am Ende vielleicht unglücklich machen könnte", erklärte Marshall.

„Einsam", fügte Sally hinzu. „Es ist nicht so, als würde ein Gemälde dich zurücklieben, selbst wenn es ein Meisterwerk ist."

Alle im Raum dachten über diese Aussage nach. Und dann stieß Sally einen herzzerreißenden Schrei aus, weil das klare Bild ihrer Tochter, die ihre letzten Momente mit jemandem verbrachte, der sie nicht liebte, so schmerzhaft war, dass ihre brüchige Selbstbeherrschung zerbrach. Sie schwankte, und Marshall legte seinen Arm um sie, um sie zu stützen.

„Ich verstehe das sehr gut", sagte Dufort und fühlte den Schmerz der Eltern intensiv.

Molly fragte sich, ob er verheiratet war und Kinder hatte. Obwohl es wahrscheinlich keinen Unterschied machte – es brauchte keine große Vorstellungskraft, um den Schmerz der Bennetts zu verstehen. Sie vermutete, dass jeder in diesem Raum ihn tief in seinem Körper spürte, so wie sie, die gegen die Tränen ankämpfte und deren Beine nicht allzu standfest waren. Sie warf einen Blick auf Dufort und sah, dass sein hübsches Gesicht blass war und seine Lippen fest zusammengepresst waren.

„Molly, können Sie sicherstellen, dass die Bennetts sicher zu Ihnen nach Hause zurückkommen?", fragte er.

Sie nickte, ihre Kehle immer noch wie zugeschnürt.

„Bitte", sagte Sally und streckte Dufort eine Hand entgegen.

„Wir tun alles, was wir können", sagte er mit brechender Stimme. „Alles."

MOLLYS NACHBARIN, Madame Sabourin, hatte ihr ein Reinigungsmädchen vermittelt, obwohl sie keine besondere Empfehlung hinsichtlich ihrer Fähigkeiten gab. Das Mädchen war die Tochter des Mannes, der in einem kleinen Laden in einer Hinterstraße des Dorfes Möbel reparierte, und Madame Sabourin sprach ausführlich über den Schrank, den er für sie aufgearbeitet hatte: Er hatte nicht zu viel verlangt und seine Arbeit war mehr als zufriedenstellend gewesen, besonders bei einer kniffligen Stelle, wo der Lack abgenutzt war.

Also stimmte Constance nach einem äußerst unbeholfenen Telefongespräch, bei dem Molly sich abmühte, auch nur ein paar verständliche französische Worte herauszubringen (sie fand es lächerlich schwierig, am Telefon Französisch zu sprechen, und all ihre Fortschritte schienen sich in Luft aufzulösen), zu, noch am selben Tag zu kommen. Molly war nicht wählerisch; alles, was sie wollte, war jemand, der anpackte. Jeder konnte einen Staubsauger bedienen, oder?

Mit einiger Beklemmung klopfte sie an die Tür des Häuschens, um die Bennetts darüber zu informieren, dass am Nachmittag die Putzfrau kommen würde. Vielleicht hätten sie nichts dagegen, sich in den Garten zu setzen oder spazieren zu gehen, während ihre Unterkunft aufgehübscht wurde? Und ob sie etwas aus dem Dorf bräuchten? Molly wollte noch das Ende des Samstagsmarktes erwischen.

Die Bennetts waren einverstanden, wie sie es immer waren, losgelöst von jeder Realität jenseits ihrer vermissten Tochter. Molly war sich nicht ganz sicher, ob sie das mit der Putzfrau verstanden hatten – sie wirkten sogar noch benommener als zuvor, selbst Marshall –, aber sie nahm sie beim Wort, winkte und machte sich mit ihrem Marktkorb am Arm auf den Weg ins Dorf. Sie wünschte sich Tomaten, fand aber keine, die ihr gefielen, und hoffte, dass sie mit mehr als nur Lavendelseife nach Hause kommen würde. Und *Croissants aux amandes.*

Die erste Person, die sie auf dem Platz sah, war Manette, die wie eine Königin der légumes über ihrer wunderschön arrangierten Ernte thronte.

„Bonjour, Manette", sagte Molly ein wenig schüchtern, unsicher, ob Manette sich an sie erinnern würde.

„Hello, Molly!", rief Manette, ihr englischer Akzent so falsch, dass Molly in Gelächter ausbrach. „Sag mir", fuhr sie auf Französisch fort, „hast du schon herausgefunden, wo Amy hingegangen ist?"

„Ich?", sagte Molly. „Oh nein. Ich bin nicht... das ist nicht meine Aufgabe, denke ich. Denn...", sie legte den Kopf schräg und blickte zum Himmel. „Wie kann man erraten, was Menschen tun werden, wenn wir alle zu allem fähig sind?"

Manette nickte feierlich. Molly wusste nicht, was es an ihr war, das diese Anfälle von Philosophie hervorrief.

„Es stimmt", sagte Manette, „dass Menschen lügen. Über alles! Und am meisten belügen wir uns selbst. Nun schau", sagte sie und deutete auf einen Haufen Artischocken. „Sie sind importiert, ich werde dich nicht anlügen", – sie zwinkerte – „aber sieh, wie schön sie sind? Ein bisschen Buttersauce, nur ein Spritzer Zitrone?"

„Ich nehme fünf", sagte Molly und wartete, bis Manette sie gewogen hatte. „Hast du Kinder, Manette? Tut mir leid, wenn das eine zu persönliche Frage ist."

Manette winkte ihre Entschuldigung ab. „Nein, nein. Ja, ich habe vier! Ich bin mitten im Chaos! Im Auge des Hurrikans!"

Molly lächelte. Es war so einfach, sich die rotwangige Manette vorzustellen, wie sie in ihrer Küche lachte, umringt von Kindern. Sie spürte einen Stich des Neids und zwang sich trotzdem, weiter zu lächeln.

Dann ging sie, um den attraktiven Bio-Bauern Rémy zu finden, in der Hoffnung auf Tomaten. Er hatte keine, aber sie unterhielt sich etwa fünfzehn Minuten mit ihm über das Wetter und dann über Lapin Broussard. Sein Englisch war ausgezeichnet, und sie entspannte sich und sprach selbst Englisch.

„Ich bin mir nicht sicher, ob ich der Intuition irgendein Gewicht beimesse", sagte sie, „aber ehrlich gesagt ist Lapin unglaublich nervig, und ich habe schon überlegt, in ein anderes Dorf zu ziehen, um ihm zu entkommen – aber ein *Mörder*? Oder zumindest ein Entführer? Das traue ich ihm einfach nicht zu."

„Meine Frau hat ihm einmal eine Ohrfeige gegeben, im Chez Papa. Direkt ins Gesicht. Danach hat er sie in Ruhe gelassen", lachte Rémy.

Molly holte kurz Luft. Sie hatte ein wenig mit Rémy geflirtet – er hatte so eine Art Hippie-Bauern-Anziehungskraft, breitschultrig und fähig, mit einem Schmutzfleck am Kinn – und war nun peinlich berührt, weil er verheiratet war.

„Meine Ex-Frau, sollte ich sagen", sagte Rémy mit einem Lächeln, als ob er ihre Gedanken gelesen hätte.

Molly lächelte zurück. Und obwohl sie insgesamt mit diesem Teil ihres Lebens abgeschlossen hatte und besser für ein Singleleben geeignet war, war sie wirklich... ihr nächster Gedanke galt seinem schönen Lächeln und seinem Mund, und wie sie, wenn er sie irgendwann in der Zukunft küssen wollte, nicht nein sagen würde.

Und dann hatte er etwas gesagt, und sie hatte es in ihrer Kuss-Tagträumerei völlig verpasst.

Was bin ich, fünfzehn?

„Also musst du leider bis nächsten Juli auf echte Tomaten warten", sagte Rémy gerade. Und dann drängte sich eine Schar von Kunden in letzter Minute hinter ihr, und es war Zeit, nach La Baraque zurückzukehren.

Sie ging direkt zum Häuschen, um zu sehen, wie weit Constance gekommen war. Sicher warteten die Bennetts ängstlich darauf, so bald wie möglich wieder hineinzugehen.

„Constance!", rief sie, als sie einen Eimer mit schmutzigem Wasser und einen an die Wand gelehnten Mopp sah. Molly ging in die winzige Küche und sah einen Haufen Staubtücher auf der Arbeitsplatte. „Hallo? Constance?"

Aber Constance war weg. Das Häuschen war nicht besonders sauber, und die Putzutensilien waren oben und unten verstreut, sodass Molly ihre letzten Energiereserven darauf verwendete, nach ihrer Putzfrau aufzuräumen, damit die Bennetts den Garten verlassen und sich wieder zurückziehen konnten.

❦ 23 ❦

Das war eine schreckliche Idee, dachte Dufort, als er am Sonntagabend versuchte, sein Wohnzimmer aufzuräumen. Er hatte Marie-Claire zu einem *apéro* eingeladen und dabei vergessen, dass der Bennett-Fall ihn aus seinen üblichen Routinen geworfen hatte. Seine kleine Wohnung in der Gendarmerie war nicht wirklich ordentlich genug für Besuch – besonders für Besuch, den er zu beeindrucken hoffte. Schnell nahm er zehn Tropfen Tinktur und hetzte durch das Wohnzimmer, räumte auf und schob Dinge unter das Sofa und in Schubladen.

Marie-Claire fuhr in ihrem alten *deux chevaux* vor. Dufort beobachtete, wie sie im Rückspiegel ihr Make-up überprüfte, was ihn zum Lächeln brachte. Er ging in die Küche und holte eine Flasche Pineau, dann ging er hinaus, um sie zu begrüßen.

„Bonsoir!", sagte er, sehr froh, sie zu sehen. Sie trug eine Hose, was Dufort bedauerte, da er gerne einen Blick auf ihre Beine geworfen hätte. Aber die Hose war enganliegend und betonte ihren fitten Körper, und er grinste wie ein Schuljunge, als sie auf ihn zukam.

„Bonsoir, Ben", sagte sie und lächelte zurück. Sie küssten sich auf die Wangen, wobei Ben bemerkte, wie gut sie roch, und gingen dann hinein.

„Ich war noch nie in der Gendarmerie", sagte Marie-Claire und sah sich um. „Es ist gar nicht schlecht, oder? Macht es dir etwas aus, von Ort zu Ort versetzt zu werden?"

„Wenn es nach mir ginge, würde ich auf unbestimmte Zeit in Castillac bleiben. Wahrscheinlich werde ich Anfang Januar zu einem neuen Einsatzort versetzt. Es ist nicht so, dass ich neue Orte nicht mag... eher, dass ich einfach an diesem hier hänge. Wenn ich zu lange von den goldenen Steinen weg bin..." Er blickte plötzlich auf und lächelte. „Wie wäre es mit einem Drink? Möchtest du einen Kir? Pineau?"

Marie-Claire nickte. „Ein Kir wäre schön." Sie sah sich um und versuchte zu erkennen, was sie über Ben aus seiner Wohnung lernen konnte. Es war ordentlich genug. Ein Stapel Bücher lag auf einem Beistelltisch und ein weiterer Stapel neben dem Sofa. Sie versuchte, unauffällig in die Küche zu spähen.

„Vielleicht eine völlig unüberraschende Frage, aber du weißt ja, wir Detektive müssen den Hintergrund abdecken", sagte Dufort und reichte Marie-Claire ihr Getränk. „Ich glaube nicht, dass du mir erzählt hast, wo du aufgewachsen bist und wie du es geschafft hast, in Castillac zu landen."

Marie-Claire lächelte und nippte an ihrem Drink. „Eine unüberraschende Frage mit einer unüberraschenden Antwort", sagte sie. „Und ich werde dasselbe fragen: Du bist in Castillac geboren und aufgewachsen, nehme ich an?"

Dufort nickte.

„Scheint für die meisten im Dorf der Fall zu sein. Ich bin jetzt fast zwei Jahre hier und bereue es überhaupt nicht, hergekommen zu sein", sagte Marie-Claire.

Dufort bemerkte natürlich, dass sie keine seiner beiden Fragen beantwortet hatte.

„Also Ben, verzeih mir – ich sollte nicht nach deiner Arbeit fragen. Es ist der Gipfel der Unhöflichkeit, und normalerweise..."

Dufort seufzte innerlich. „Amy."

„Ja. Amy." Sie sah ihn hoffnungsvoll an. „Irgendwelche Neuigkeiten? Natürlich verstehe ich, wenn es Dinge gibt, die du mir nicht sagen kannst, aber ich möchte einfach... ich möchte einfach irgendetwas..."

Dufort öffnete eine Packung Nüsse und schüttete sie in eine Glasschale. „Wir sammeln immer noch Beweise." Innerlich zuckte er bei dieser kleinen Lüge zusammen, da es kaum Beweise – eigentlich gar keine – zu sammeln gab.

„Und Lapin? Hast du ihn befragt, wenn man das so nennt?"

„Nein. Wir wissen nicht, wo er ist. Und wir haben uns ohnehin noch nicht auf ihn festgelegt. Er ist nur jemand, mit dem wir sprechen wollen."

„Ist es schwierig, objektiv zu bleiben, da er dein Freund ist?"

Dufort schluckte einen Schluck seines Getränks. Marie-Claire machte ihn unbehaglich; es fühlte sich fast so an, als hätte sie nur zugestimmt, auf einen Drink vorbeizukommen, um den neuesten Klatsch zu erfahren. Oder war er zu zynisch?

„Ich würde nicht sagen Freund, nicht wirklich", sagte Dufort. „Ich kenne ihn mein ganzes Leben lang, wie viele Leute hier. Er ist... man könnte sagen, er ist eine feste Größe im Dorf. Manchmal ein Ärgernis, besonders für Frauen..."

Marie-Claire nickte. „Anscheinend bin ich nicht sein Typ – ich glaube, er hat mich nie eines zweiten Blickes gewürdigt."

„Schwer zu glauben", sagte Dufort mit einem Anflug eines Lächelns, was Marie-Claire sehr charmant fand. „Jedenfalls, ob feste Größe im Dorf oder nicht, wir müssen uns die Beweise ansehen, offensichtlich. Die Tatsache, dass wir Lapin nicht finden konnten, um ihn zu befragen, ist eigentlich besorgniserregender als das Video selbst."

„Wenn er eine gute Erklärung hätte, warum marschiert er dann nicht einfach in die Station und gibt sie zum Besten?"

„Richtig." Dufort nickte. „Aber nicht jeder ist zu dieser Art von praktischer Direktheit fähig, eine Handlung zu ergreifen, die dir oder mir offensichtlich erscheinen mag."

„Aber ich denke… entschuldige, wenn ich zu… nah herankomme. Aber ich habe das Gefühl von dir, dass du nicht glaubst, dass Lapin das Mädchen mitgenommen hat. Dass du die Liste durchgehen und die Fragen stellen wirst, und so weiter und so fort. Aber deine Intuition sagt nein."

Dufort zuckte mit den Schultern und lächelte wieder. Er mochte diese Frau. Mochte, dass sie sagte, was ihr durch den Kopf ging, und dass sie offensichtlich selbst eine gute Intuition hatte. Als sie nach ihrem Drink griff, ließ er seine Augen für einen Moment über sie wandern, und als sie ihr Glas wieder abstellte, berührte er ihre Wange mit seinem Handrücken und strich ihr dann eine Haarsträhne hinters Ohr. Die Bewegung fühlte sich unmöglich intim an und er holte tief Luft und stand auf.

„Es ist so kühl geworden, ich dachte, ich zünde ein Feuer an", sagte er und kramte in einer Schublade nach Streichhölzern. Er war dankbar für das alte Gebäude, das in den meisten Räumen noch Kamine hatte.

Marie-Claire umarmte sich selbst und zitterte. „Es ist ziemlich feucht", sagte sie und beobachtete ihn mit einem lebhaften Gesichtsausdruck. Das Feuer, das er zuvor entfacht hatte, brannte wunderbar, und das Paar saß nebeneinander auf dem Sofa und starrte in die Flammen. Sie tranken noch etwas, aßen ein paar Nüsse, und bald saßen sie nah genug beieinander, um sich zu berühren, und dann nah genug, um sich zu küssen, und zumindest für ein paar kostbare Stunden dachte Benjamin Dufort kein einziges Mal an Amy Bennett.

☙

IN DIESER NACHT ging Molly nicht aus. Das Gespräch mit Chef Dufort und den Bennetts war absolut erschütternd gewesen, und dann noch obendrein das Fiasko mit ihrer neuen Putzfrau. Also arbeitete sie mit Kopfhörern im Garten, trank dann eine halbe Flasche Médoc und ging früh zu Bett. Am nächsten Morgen beschloss sie, einen langen Spaziergang zu machen, und benutzte dafür eine der Wanderkarten, die sie in der *Presse* gefunden hatte. Es war eine weitere Sache, die sie an Frankreich liebte, dass offenbar Besitzer von großen wie kleinen Grundstücken nicht nur absolut Fremden erlaubten, über ihr Land zu wandern, sondern sie sogar dazu ermutigten, indem sie zuließen, dass die Wege auf sehr detaillierten Karten eingezeichnet wurden, die in jeder *Presse* zu finden waren.

Sie wählte eine Route, die sie durch den Wald und dann über mehrere Weiden führen und schließlich zurück zur Rue des Chênes und nach Hause bringen würde. Es wird Stunden dauern, dachte sie, und ich werde so erschöpft nach Hause kommen, dass ich keine Energie mehr haben werde, mir Sorgen zu machen.

Es kam ihr in den Sinn, dass es vielleicht nicht ganz sicher war, allein an abgelegenen Orten zu sein, wo doch ein Entführer unterwegs war, also nahm sie eine Dose Pfefferspray mit, die sie am Flughafensicherheitscheck vorbeigeschmuggelt hatte − ein Überbleibsel aus der alten Nachbarschaft zu Hause. Es hatte ihr damals ein echtes Gefühl von Sicherheit gegeben, obwohl sie nie wirklich den Auslöser betätigt hatte. Aber wie auch immer, sicher strich derjenige, der Amy − und die anderen, dachte sie mit einem Schaudern − entführt hatte, nicht im Wald herum. Wahrscheinlich nicht der Ort, an dem man auf die Jagd nach jungen Frauen gehen würde.

Ein Teil ihres Gehirns wusste, dass sie rationalisierte, was wahrscheinlich ein Fehler war, wenn man versuchte vorherzusagen, was ein Mörder tun oder nicht tun würde. Aber der andere Teil trampelte über all diese Einwände hinweg und sie machte sich trotzdem auf den Weg. Und es besteht immer noch die Hoffnung, dass gar kein Mord geschehen ist, flüsterte der rationalisierende Teil.

Der erste Abschnitt des Weges führte die Rue des Chênes

hinunter, weg vom Dorf, aber sie war diesen Weg schon früher gegangen und so bot er nicht genug Ablenkung, um sie davon abzuhalten, über die Bennetts und Amy nachzugrübeln.

Ich frage mich, ob die Bennetts es *wissen*, überlegte sie. Gibt es einen besonderen sechsten Sinn, den Eltern haben, sodass sie es fühlen können, wenn ihr Kind tot ist?

Ich wette fast, dass es den gibt. Und deshalb ist Sally so am Ende.

Molly konsultierte die Karte und fand den Pfad, der links von der Straße abging, ohne Probleme. Er war breit genug für ein Auto, und innerhalb von Minuten fühlte sie sich, als wäre sie meilenweit von der Zivilisation entfernt. Abgesehen von dem Pfad gab es in keiner Richtung ein Zeichen von Menschen, und sie war so weit vom Dorf entfernt, dass es auch kein menschliches Geräusch gab, nichts außer dem Gezwitscher der Vögel und dem Rascheln der Zweige in der leichten Brise.

Erst als der erste Hunger sich meldete, wurde ihr klar, dass sie ihr Mittagessen vergessen hatte. Ein ordentlich gepacktes Mittagessen, das einen sehr guten Käse und eine mit Eis gefüllte Wasserflasche enthielt – auf dem Küchentisch liegend. Sie überlegte umzukehren, dachte aber, dass sie dann jedes Gefühl von Erfolg verlieren würde, auch wenn sie wusste, dass das albern war. Aber es fühlte sich gut an, sich anzustrengen und draußen zu sein, weit weg von Gendarmen und den Bennetts und schlecht gemachter Hausarbeit. Keine Pflichten, außer einen Fuß vor den anderen zu setzen.

Der Pfad bog ab und führte um einen kleinen Hügel herum, dann kam er auf einer kleinen Weide heraus. Molly wurde sich zunehmend des Geräusches ihrer Schritte und ihres Atems bewusst (ein wenig schwer, da der letzte Teil bergauf gegangen war). Es war einsam, wo sie war, die Bäume warfen gerade ihre braunen Blätter ab, der Himmel war tief und grau.

Wenn jemand einen abgelegenen Ort finden wollte, um etwas Schlimmes zu tun, wäre das hier ziemlich gut geeignet, dachte sie und hielt an, um Atem zu schöpfen. Keine Häuser in Sicht, keine Straßen. Es gab nicht einmal Vieh, das beobachten konnte, was man tat ... nur Wald und Weide, leer bis auf die eine oder andere Wühlmaus.

Plötzlich spürte sie eine Art Schauer. Einen emotionalen Schauer, als ob ihr Körper etwas Falsches spürte, obwohl sie bewusst nicht sehen konnte, was es war. Sie drehte sich um, um hinter sich zu schauen, und fragte sich, ob jemand kam.

Da war niemand.

Sie war allein am Rand des Waldes, und soweit sie es beurteilen konnte, war meilenweit niemand zu sehen oder in der Nähe. Trotzdem fühlte sie sich irgendwie gefährdet, als ob etwas in diesen Wäldern lauerte, etwas, das sie nicht sehen, aber spüren konnte, und dessen Präsenz groß und dunkel war und sich nicht von einer kleinen Dose Pfefferspray an ihrem Schlüsselring abschrecken lassen würde.

Ihre Angst war absurd und sie fühlte sich dumm. Molly joggte den Weg zurück, den sie gekommen war, rannte weg von all den Gefühlen, den ganzen Weg den Pfad hinunter bis zu der Stelle, wo er auf die Rue des Chênes traf, und versuchte, sich intensiv darauf zu konzentrieren, dass das Mittagessen auf sie wartete, und nicht dem Impuls nachzugeben, hinter sich in den dunklen Wald zu schauen.

Es war Gilles Maron, der ihn fand. Neben mehreren Kontrollen tagsüber war Maron, seit er das belastende Video gesehen hatte, mindestens ein- oder zweimal jede Nacht am Haus der Broussards vorbeigefahren. Schließlich, am Montagabend, elf Tage nach Amy Bennetts Verschwinden, sah er ein schwaches Licht in der Küche, kaum wahrnehmbar von der Straße aus.

Lapin floh nicht, als Maron durch die Hintertür hereinkam. Und er protestierte auch nicht, als Maron ihn in sein Auto und dann in die kleine Zelle auf der Wache brachte und einsperrte, obwohl es bei weitem nicht genug Beweise gab, um dies zu rechtfertigen.

„Wir werden eine DNA-Probe benötigen", sagte Maron barsch und reichte Lapin eine Decke, die nicht frisch roch.

Lapin nickte nur. Sein Kopf hing herab, als ob etwas mit seinem Hals nicht stimmte. Seine Augen waren glasig.

„Also, was hast du mit ihr gemacht?", fragte Maron. Er hatte Dufort benachrichtigt, hoffte aber, etwas aus Broussard herauszubekommen, bevor der Chef eintraf.

Broussard antwortete nicht. Er schüttelte nur den Kopf, zog die Decke über seinen Schoß und lehnte seinen großen Körper gegen die Wand, den Blick auf den Boden gerichtet.

❧

„NA JA, was ich gehört habe, ist, dass er ihnen eine DNA-Probe gegeben hat. Hat nicht mal einen Anwalt." Molly nippte an ihrem Kir und stützte ihre Ellbogen auf die Theke im Chez Papa. Trotz des Lärms in der Bar sprach sie mit leiser Stimme.

„Irgendwie enttäuschend, nicht wahr? DNA hat der Detektivarbeit den ganzen Spaß genommen."

„Lawrence!"

„Ach, du weißt doch, dass ich nur Spaß mache. Was bringt eine DNA-Probe zu diesem Zeitpunkt überhaupt noch? Womit wollen sie sie vergleichen?"

„Es tut mir leid, das zu sagen, aber niemand sonst sagt es: Sie müssen die Leiche finden."

Lawrence nickte. „Du hast offensichtlich zu viel *Law & Order* geschaut, aber... ich fürchte, du hast recht. Zweifellos sucht Dufort danach. Er hat mir nie den Eindruck gemacht, ein Mann zu sein, der vor... vor dem zurückschreckt, was getan werden muss."

„Aber was ist mit den anderen Fällen? Du glaubst doch nicht... ich meine, *zwei* andere Frauen sind verschwunden, oder? Ungelöste Fälle? Ja, Dufort wirkt wie ein guter Kerl, wenn man mit ihm spricht. Aber er hat nicht gerade eine glänzende Erfolgsbilanz."

„Nein", sagte Lawrence und nahm einen langen Schluck von seinem Negroni. „Hat er nicht. Obwohl ich nicht sicher bin, ob man die Situation betrachten kann, als wäre es eine Baseballsaison oder so. Vielleicht ist diese Person, gegen die er antritt, hinterhältiger und schlauer als wir alle, Dufort eingeschlossen. Vielleicht böser, als wir begreifen können."

„Oder sie hat einfach Glück."

„Könnte auch sein."

„Oder vielleicht... vielleicht stehen die drei Fälle in keinem Zusammenhang. Könnte sein, dass eine der Frauen inkognito in Mexiko lebt, eine andere glücklich verheiratet in Danzig ist, und nur die arme Amy wirklich verschollen ist..."

„Ich frage mich, ob ein Detektiv eine eher dunkle Seite haben muss, um wirklich gut zu sein. Ich meine, um das Warum und Wie zu verstehen."

Molly dachte darüber nach. Sie hatte nicht viel Zeit mit Dufort verbracht, hatte ihn nur dieses eine Mal auf der Wache mit den Bennetts in Aktion gesehen. „Mein Haupteindruck von Dufort ist, dass er wirklich ein sehr anständiger Mann ist. Vielleicht ein bisschen nervös? Ich kann es nicht wirklich sagen, denn, ehrlich gesagt, bringt mich die Anwesenheit der Bennetts dazu, aus der Haut fahren zu wollen, also bin ich keine gute Beurteilerin."

„Hocken sie immer noch in deinem Cottage?"

„Sie sind nie weggegangen, außer dieses eine Mal. Aber wirklich - was gibt es für sie zu sagen? Was können sie tun?" Molly rieb sich den Nacken. „Es ist so herzzerreißend. Sie haben eine Tasche mit Sachen für sie mitgebracht, weißt du. Ihre Lieblingskekse von zu Hause. Als würden sie sie im Ferienlager besuchen."

Lawrence schüttelte nur den Kopf. „Und wie geht es *dir*? Macht es dich nervös, allein in diesem großen Haus zu leben?"

Molly überlegte. „Ich liege nachts nicht wach, aber ich gebe zu, dass ich mich auch nicht völlig wohl fühle. Ich bin heute Nachmittag spazieren gegangen, und ich... ich weiß nicht. Ich bekam ein mulmiges Gefühl, allein im Wald zu sein. Es wäre vielleicht schön, einen großen, kräftigen Kerl bei mir in La Baraque zu haben."

„Wusste gar nicht, dass dein Geschmack in diese Richtung geht", sagte Lawrence neckend.

„Ich werde mir wahrscheinlich einen Hund zulegen", sagte Molly.

„Bist du wenigstens erleichtert, dass Lapin in Gewahrsam ist?"

„Das wäre ich, wenn mehr Leute glauben würden, dass er schuldig ist. Aber bisher habe ich niemanden gefunden, der sagt: ‚Oh ja, jetzt, wo ich darüber nachdenke, dieser Lapin Broussard könnte dieses Mädchen sicher entführt haben. Ich wusste schon immer, dass er eine dunkle Seite hatte.' Was ich finde, ist ein Dorf voller Apologeten und Verteidiger."

Lawrence lachte trocken. „Wer?"

„Rémy, zum Beispiel. Manette. Du."

„Oh", sagte Lawrence, und seine Augenbrauen schossen nach oben. „Du hast Rémy kennengelernt, ja? Gutaussehender Mann", fügte er hinzu und tat so, als würde er einen nicht vorhandenen Fussel an seinem Ärmel inspizieren.

„Ach, hör auf", sagte Molly und erinnerte sich an Rémys Mund. Sie dachte, dass die Vorstellung, unter jemandes Schutz zu stehen, wirklich sehr verlockend war. Lass diese starken Arme und den Rücken sich einfach um alles kümmern, dachte sie verträumt.

„...immer noch jung", sagte Lawrence gerade.

„Wer ist immer noch jung?"

„Du, meine Liebe! Obwohl anscheinend ein bisschen schwerhörig."

„Pah. Ich bin in meinen besten Jahren, aber ich habe mich damit abgefunden", sagte sie und warf einen Blick die Bar hinunter zu Nico.

„Lügnerin. Und lass mich ganz unmissverständlich sagen, dass du dein *je ne sais quoi* nicht verloren hast, Molly. Ich habe keinen Zweifel daran, dass die Männer im Dorf deine Ankunft mit Begeisterung und Interesse bemerkt haben, und ich spreche nicht nur von den Trotteln, die auf deine falschen Hupen starren."

Molly wandte sich Lawrence mit einem sanften Lächeln zu.

„Das ist sehr nett von dir, das zu sagen", sagte sie und lenkte das Gespräch dann in eine andere Richtung.

Es stimmte, sie hatte die Hoffnung auf die Liebe nicht ganz aufgegeben. Obwohl sie fest davon überzeugt war, dass sie glücklicher wäre, wenn sie es täte.

❧ 25 ❧

Thérèse Perrault war am Montagmorgen als Erste auf der Wache. Sie ging direkt nach unten zur Einzelzelle, um Lapin zu sehen, aber er lag auf der Pritsche mit dem Gesicht zur Wand, die schimmelige Decke bis zum Hals hochgezogen. Als sie ihm zuflüsterte, reagierte er nicht.

Sie konnte nicht glauben, dass diese völlige Farce der Justiz hier in Castillac stattfand. Lapin Broussard war genauso wenig fähig, ein Mädchen zu entführen und ihr etwas anzutun, wie er fähig war, zum Mond zu fliegen. Es war die Schuld dieses Idioten Maron, dachte sie finster. Immer versuchte er alles, um sich einzuschmeicheln und Duforts Gunst zu gewinnen. Nun, sie glaubte nicht, dass die Inhaftierung Lapins ohne Beweise seiner Karriere helfen würde.

Sie hoffte, der Chef würde heute etwas Produktives für sie zu tun haben. Irgendeine Spur, der sie folgen konnte, um Lapin aus dem Gefängnis zu holen und den wahren Täter in Handschellen zu legen. Es fiel ihr so schwer, geduldig zu sein, auf ihre Befehle zu warten, obwohl sie am liebsten zurück zum L'Institut Degas fahren und diesen Mistkerl von Professor überführen wollte.

Wenn irgendjemand im Dorf fähig war, Amy etwas anzutun, dann er. Und dieser lächerliche Umweg mit Lapin würde nur ihren Fortschritt bei seiner Überführung verlangsamen.

Als Dufort mit Maron im Schlepptau hereinkam, hatte Thérèse ihre Ungeduld mehr oder weniger gemeistert, oder zumindest verborgen. Die drei sagten ihre Bonjours, gingen in Duforts Büro und schlossen die Tür.

„Ich werde jetzt nicht darüber reden, ob ihr das Richtige getan habt, indem ihr ihn hergebracht habt", sagte Dufort. „Nicht im Moment. Und-", sagte er mit einem Blick zu Perrault, „wir wissen tatsächlich noch nicht, ob es ein guter Schachzug war. Lapin könnte uns etwas geben oder auch nicht.

„Aber über eines möchte ich, dass ihr beide nachdenkt. So etwas, und ich spreche jetzt von Mord, lasst uns offen sein, wenn auch nur hier mit geschlossener Tür - so etwas passiert nicht einfach aus dem Nichts. Menschen führen keine normalen Leben und gehen dann plötzlich los und töten jemanden. Es gibt einen Kontext, in dem die Handlung Sinn ergibt. Und es ist unsere Aufgabe, unter die Oberfläche dessen zu schauen, was vor sich geht, zurückzublicken auf das, was historisch stattgefunden hat, damit wir diesen Kontext sehen. Wir haben das Glück, in einem Dorf zu leben, das so klein ist, dass wir nicht ohne ein gewisses Maß an Details sind.

„Versteht ihr, was ich sage?"

Perrault und Maron nickten. Dufort verengte die Augen. „Nickt nicht nur, weil ihr denkt, dass ich das von euch will. Ich frage, ob ihr wirklich versteht, was ich sage, was ich von euch verlange. Ihr könnt nicht Lapin Broussard ansehen und denken: Nun, er wurde als Letzter mit dem Mädchen gesehen, und er belästigt ständig Frauen, außerdem gab es vor ein paar Jahren diesen Spanner-Vorfall. Und daher addiert sich das alles zu schuldig für das Verschwinden von Amy Bennett, und wir werden unsere Energie darauf verwenden, das zu beweisen, weil in unseren Köpfen der Fall abgeschlossen ist."

„Aber Lapin-", sagte Maron.

„Ich sage nicht, dass es nicht Lapin sein kann", unterbrach Dufort. „Ich sage: Lasst uns seinen Kontext betrachten. Er wuchs ohne Mutter auf. Sein Vater war allen Berichten nach brutal zu ihm. Körperlich, glaube ich, sowie emotional. Erniedrigend, sehr hart fordernd, weit über das hinaus, was ein Kind bewältigen konnte - diese Art von Dingen. Macht das einen Mörder?"

„Es könnte", sagte Thérèse. „Aber ich glaube trotzdem nicht-"

„Thérèse", sagte Dufort sanft, „du musst lernen, dein kindliches Selbst von deinem Detektiv-Selbst zu trennen. Das bedeutet nicht, alles zu vergessen, was du weißt, all deine Lebenserfahrung - diese Dinge sind wertvoll, besonders in einem Dorf wie unserem. Aber du musst etwas *Objektivität* finden."

Thérèse nickte. Der Chef hatte Recht. Es war, als hätte Lapins Anwesenheit in der Zelle sie zurück in ihr achtjähriges Selbst versetzt, mit all der für dieses Alter typischen blinden Empörung über Ungerechtigkeit. Lapin hatte viele Sonntage in ihrer Kindheit bei ihr zu Hause verbracht - und sie sollte diese Erinnerungen durchforsten, anstatt sich kindisch über Maron aufzuregen.

„Ja, Chef", sagte sie. „Aber darf ich fragen, untersuchen wir noch jemand anderes?"

„Wir betrachten diesen Fall keineswegs als abgeschlossen", sagte Dufort. „Zuerst werde ich mit Lapin sprechen. Maron, ich möchte, dass du auch dabei bist. Perrault, bleib im Büro und kümmere dich um alles andere, was aufkommt. Wenn ich mich nicht irre, ist es langsam an der Zeit, dass Monsieur Vargas abhebt, oder?"

Thérèse lachte, obwohl sie es überhaupt nicht lustig fand, im Büro bleiben zu müssen. Wenn sie heute Monsieur Vargas bändigen müsste, anstatt am wichtigsten Fall ihrer Karriere mitzuarbeiten, würde sie möglicherweise den Verstand verlieren.

NELL GODDIN

DUFORT TRAT VOR DIE WACHE, bevor er nach unten ging, um Lapin zu sehen. Er schlüpfte in die Gasse und träufelte sich ein paar Tropfen Kräutertinktur unter die Zunge. Es half ihm in letzter Zeit mehr als sonst, und er nahm sich vor, seine Kräuterfrau aufzusuchen und ihr zu danken. Der Stress eines solchen Falles konnte einen Menschen bei lebendigem Leibe auffressen, und er war dankbar für die Unterstützung.

Dann gingen er und Maron die kurze Treppe hinunter zur Zelle im Keller der Wache, während eine unglückliche Perrault am Telefon zurückblieb. Die Zelle wurde selten genutzt, und es fühlte sich für beide ungewöhnlich an, ein Verhör in dem feuchten Steinraum durchzuführen, den sie kaum je betraten.

Lapin lag immer noch mit dem Gesicht zur Wand. Für einen erschreckenden Moment dachte Dufort, er könnte tot sein, aber nach wiederholten und zunehmend lauteren Bonjours rollte sich Lapin um und hielt die Decke fest umklammert.

„Kann ein Kerl nicht mal anständig schlafen?", sagte er mit einem kleinen Grinsen.

„Du bist nicht in der Position, Witze zu machen", sagte Maron barsch.

„Kommen Sie schon", sagte Dufort. „Wir haben ein paar Fragen, lassen Sie uns sehen, ob wir diese Sache klären können. Ich hoffe, Sie können uns etwas Hilfreiches sagen."

Lapin setzte sich auf und rieb sich die Augen. „Wie wäre es mit einem Kaffee?"

„Das hier ist kein Hotel", knurrte Maron.

Dufort nahm sein Handy heraus und schrieb Perrault eine Nachricht, in der er sie bat, eine Tasse Kaffee nach unten zu bringen. Maron starrte ihn wütend an.

Dufort ergriff das Wort. „Wie Maron Ihnen bereits mitgeteilt hat, sind Sie hier, weil die Videoüberwachung von Chez Papa zeigt, wie Sie in der Nacht des 22. mit Amy Bennett das Lokal verlassen, und seitdem hat niemand mehr etwas von ihr gesehen oder gehört. Ich bin mir sicher, es gibt dafür eine Erklärung, und die würde ich heute Morgen gerne hören. Können Sie uns irgendetwas darüber sagen, wo sie sein könnte, irgendetwas?"

Maron verstand, dass der Chef teilweise aus taktischen Gründen so freundlich war, aber es ging ihm trotzdem gegen den Strich. Er verengte die Augen und blickte Lapin an.

Lapin kratzte sich unter dem Arm. „Wenn ich Ihnen etwas zu sagen hätte, wäre ich schon gekommen, als ich zum ersten Mal gehört habe, dass sie vermisst wird", sagte Lapin.

Maron verdrehte die Augen.

„Alles, was ich weiß, ist, dass eine große Gruppe im Chez Papa gefeiert hat, irgendwas wegen einer Auszeichnung oder einem Preis, den das Mädchen gewonnen hatte. Sie hatte zu viel getrunken, also half ich ihr nach draußen, um frische Luft zu schnappen. Das ist alles."

„Frische Luft", sagte Maron sarkastisch.

„Also sind Sie mit ihr nach draußen gegangen, und dann?", fragte Dufort.

„Dann nichts. Sie sagte, es ginge ihr gut, und ich bin nach Hause gegangen." Lapin blickte zur Ecke der Decke und dann auf seinen Schoß.

Er mochte lügen oder auch nicht, dachte Dufort, aber sicher hielt er etwas zurück.

„Sie sagen, sie hatte zu viel getrunken. Wenn Sie ihr helfen wollten, warum haben Sie sie nicht nach Hause gebracht? Waren Sie zu betrunken zum Fahren?"

„Nein, ich... ich war nicht betrunken, Maron. Hören Sie, sie sagte mir, es ginge ihr gut. Ihre genauen Worte. Ich bin nicht der Typ, der sich aufdrängt, wo er nicht erwünscht ist, verstehen Sie?" Lapin zwinkerte den Polizisten zu.

„Lapin", sagte Dufort, „Sie wissen, ich bin auf Ihrer Seite. Aber Sie tun sich keinen Gefallen, wenn Sie die Sache auf die leichte Schulter nehmen."

„Ich nehme es nicht auf die leichte Schulter", protestierte Lapin. „Und ich schwöre bei Gott, ich würde es Ihnen sagen, wenn es etwas zu sagen gäbe. Alles, was ich weiß, ist das, was ich schon gesagt habe – sie war etwas angeheitert, ich ging mit ihr nach draußen, sie sagte mir, es ginge ihr gut, ich ging nach Hause. Ende der Geschichte."

Manche Menschen sind schreckliche Lügner, und zum Glück für die Gendarmerie von Castillac war Lapin Broussard einer von ihnen.

„Sind Sie selbst nach Hause gefahren?", fragte Maron.

„Ja."

Sie konnten hören, wie Perrault mit einer Tasse Kaffee die Treppe herunterkam. „*Salut*, Lapin", sagte sie zu ihm, ihr Ton vollkommen professionell, weder freundlich noch kalt. Sie reichte ihm den Kaffee, nickte dem Chef zu und ging wieder nach oben.

„Vielleicht haben Sie Amy auch nach Hause gefahren? Degas liegt direkt auf dem Weg von Chez Papa zu Ihrem Haus."

„Nein, ich habe Amy nicht gefahren. Sie sagte, es ginge ihr gut, und ich bin nach Hause gefahren."

Dufort holte tief Luft. Er betrachtete Lapin und fragte sich, was er wohl wusste, das er nicht sagen wollte. „Und haben Sie zufällig gesehen, als Sie alleine nach Hause fuhren – hat jemand anderes mit Amy gesprochen? War sonst noch jemand auf der Straße?"

Lapin zögerte. Die Antwort lag genau da, in dieser Pause, dachte Dufort. Die Geschichte dessen, was Amy zugestoßen war, fast physisch greifbar.

„Nein", sagte Lapin. „Ich bin nach Hause gefahren, ich habe nichts gesehen. Ende der Geschichte."

Dufort stand auf. Er schob seinen Stuhl zurück an die Wand und bedeutete Maron, die Zelle zu verlassen. „In Ordnung", sagte Dufort. „Denken Sie weiter nach, versuchen Sie sich zu erinnern. Es könnte das kleinste Detail sein, das uns weiterbringt, also bitte, versuchen Sie es weiter. Wir kommen wieder."

Es war seltsam, dachten sowohl Dufort als auch Maron, dass Lapin nicht darum bat, freigelassen zu werden. Sie hatten keine Rechtfertigung, ihn festzuhalten, und sicherlich wusste Lapin das.

„Er lügt", sagte Maron, als sie oben waren.

„Ich weiß", sagte Dufort.

Montagmorgen. Molly wurde von Klopfen an ihrer Haustür geweckt. Verschlafen schlüpfte sie in einen Bademantel und ging nachsehen, wer es war.

„Bonjour, Sally?", sagte sie und öffnete die Tür weiter, als sie sah, wer es war. „Ist etwas nicht in Ordnung?"

„Du musst mit mir kommen!", sagte Sally, ihr Gesicht vor Emotion glühend. „Ich muss sofort mit Dufort sprechen, und ich habe Angst, mich in diesen verrückten engen Straßen zu verirren. Kannst du mich hinbringen? Jetzt?" Ihre Arme waren steif an ihren Seiten, ihre Hände ballten sich und öffneten sich wieder.

Molly blinzelte, noch immer nur halb wach. „Natürlich", sagte sie. „Gib mir nur... nur eine Minute, um mich anzuziehen. Komm rein", fügte sie hinzu.

„Nein, danke", sagte Sally. „Ich warte hier."

Molly schaffte es, saubere Kleidung zu finden und anzuziehen, und ihre Haare und Zähne schnell zu bürsten. Sehnsüchtig blickte sie auf dem Weg zur Haustür und zu Sally auf die Kaffeemaschine.

„Ist etwas passiert?", fragte sie, als sie schnell durch den Hof und hinaus zur Rue des Chênes gingen.

„Marshall ist gestern Abend allein in die Stadt gegangen",

sagte Sally mit zitternder Stimme. „Ich... ich bin mir nicht sicher, ob ich darüber reden kann", sagte sie, blieb stehen und beugte sich dann vor, die Hände auf die Oberschenkel gestützt, als wäre sie außer Atem.

Molly legte ihre Hand auf Sallys Rücken. Sie konnte sich nicht vorstellen, was Marshall zugestoßen sein könnte, um seine Frau so aufzuregen. „Geht es Marshall gut?", fragte sie. „Sag mir, wie ich helfen kann!"

Sally richtete sich wieder auf. Sie wirkte nicht mehr wie betäubt, sondern lebendig, und für Molly war es fast, als würde sie sie zum ersten Mal treffen.

„Wusstest du, dass dieser Broussard-Typ schon früher in Schwierigkeiten war? *Sexuelle* Schwierigkeiten?" Sallys Lippen zitterten, als sie sprach, vor Wut, nicht vor Kummer.

„Ich... nein. Was meinst du mit ‚Schwierigkeiten'?"

Sally ging wieder in Richtung Dorf los. „Ich meine, er wurde dabei erwischt, wie er versuchte, Mädchen unter den Rock zu fotografieren! Ein Spanner, das ist er!"

Molly war leicht überrascht. „Hmm", sagte sie. „Das hätte ich nicht vermutet. Er ist bekannt für..." Sie suchte nach Worten, um die Wahrheit zu sagen, ohne Sally noch mehr zu beunruhigen. „Er kann Frauen gegenüber ziemlich aufdringlich sein", sagte sie leise. „Er hat mich nie angefasst oder so", fügte sie schnell hinzu. „Aber er glotzt. Macht viele anzügliche Bemerkungen, solche Sachen. Nervtötend."

„*Aufdringlich?* Wunderbar", sagte Sally säuerlich. „Na ja, wenn es im Dorf einen Mann gibt, der dafür bekannt ist, sexuell aufdringlich zu sein, und er schon mal in Schwierigkeiten geraten ist, und dann ein junges Mädchen verschwindet – warum wurde er nicht schon vor einer Woche verhört? Selbst wenn nur zur Befragung? Das will ich Chef Dufort fragen." Sally ging so schnell, dass Molly traben musste, um mitzuhalten. „Obwohl die Antwort ziemlich klar ist, oder? Das Dorf schützt die Eigenen. Ich weiß nicht, warum ich jemals gehofft habe, dass die Polizei hier wirklich etwas unternehmen würde. Sie werden keinen Dorfbewohner ausliefern, um Gerechtigkeit für ein englisches Mädchen zu bekommen, das nur als Studentin hier ist und keine Verbindungen zu irgendjemandem außerhalb der Schule hat."

„Ich... ich weiß nicht, Sally", sagte Molly atemlos und fühlte sich defensiv gegenüber ihrer neuen Heimat, während sie sich gleichzeitig nach einer Tasse dampfendem Kaffee mit Sahne sehnte. „Zumindest habe ich von niemandem den Eindruck, dass die Leute hier sich so verhalten würden. Klar, es ist ein eng verbundener Ort, und die Beziehungen sind tief und vielleicht manchmal verworren. Aber es ist eine große Sache, zu behaupten, sie würden M-" Sie wollte fast Mord sagen, klappte ihren Mund aber gerade noch rechtzeitig zu.

„*Mord!*" schrie Sally. „Glaubst du, ich hätte nicht daran gedacht? Denkst du, wenn man das Wort nicht ausspricht, wäre die Idee nicht da, in der Luft, und würde mich ersticken?"

Molly antwortete nicht, weil sie verstand, dass es nichts zu sagen gab. Keine Möglichkeit, diese Frau zu trösten, keine Möglichkeit, sie zu beruhigen. Nicht, solange ihre Tochter nicht lebendig und unversehrt zurückkam.

„Dufort wird mir erklären müssen, warum dieser Broussard nicht als Erster verhört wurde. Und warum wir, die Eltern, von Fremden in einer Bar erfahren mussten, dass er in Gewahrsam ist!"

Sie waren einen Block von der Polizeiwache entfernt. Molly dachte, sie müsste vielleicht übersetzen, also ging sie weiter, und die beiden Frauen betraten die Wache gerade, als Maron und Dufort von ihrem Gespräch mit Lapin nach oben kamen.

„Chef!", sagte Sally und packte seinen Ärmel. Sie begann so schnell zu reden, dass Dufort sofort den Faden verlor und Molly hilfesuchend ansah. Molly öffnete den Mund und schloss ihn wieder. Sally schrie jetzt und weinte. Maron sah äußerst unbehaglich aus, und Perrault kam aus dem Büro. Sie nahm Sallys Hand und zog sie in den Raum, wo sie ihr ein Glas Wasser gab.

„Sie hat von Lapin und der Kamera gehört", sagte Molly zu Dufort. „Und sie will wissen, warum es so lange gedauert hat, bis er verhört wurde." Jetzt, da sie es aussprach, schien Sally tatsächlich einen Punkt zu haben. Molly selbst hatte kurzzeitig davon geträumt, in ein anderes Dorf zu ziehen, nachdem Lapin angefangen hatte, sie zu belästigen - so schlimm war es. Es fühlte sich an, als könnte sie nirgendwo hingehen, ohne sich seiner erwehren und seinen knurrenden Anspielungen zuhören zu müssen. Aber jetzt war es unmöglich zu sagen, ob sie so sehr von ihm wegwollte, weil er nervig war, oder weil sie etwas anderes gespürt hatte.

Etwas viel, viel Schlimmeres.

„Und Sie *wissen*, dass derjenige, der sie entführt hat, sie vergewaltigt hat!", schrie Sally. „Das passiert immer, und Sie wissen das verdammt gut!"

Molly sah, wie Thérèse Perrault erbleichte. Dufort blieb ruhig und ergriff Sallys Hände. Dann sprach er in stockendem Englisch.

„Ich sage Ihnen, Madame Bennett: Wir suchen und wir finden heraus, was passiert ist. Wir werden nicht aufhören, bis dahin."

Sally setzte sich und legte den Kopf in die Hände, war aber endlich ruhig. Molly sah den Schmerz in Duforts Augen und mochte ihn dafür sehr. Dann berührte sie Sally an der Schulter und sie verließen die Polizeiwache, beide fühlten sich ausgelaugt.

„Ich muss noch einen Zwischenstopp machen, bevor wir zurückfahren", sagte Molly und steuerte auf die Pâtisserie Bujold zu. Sie konnte nichts von all den schrecklich falschen Dingen in Ordnung bringen, aber zumindest konnte sie eine Schachtel Windbeutel holen.

Was immerhin etwas war.

❦

MOLLY NAHM AN, es sei besser, einfach zu gehen, obwohl ihre Gefühle gemischt waren und sie sich nicht vorstellen konnte, wie die Bennetts zurechtkommen würden. Das Institut Degas veranstaltete jährlich Ende Oktober eine Gala, und die Schule zog sie trotz des fast zwei Wochen andauernden Verschwindens ihrer Vorzeigeschülerin durch. Lawrence hatte darauf bestanden, dass sie ihn begleitete – jeder im Dorf wird dort sein, hatte er ihr gesagt, *alle* – aber sie ließ sich Zeit beim Fertigmachen, die üblichen Unsicherheiten darüber, was sie anziehen sollte, wuchsen zu einer fast panischen Unentschlossenheit an, was für Molly sehr untypisch war.

Es ist meine erste Dorfparty, dachte sie, und ich habe keine Ahnung, ob ich mich herausputzen oder leger anziehen soll. Oder mich richtig in Schale werfen soll.

Oder ... vielleicht sollte sie gar nicht hingehen. Tatsächlich war sie sich ziemlich sicher, dass sie Kopfschmerzen bekommen würde.

Klar, du willst die erste Party in deinem neuen Dorf auslassen, weil du keine Kopfschmerzen hast, aber denkst, du könntest welche bekommen, irgendwann? Kannst du noch erbärmlicher sein?

Mit diesem kleinen Selbst-Rüffel riss sie sich zusammen und dachte das Problem durch. Eine der wenigen Perlen, die ihre Mutter ihr mitgegeben hatte, war: Immer lieber overdressed sein. Also entschied sie sich für ein schwarzes Cocktailkleid, denn wirklich, wie konnte man damit jemals zu weit daneben liegen? Und ein gutes Paar High Heels, plus mehr als fünf Minuten für Haare und Make-up.

Sie war so mit dem Umzug und dem Kulturschock und der Vorbereitung von La Baraque für Gäste beschäftigt gewesen, dass sie ihr Aussehen irgendwie vergessen hatte. Sie kramte einen Lockenstab hervor, fand einen Adapter und bändigte ihr wildes rotes Haar. Es dauerte eine halbe Stunde, bis der Eyeliner richtig saß, aber sie hatte früh mit dem ganzen Prozess begonnen und war daher fertig, als Lawrence vorbeikam, um sie abzuholen.

„Wer *bist* du?", sagte er lachend. „Ich habe mich schon gefragt, ob sich unter all dem zerzausten Haar irgendwo eine Glamourpuppe versteckt. Ich bin froh zu sehen, dass es so ist."

„Äh, danke?", Molly trug Lippenstift auf, während sie in den Spiegel neben der Haustür blickte. „Verdammt", sagte sie, weil sie außerhalb ihrer Lippenkontur gemalt hatte. Sie benutzte ihren Daumen, um den Fehler zu korrigieren.

„Also die brennende Frage ...", sagte Lawrence, während er sich gegen den Türrahmen lehnte, als sie Dinge in ihre Tasche packte und wieder herausnahm. „Ist, ob derjenige, der Amy entführt hat, dort sein wird."

Molly sah scharf auf. „Du siehst regelrecht fröhlich bei dem Gedanken aus."

„Nein. Na ja, ja. Jeder hat tief in sich eine Sherlock-Holmes-Fantasie, oder? Ich meine, komm schon, Molly. Würdest du nicht gerne inmitten der Menge stehen und plötzlich auf ... jemanden ... zeigen und sagen: *Er ist es. Das ist der Mann, der Amy entführt hat.*"

„Du bist dir sicher, dass es ein Mann ist?"

„Natürlich bin ich mir sicher. Du bist anderer Meinung?"

„Nein. Bin ich nicht. Ich frage nur."

Als sie zu Lawrences Auto gingen, warf Molly einen liebevollen Blick zurück auf La Baraque. Das Haus sah so schön im Mondlicht aus, so geheimnisvoll und doch einladend, mit einem Licht, das in der Küche leuchtete, und die gröberen Unvollkommenheiten vom Dunkel verborgen. Sie verspürte plötzlich den starken Drang, sich vom Auto abzuwenden, zurück ins Haus zu gehen, ins Bett zu gehen und ein Buch zu lesen.

Sie stand mit der Hand am Türgriff des Autos, ohne ihn zu öffnen.

„Du hast nie den Eindruck gemacht, schüchtern zu sein", sagte Lawrence, aber sein Ton war sanft.

„Ich bin wirklich nicht schüchtern", sagte Molly. „Aber ich ... ich weiß nicht ... ich fühle ..." Sie schüttelte schnell den Kopf und stieg ins Auto. „Es ist Furcht", sagte sie leise, als sie ins Dorf fuhren. „Das ist es. Und es geht nicht um die Party. Es ist, dass ... etwas passieren wird, und was auch immer es ist ... es ist schlimm. Es ist schlimm, Lawrence."

Er nahm seine Hand vom Schalthebel und rieb ihren Arm. „Ich will dir nicht sagen, dass du ignorieren sollst, was du fühlst", sagte er. „Aber ich denke schon, dass die Anwesenheit der Bennetts in deiner Nähe und ihre Abhängigkeit von dir vielleicht ... eine Wirkung haben. Ich bin überhaupt nicht davon überzeugt, dass etwas Schreckliches passiert ist. Es gibt keine Beweise. Überhaupt keine Hinweise außer der Tatsache, dass sie weg ist."

„Ich behaupte nicht, hellseherisch zu sein oder so. Aber ich ... und vielleicht ... oh, ich weiß es nicht."

„Schau, das ist normalerweise die beste Party des Jahres. Das Essen wird fantastisch sein, und wie gesagt, jeder wird da sein. Also, liebe Molly, versuche, die Bennetts nur für heute Abend aus deinem Kopf zu verbannen. Sie werden schließlich morgen früh auf dich warten.

„Rémy wird auch da sein", fügte er hinzu, mit einem Funkeln in den Augen, das so hell war, dass Molly es in der Dunkelheit sehen konnte.

Sie hatte sich das schon gedacht. Nicht, dass es sie im Geringsten interessierte.

27

1 990

   Benjamin saß in seinem Zimmer, aß die letzten Reste eines Apfeltörtchens und tat so, als würde er seine Hausaufgaben machen.

Er hörte seine Mutter schreien, und es klang für ihn nicht wie ihr übliches Geschrei über seine Essgewohnheiten oder Ameisen in der Küche, sondern diesmal so, als wäre etwas ernsthaft nicht in Ordnung. Er rannte die Treppe hinunter, um zu helfen.

Im Wohnzimmer lag seine Mutter auf dem Sofa, einen Arm über die Augen gelegt, und sein Vater kniete neben ihr, die Hand auf ihrer Schulter. „Es ist alles in Ordnung, oder, Marine? Es wird alles gut."

Ben hielt abrupt inne und fühlte sich, als würde er in etwas Privates eindringen. Er sah, wie seine Mutter den Arm von ihrem Gesicht nahm, sah den zufriedenen Blick, den sie seinem Vater zuwarf – und mit einem Funken Erkenntnis wurde ihm klar, dass seine Mutter die Aufregung vorgetäuscht hatte, um die Aufmerksamkeit seines Vaters zu bekommen. Und jetzt, da sie sie hatte, war alles in Ordnung.

Er schlich zurück in sein Zimmer und aß den letzten Bissen

des Törtchens. Warum sein Vater so fürsorglich war, obwohl er offensichtlich manipuliert wurde, fragte er sich. Und wenn Maman seine Aufmerksamkeit wollte, warum bat sie ihn nicht einfach, irgendwohin mit ihr zu gehen oder eine Partie Karten zu spielen?

Er wollte verstehen, warum Menschen die Dinge taten, die sie taten. Aber in diesem Moment erschienen ihm die Handlungen seiner Eltern so unergründlich, dass er sich nicht sicher war, ob er sie jemals begreifen würde.

28

2 005 Lawrence parkte auf der Straße am Ende einer langen Autoreihe. „Ich würde sagen, unser Timing ist perfekt. Man will nie zu den Ersten gehören."

„Nein", stimmte Molly zu. Sie nahm Lawrences Arm, um sich zu stützen, da sie drohte, mit ihren Absätzen auf dem unebenen Straßenrand umzuknicken. „Glaubst du wirklich, er wird hier sein?", fragte sie mit leiser Stimme.

„Rémy? Fast sicher."

„Nein nein, ich meine ... die Person, die Amy entführt hat."

Lawrence presste die Lippen zusammen und zuckte mit den Schultern. „Ich habe vorhin nur Spaß gemacht", sagte er. „Ich mache Witze, weil ich nicht weiß, was ich sonst tun soll. Natürlich ist es höchst unwahrscheinlich, dass wir hier eine große Enthüllung des Mörders erleben werden, als wären wir mitten in Agatha-Christie-Stadt. Aber trotzdem ... ich würde sagen, allen Scherzen zum Trotz, dass es wahrscheinlich ist, dass irgendjemand hier irgendetwas weiß. Ist das vage genug für dich?"

Molly nickte. Der Gedanke jagte ihr Schauer über den Rücken, aber sie stimmte ihm zu. Sie fragte sich, ob Dufort hier sein würde und ob er das Gleiche dachte. Sie wünschte, sie hätte das Pfefferspray wieder an ihren Schlüsselbund gehängt, auch wenn sie nicht allein und sicher nicht in Gefahr sein würde. Es war nur so, dass der Gedanke daran beruhigend war.

Die Party fand in dem großen modernen Gebäude statt, das wie eine Qualle aussah, in einem großen Raum, der zur Straße hin hervorragte. Runde Tische mit weißen Tischdecken säumten eine Tanzfläche, und Kellner eilten mit Getränkeplatten umher. Eine kleine Band spielte auf einer Bühne am einen Ende. Für Molly sah es aus, als wäre halb Castillac anwesend. Sie erhaschte einen Blick auf diese hübsche Gendarmin, Thérèse glaubte sie hieß sie, und sah Alphonse vom Chez Papa, der auf der Tanzfläche mit einer Frau wild tanzte, die sie zwar erkannte, aber noch nicht kennengelernt hatte. Sie erblickte ihre Nachbarin, Madame Sabourin, die angeregt mit einem Mann sprach, der mit verschränkten Armen vor der Brust dastand und zu allem, was sie sagte, nickte. Die Band beendete das Lied, und die Menge jubelte.

Das war ihr Dorf. Ihr Leben jetzt. Es war Zeit, einzutauchen und es zu genießen.

Lawrence wurde schnell von der Menge verschluckt, und Molly bahnte sich ihren Weg zur Bar, die dichte Energie des Raumes genießend. Pascal, der gutaussehende Kellner aus dem Café de la Place, arbeitete hinter der Bar, und sie fühlte sich von seinem strahlenden jungen Lächeln beflügelt.

„Merci", sagte sie zu ihm, nahm ihren Kir und ging weg. Die Musik war eindringlich mit einem guten Beat. Sie hörte schrilles Gelächter von einem Ende des Raumes, jemand in der Nähe sprach sehr laut und eindringlich über Politik, und die ganze Party summte angeregt. Sie stellte sich auf die Zehenspitzen und ließ ihren Blick über die Menge schweifen, auf der Suche nach jemandem, den sie kannte.

„Bonsoir, Molly", sagte eine Stimme hinter ihr. Sie drehte sich um und sah Dufort, der sie anlächelte.

„Bonsoir, Ben!" Etwas unbeholfen küssten sie einander auf die

Wangen, wobei Molly sich zunächst zur falschen Seite drehte. Dufort lächelte weiter und Molly dachte erneut, dass sie diesen Mann mochte. Er wirkte einfach so anständig. „Ich freue mich, Sie hier zu sehen."

Er nickte. „Würden Sie mit mir tanzen?", fragte er und überraschte sie damit.

„Natürlich!"

Er nahm ihre Hand und führte sie zur Tanzfläche. In diesem Moment wechselte die Band das Tempo und begann, ausgerechnet Disco zu spielen. Molly und Ben lachten und bewegten ihre Hüften im Takt, und Molly nippte an ihrem Kir und fühlte sich jünger und glücklicher als in jedem Moment seit ihrer Scheidung. Am Ende des Liedes machte Ben eine kleine Verbeugung, entschuldigte sich und verschwand in der Menge.

Nun, das war ein bisschen abrupt, dachte sie. Ich frage mich...

Dann sah sie Rémy. Sie spürte, wie sie bei seinem Anblick errötete; ohne nachzudenken hatte sie erwartet, dass er wie immer in Jeans, einem schlammverschmierten Hemd und seinem manchmal zerbeulten Hut, erscheinen würde. Aber natürlich hatte er sich wie alle anderen für den Anlass herausgeputzt.

Und Himmel, er konnte sich wirklich gut in Schale werfen.

Molly ging direkt auf ihn zu und begrüßte ihn. Sie küssten einander auf die Wangen, diesmal nicht unbeholfen, und Molly nahm einen Hauch seines männlichen Dufts wahr.

„Du siehst fantastisch aus", sagte Rémy und sah ihr in die Augen.

Mollys Gesicht wurde noch röter. „Du siehst auch nicht schlecht aus", antwortete sie.

Lawrence taumelte von der Tanzfläche und gesellte sich zu ihnen. „Wie soll ich in Form bleiben, wenn es nur einmal im Jahr so eine Party gibt?", fragte er und wischte sich mit einem monogrammierten Taschentuch die Stirn. „Ich glaube, ich habe seit der letztjährigen Gala nicht mehr getanzt."

„Ich hatte keine Ahnung, dass Castillac so ein Disco-Hotspot ist", lachte Molly und erhob ihre Stimme, um gehört zu werden. Die drei gingen zu einem Tisch und setzten sich. Molly schlüpfte aus ihren quälenden Absätzen und nahm die Szene in sich auf. Drei ältere Frauen tanzten zusammen und machten eine beachtliche Version des Hustle. Eine Gruppe von Männern am Nachbartisch hatte sich zusammengedrängt und unterhielt sich mit ernsten Gesichtsausdrücken.

Lawrence beugte sich zu Molly und sagte: „Der Typ im rosa Hemd ist Jack Draper, der Schulleiter. Amerikaner. Niemand mag ihn besonders."

Molly nickte. „Sieht nicht so aus, als hätten sie eine sehr festliche Unterhaltung."

Rémy rückte mit seinem Stuhl näher an Molly heran. „Okay, lasst mich teilhaben. Welchen saftigen Klatsch erzählst du Molly, Lawrence?"

„Ha - ich wünschte, ich hätte saftigen Klatsch zu erzählen", sagte Lawrence. „Ich wette, wenn wir hören könnten, worüber sie reden" - er warf seinen Kopf in Richtung Draper, Rex Ford und Gallimard - „wäre es ... interessant."

„Also komm schon, Larry, erzähl uns den neuesten Tratsch!"

„Das sagt der Bauer", lachte Lawrence. „Ich weiß nicht, warum du denkst, dass ich irgendetwas weiß. Draper ist okay, soweit ich weiß, obwohl er eine sehr hohe Meinung von sich selbst hat. Haben wir das nicht alle, tief in unserem Inneren", zuckte er mit den Schultern. „Gallimard, der neben Draper mit dem dicken Bauch, ist meiner Meinung nach ein etwas trauriger Fall. Einer dieser Menschen, die viel zu früh ihren Höhepunkt erreicht haben und sich deshalb die meiste Zeit ihres Lebens als Versager gefühlt haben." Er machte eine Pause, um nachzudenken.

„Also was denkst du", fuhr er fort. „Was ist schlimmer: enormes Potenzial zu zeigen und dann zu versagen, oder von Anfang an nie Ruhm oder Potenzial zu haben?"

„Versagen ist schlimmer", sagte Molly. „Weil dein Scheitern

allen ständig im Kopf ist. Ich meine, schau uns an. Wir kennen ihn nicht einmal, zumindest Rémy und ich nicht, und trotzdem sitzen wir hier und urteilen und denken darüber nach, dass er etwas Großes hatte und es dann verloren hat. Bemitleiden den armen Mann für sein Scheitern. Aber wenn jemand mich ansieht, denkt er nicht über verschwendetes Potenzial nach, sondern nimmt mich einfach so, wie ich bin. Wie auch immer das ist", zuckte sie mit den Schultern.

Rémy nickte. „Ich muss der Amerikanerin zustimmen", sagte er mit einem kleinen Lächeln.

„Ich nehme an, für Gallimard gibt es Entschädigungen", sagte Lawrence nachdenklich. „Allen Berichten zufolge leitet er praktisch die Schule. Draper ist mehr eine Galionsfigur und Promoter als alles andere. Es ist Gallimard, der entscheidet, wer drin ist und wer draußen bleibt."

„Amy Bennetts Lehrer, nehme ich an?", sagte Molly.

Lawrence nickte.

Auf der Tanzfläche kam Dufort in Sicht, der mit Marie-Claire Levy tanzte. Es war ein langsames Lied und Dufort hielt sie eng umschlungen. Molly beobachtete sie und konnte einen Stich der Erinnerung nicht unterdrücken, wie angenehm es war, von einem Mann so gehalten zu werden. Sie schüttelte den Kopf, als wolle sie diese Gedanken wegwischen.

„Lawrence, komm schon!", sagte sie und zog ihn auf die Tanzfläche, als die Band das nächste Lied begann, und sie tanzten, als wäre es 1975.

§⁂

AUF DER ANDEREN Seite des Raumes schien Thérèse Perrault mit einer Gruppe ihrer ältesten Freunde zu feiern, aber in Wirklichkeit arbeitete sie. Sie lachte über die Witze ihrer Freunde, sie tanzte, sie aß und trank – und jede Minute dachte sie an Amy Bennett und betrachtete die Menge in dem Gedanken, dass jemand dort etwas wusste, und wie um alles in der Welt sie herausfinden sollte, wer es war.

Er muss hier sein, dachte sie. Er lacht uns wahrscheinlich aus, weil er weiß, dass wir ahnungslos sind. Vielleicht sucht er sogar schon sein nächstes Opfer aus.

Sie versuchte, bei einem Line Dance mitzumachen, während sie den Raum nach Verdächtigen absuchte. Obwohl sie in Polizeiarbeit gut ausgebildet war, konnte sie nicht anders, als an einem Funken Hoffnung festzuhalten, dass etwas weniger Rationales, weniger Lehrbuchmäßiges sie in die richtige Richtung weisen könnte. Als ob sie, wenn sie zufällig in die Augen des Mannes blicken würde, es *wüsste*. Sie würde bis in seinen verdorbenen Kern sehen können, sehen, wozu er fähig war und was er sich erlaubt hatte zu tun. Danach wäre Gerechtigkeit für Amy einfach eine Frage des Rückwärtsgehens und des Sammelns von Beweisen entlang des Weges.

„Komm schon, Thérèse, du hörst mir überhaupt nicht zu", sagte Pascal und legte seine warme Hand an ihre Wange. Er war so charmant, dass er es schaffte, sogar eine Beschwerde einladend klingen zu lassen.

„Sie schwebt in den Wolken", sagte ihre Freundin Simone und stieß mit der Hüfte gegen Thérèse.

„Nein, ich höre zu", sagte sie, griff nach Pascals Hand und drückte sie, während sie über ihn hinweg auf die Gruppe von Männern blickte, die Degas leiteten und die zusammengedrängt standen, als würden sie den besten Klatsch aller Zeiten teilen.

Aber Pascal sah, dass sie nicht zuhörte, nicht ihm, und so gab er auf und ging weg, da er seine wenigen Minuten Pause mit jemandem verbringen wollte, der an seiner Gesellschaft interessiert war. Wenn sie verdeckt ermitteln wollte, dachte er, wäre Barkeeping ziemlich gut geeignet. Er war immer wieder erstaunt über die Dinge, die die Leute sagten, während sie auf ihre Getränke warteten, als ob er kein echter lebendiger Mensch mit Ohren wäre, der nur wenige Meter entfernt stand.

29

Rémy tanzte mit seiner Schwester, und Lawrence war verschwunden, wohin auch immer. Molly machte das nichts aus. Sie genoss den Trubel der Party, offiziell Teil ihres Dorfes zu sein und mit jedem zu plaudern, neben dem sie gerade stand. Sie erinnerte sich an all die großen Partys, die sie besucht hatte, als ihr Job noch Fundraising gewesen war, und wie trostlos sie deswegen gewesen waren. Jetzt war sie frei, und ihr neues Leben in Frankreich lief wirklich sehr gut.

Oder vielleicht waren ihre Gefühle ausufernden Optimismus das Ergebnis von drei Kirs, da Molly dank der vielen Disco-Tanzerei einen mächtigen Durst entwickelt hatte. Jedenfalls hatte sie Spaß, wobei Gedanken an die Bennetts nicht völlig abwesend waren, aber irgendwie in einer handhabbaren Perspektive. Immer da, aber im Moment nicht dominant.

An ihrem Ellbogen tauchte ein Mann auf, so groß, dass Molly aufschauen musste, um seinen Blick zu treffen. „Ich wollte mich vorstellen, Ms. Sutton. Ich bin ein weiterer Amerikaner, der in Castillac lebt." Er streckte eine Hand mit übernatürlich langen Fingern aus, und sie schüttelten sich die Hände, anstatt einander auf die Wangen zu küssen. „Mein Name ist Rex Ford."

„Hallo Rex, schön Sie kennenzulernen", sagte sie, inzwischen fast daran gewöhnt, dass Fremde wussten, wer sie war. „Ich werde Sie das fragen, was jeder mich immer fragt – wie sind Sie in Castillac gelandet?"

„Ah, ja. Ich unterrichte an der Degas. Malerei. Ich bin schon seit vielen Jahren dort."

Mollys Stirn runzelte sich und sie nickte. „Haben Sie..."

Ford lächelte sie an, aber seine Augen blieben ausdruckslos. „Fragen Sie nach Amy? Jeder fragt nach Amy. Nein, ich habe sie nicht unterrichtet. Sehen Sie, wie ich sagte, unterrichte ich dort schon seit vielen Jahren, aber mein Fokus liegt auf der Kunst und meinem Unterricht, nicht darauf, Politik zu spielen, verstehen Sie? Also wenn die anderen Professoren um die Studenten kämpfen und versuchen, die besten für sich zu gewinnen – ich lasse mich nicht auf solche Dinge ein.

„Jedenfalls, nein, ich fürchte, *Gallimard* war Amys Mallehrer. Anton Gallimard. Haben Sie von ihm gehört?"

„Ich habe seinen Namen gehört. Er ist hier, nehme ich an?"

Rex Ford hob seine Augenbrauen und streckte sein Kinn vor, um auf ihn zu zeigen. Gallimard war auf der Tanzfläche, sein Gesicht gerötet und sein Bauch wackelnd. Er machte den Bump mit einer hübschen Studentin, beide lachten.

„Ah", sagte Molly, nickte und schaute zurück zu Ford. Sie sah Hass in seinen Augen, als er Gallimard anblickte. Sah, wie er tatsächlich seinen Blick nicht von ihm abwenden konnte. „Also erzählen Sie mir vom Unterrichten an der Degas. Sie sind schon lange dort, also muss es Ihnen dort gefallen?"

Ford nickte. „Nun, mir gefallen Teile davon. Ich mag es, in Frankreich zu leben."

Molly nickte enthusiastisch.

„Und Kunst... Kunst ist mein Leben", fuhr er fort. „Als ich in meiner eigenen Karriere an den Punkt kam, wo ich sehen konnte, dass ich nicht weiter vorankommen würde, war das Unterrichten die einzige Möglichkeit, die Sinn ergab."

„Ich verstehe", sagte Molly. „Das muss ein schwieriger Moment gewesen sein."

Ford blickte über Mollys Kopf hinweg, nicht in die Menge, sondern immer noch auf Gallimard. „Ja", sagte er.

Molly begann darüber nachzudenken, wie sie sich elegant von Ford entfernen könnte. Sie bewegte ihre Hüften, begierig darauf, auf die Tanzfläche zu gehen, hörte dann aber auf, weil keine Lust hatte, mit Rex tanzen zu müssen.

„Es ist nie leicht, Wünsche zu haben, die sich nicht erfüllen werden", verkündete Ford und schaute dann zu Molly hinunter mit einem Ausdruck so verworrener Emotionen, dass sie einen Schritt zurücktrat. „Nehmen Sie zum Beispiel Gallimard. Er sollte der nächste Pollock sein, der nächste Chagall. Und jetzt ist er nichts als ein fetter Niemand. Was glauben Sie, wozu das eine Person treiben könnte?" fragte Ford, beugte seinen Kopf herunter und atmete in Mollys Gesicht.

„Zu viel zu trinken?", sagte sie mit leiser Stimme. „Und ich weiß nicht. Wer muss sich nicht im mittleren Alter mit Fehlschlägen auseinandersetzen? Fast niemand wird das, was er sich vorgestellt hat."

Rex legte seinen Kopf schief und richtete seine Aufmerksamkeit auf sie. „Vielleicht. Vielleicht. Aber sehen Sie ihn da draußen, gerade jetzt – glauben Sie, es ist ein Zufall, dass er mit dem hübschesten Mädchen der Schule tanzt? Verstehen Sie? Er ist wie ein Parasit, der ihre Jugend direkt aus ihrem jungen Körper saugen will."

Ford leckte sich die Lippen. Molly sah einen Speicheltropfen in seinem Mundwinkel und beschloss, dass es vielleicht Rex Ford selbst war, der an jungen Körpern saugen wollte. Seine Intensität ließ sie sich mehr als nur ein wenig unwohl fühlen.

„Sie haben diesen Trödelhändler im Gefängnis", beugte sich Ford nah heran und flüsterte in Mollys Ohr. „Aber das ist ein Fehler. Sie haben den Falschen erwischt."

Die Tatsache, dass Molly ihm zustimmte, machte das

Gespräch nicht weniger unangenehm. Wohin war Lawrence nur verschwunden?

Und Rémy? Nicht, dass es sie interessierte.

Wirklich nicht.

ES WAR EKELHAFT, dachte Maribeth Donnelly. Wie alle einfach weitermachten, als sei nichts passiert. Amy verschwindet, und es ist, als wäre sie ins Meer gefallen, ohne eine einzige Welle zu schlagen. Maribeth hatte kurz das Bild eines Gemäldes vor Augen – der Ozean, abstrakt und dunkel, eine kleine Figur verloren – und dann wurde ihr ein wenig übel, weil sie Amy unbeabsichtigt in Kunst verwandelt hatte.

Maribeth machte der Polizei keinen Vorwurf, die zumindest Anstrengungen zu unternehmen schien, um sie zu finden. Immerhin hatten sie jemanden in Gewahrsam, soweit sie gehört hatte. Aber L'Institut Degas, das war eine ganz andere Sache. Ein Haufen alter weißer Männer, die darauf aus waren, ihre Taschen und ihre Betten zu füllen, so ihre Einschätzung. Sie hatte bereits mit ihrer Familie Vorkehrungen getroffen, um nach dem Semester nach Hause zu gehen, was keine Kleinigkeit war, da sie gebettelt hatte, an die Schule kommen zu dürfen, und nun zugeben musste, dass sie sich in ihrer Wahl geirrt hatte.

Aber gleichzeitig war ihre Arbeit verwirrenderweise *tatsächlich* besser geworden. Tiefgründiger, technisch versierter. Sie hatte viel von Gallimard gelernt und auch von den anderen Schülern. Aber diese... diese *Gala*, nicht einmal zwei Wochen nachdem Amy entführt worden war... das war mehr, als sie ertragen konnte. Sie schaute sich um, in der Hoffnung, Agent Perrault zu sehen, um ihr danken zu können. Aber wenn sie diesen Maron-Typen sehen würde, würde sie ihm aus dem Weg gehen. Seine Ausstrahlung gefiel ihr überhaupt nicht.

SIE FÜHLTE sich so wohl in seinen Armen, und es machte Dufort glücklich, wie er ihr Lachen durch ihren Körper rieseln spüren konnte, während er sie hielt. Er wollte sich auf Marie-Claire konzentrieren, und nur auf Marie-Claire, und das ganze Durcheinander von L'Institut Degas und Amy Bennett hinter sich lassen. Wenn auch nur für ein paar Stunden.

Doch nach einem Tanz warf Marie-Claire ihm einen ernsten Blick zu und zog ihn zur Tür. „Ich muss dir etwas sagen", flüsterte sie geheimnisvoll in sein Ohr. Sie bahnten sich ihren Weg durch die Menge, wobei Ben verschiedenen Leuten zunickte, bis sie zu einer Seitentür des großen Raums kamen und hinaustraten.

Die Nacht war kalt, und ihr Atem bildete Zwillingswolken, die vom Licht der Party beleuchtet wurden. Dufort stellte sich gerade hin und atmete tief ein. Die Luft kitzelte in seiner Nase und roch nach Kiefern. „Warum hast du es darauf abgesehen, mich erfrieren zu lassen?", fragte er Marie-Claire lächelnd.

Keiner von beiden trug einen Mantel, und sie zitterten in der Kälte. „Ich muss sichergehen, dass niemand hört, was ich dir gleich sage", erwiderte sie. Sie lächelte nicht. Ben betrachtete ihre Haare, von denen sich einige aus dem Dutt gelöst hatten und ihr Haupt wie ein Heiligenschein umrahmten. „Es geht um die Schule. Etwas, das ich herausgefunden habe. Es hat wahrscheinlich nichts mit deinem Fall zu tun, und ich würde gefeuert werden, wenn Draper wüsste, dass ich dir das erzähle-"

Ben nahm ihre Hände. Er wartete.

„-die Sache ist die, ich habe dort herumgeschnüffelt, wo ich nicht hingehöre. Ich kümmere mich um einen Großteil der Korrespondenz der Schule, E-Mails an Eltern und solche Dinge, aber ein paar Sachen sind passiert, die mich neugierig gemacht haben... jedenfalls, um zum Kern der Sache zu kommen: Degas steckt in ernsthaften finanziellen Schwierigkeiten. Ich bin ziemlich sicher, dass Draper Gelder für seinen persönlichen Gebrauch abgezweigt hat. Vielleicht Gallimard auch."

Ben blickte in ihr Gesicht und dachte, wie ernst und lieblich sie war. Er legte seinen Handrücken an ihre Wange, und sie zuckte zusammen, seine Finger waren wie Eis. „Und was denkst du, könnte das mit Amy zu tun haben?"

„Ich weiß es nicht. Wie gesagt, wahrscheinlich nichts. Aber ich dachte mir, nun ja, hier sind einige Leute, die vorgeben, etwas zu sein – anständige Bürger, Leiter einer angesehenen Schule –, während sie in Wirklichkeit nichts weiter als Betrüger sind. Nichts weiter als Diebe. Und trifft das nicht auch auf denjenigen zu, der Amy entführt hat? Wenn es jemand ist, den wir kennen, jemand aus dem Dorf? Er ist ein Lügner? Ein Hochstapler?"

„Wie hast du das herausgefunden?"

Marie-Claire antwortete nicht. Es war ihr gelungen, Drapers Passwort zu erraten (Menschen waren so viel berechenbarer, als sie dachten) und seine privaten E-Mails zu lesen. Aber was ihr in dem Moment wie eine gute Idee erschienen war, war im Nachhinein betrachtet eindeutig zu weit gegangen. Ihr wurde sogar erst in diesem Moment klar, dass sie selbst das Gesetz gebrochen hatte.

„Jetzt, wo ich es laut ausgesprochen habe, kann ich sehen, dass ich lächerlich war", sagte sie und blickte auf ihre Füße in ihren Lieblingsballerinas. „Nur weil jemand ein Dieb ist, macht ihn das noch nicht zum Mörder."

„Das stimmt", sagte Dufort. „Aber du hast das Richtige getan, indem du es mir erzählt hast. Wir wissen immer noch nicht, ob das, was Amy passiert ist, irgendetwas mit der Schule zu tun hat. Wir wissen nicht, ob es zufällig war oder ob es etwas mit ihrer Person zu tun hatte, ihren Beziehungen und so weiter. Aber ohne möglichst viele Informationen, welche Hoffnung hätten wir, es herauszufinden?"

Als Marie-Claire merkte, dass er nicht weiter nachfragen würde, wie sie Draper überführt hatte, entspannte sie sich ein wenig. „Es riecht nach Winter", sagte sie und hob ihr Gesicht zum Mond.

Dufort beugte sich vor und küsste sie auf den Hals, dann auf die Lippen. Er wollte einfach nur mit Marie-Claire im Dunkeln stehen und sie küssen. Das war alles.

Der ganze Rest konnte warten, zumindest für den Moment.

30

Die zweiundzwanzigjährige Simone Guyanet lief allein von
der Gala nach Hause, ein bisschen angeheitert und bereit
fürs Bett. Erst in dieser Woche war sie endlich aus dem Haus
ihrer Eltern ausgezogen und hatte ihre eigene Wohnung nahe
dem Stadtzentrum bezogen. Als sie an der *Presse* vorbeikam,
blitzte etwas zur Seite auf, eine schnelle Bewegung, eine verstohle
Gestalt in ihrem Augenwinkel.

Sie zögerte.

Dann ging sie schneller und freute sich darauf, in die
Wohnung zu kommen, die ganz ihr gehörte, und in ihr frisch
bezogenes Bett zu kriechen. Aus dem Zwischenraum zweier
Gebäude trat ein Mann heraus, kurz nachdem sie vorbeigegangen
war. Lautlos folgte er ihr und hatte sie nach wenigen Schritten
erreicht, legte seine Hand über ihren Mund und versuchte, sie in
die Dunkelheit zu ziehen, in die Gasse neben einem Bekleidungs-
geschäft.

Simone riss ihren Körper heftig zur Seite und sein Griff
lockerte sich. Sie rannte. Sie war schon immer die schnellste
Läuferin in ihrer Klasse gewesen und war trotz ihres Bürojobs in

guter Form, und ihr Angreifer blieb schnell mehrere Häuser-
blocks zurück, mit leeren Händen.

❧

„NA JA, ich hatte schon Spaß, ja. Aber jetzt, ich weiß nicht, bin
ich irgendwie enttäuscht, jetzt wo es vorbei ist", sagte Molly und
vergewisserte sich, dass sie ihre Handtasche hatte, während
Lawrence in die Einfahrt von La Baraque einbog. „Ich sehe, die
Bennetts schlafen schon, oder zumindest sind ihre Lichter aus."

„Ich frage mich, ob sie jemand eingeladen hat. Nicht dass sie
hingehen wollten, aber es wäre seltsam, sie nicht einzuladen,
findest du nicht?"

„Ich denke schon. Ich habe sie nicht gesehen, bevor ich ging.
Wo ist das Protokollhandbuch für den Umgang mit Eltern
vermisster Töchter?" Sie saßen im warmen Auto und dachten
über die Bennetts nach. Schließlich sprach Molly. „Lust auf einen
Absacker?"

„Oh, du bist süß. Aber vielleicht bin ich dieses eine Mal brav
und fahre nach Hause und bringe mich selbst ins Bett. Ich hoffe,
dein Gefühl der Enttäuschung hält nicht zu lange an."

„Mir wird's gut gehen. Es ist nur – ich hatte dieses Gefühl, als
ich mich fertig machte, dass heute Abend etwas passieren würde,
weißt du? Dieses kleine Kribbeln, das man spürt, bevor etwas
wirklich Dramatisches passiert?"

„Hmm, kleines Kribbeln", sagte Lawrence. Er schien im
Begriff, etwas Neckendes zu sagen, überlegte es sich aber anders.
Die Freunde küssten einander auf die Wangen und sagten gute
Nacht. Molly ging den Plattenweg zur Haustür hinunter und zog
ihren Mantel fest um sich gegen die Kälte. Sie drehte sich um, um
Lawrence zu winken, als er rückwärts aus der Einfahrt und
davonfuhr.

Und als sie die Klinke ihrer Haustür greifen wollte, spürte sie,
wie Angst auf sie zurollte, langsam und erstickend wie eine

Lawine. Angst, dass jemand – jemand *Böses* – irgendwie eingebrochen war und drinnen auf sie wartete. Angst, dass derjenige, der junge Frauen entführte, nicht aufhören würde. Angst, dass sie sich an die Vorstellung geklammert hatte, sie sei sicher, aber schrecklich, furchtbar falsch gelegen hatte.

Ich brauche einen Hund. Und zwar sofort.

Molly streifte ihre Schuhe ab und ließ sie gleich hinter der Haustür stehen. Sie machte das Licht nicht an, teilweise aus Angst vor dem, was sie sehen könnte. So leise wie möglich ging sie zum Beistelltisch im Wohnzimmer mit seiner einen Schublade, wo sie das Pfefferspray hingelegt hatte.

Sie lauschte angestrengt, aber was sie hörte, war nur das Rauschen ihres eigenen Blutes in den Ohren.

Vielleicht ist es ein bisschen narzisstisch zu denken, der Mörder würde es auf mich abgesehen haben, oder? Ich bin zum einen nicht mehr so jung. Und...

Als sie den Beistelltisch erreichte, hatte Molly drei Rationalisierungen ausgearbeitet und war bei der vierten. Sie zog die Schublade auf und griff nach dem Pfefferspray. *Viel besser jetzt.* Ohne sich um Geräusche zu kümmern, schaltete sie die Tischlampe ein, und die unheimlichen dunklen Formen verwandelten sich augenblicklich in vertraute Möbelstücke. Sie atmete lang aus.

Ein Krachen hinter ihr.

Molly wirbelte herum, den rechten Arm ausgestreckt, Daumen und Zeigefinger am Auslöser der Pfefferspray-Dose. Die orangefarbene Katze schoss über die Rückenlehne des Sofas und durch die Terrassentüren nach draußen. Molly schüttelte den Kopf und versuchte, über sich selbst zu lachen, aber es gelang ihr nicht ganz. Sie stellte das Pfefferspray auf die Küchentheke, goss sich ein großes Glas Perrier ein und trank es in einem Zug aus. Dann stellte sie die Lampe zurück auf den Beistelltisch, schloss die Terrassentüren, die Haustür und die kleine Tür in der Speisekammer ab, die sie nie benutzte, und ging ins Badezimmer, um sich das Gesicht zu waschen, bevor sie zu Bett ging.

Castillac mag sich als schreckliche Wahl herausgestellt haben, dachte sie bei sich, während sie sich immer wieder mit einem heißen Waschlappen übers Gesicht fuhr. Aber ich bin noch nicht bereit, das zu sagen.

Noch nicht.

31

Simone rannte weiter, obwohl sie keine Schritte hinter sich hörte. Sie versuchte, an einen weniger einsamen Ort zu gelangen, irgendwohin, wo so viele Menschen waren, dass sie sicher wäre, und dann könnte sie die Polizei rufen. Aber in der Nacht der Gala im L'Institut Degas war alles geschlossen. Einfach alles. Sie rannte am dunklen Chez Papa vorbei. Genauso war es mit den anderen Bars und Restaurants am Platz. Es ging auf Mitternacht zu, und ihr fiel absolut kein Ort ein, an den sie gehen konnte, außer zurück zur Gala.

Sie hielt abrupt an und blickte hinter sich. Die Straße und Gehwege waren leer. Die Straße dunkel, der Bürgersteig feucht von einem kurzen Schauer. Die Formen der Gebäude waren ihr zutiefst vertraut, da sie ihr ganzes Leben in Castillac verbracht hatte.

Sie wartete, bis sie wieder zu Atem gekommen war. Immer noch niemand.

Und dann, weil sie nicht wusste, was sie sonst tun sollte, und weil der Gedanke, jetzt allein in ihre neue Wohnung zu gehen, etwa hundertmal weniger verlockend war als noch zehn Minuten

---

zuvor, begann sie, so schnell sie konnte, die Rue des Chênes hinunter zurück zum Degas zu rennen.

DIE GENDARMEN von Castillac waren am Mittwochmorgen früh auf der Wache.

„Ich hatte gestern Abend Augen und Ohren offen", sagte Thérèse gerade zu Dufort und Maron. „Ich dachte, dass die meisten Dorfbewohner bei der Gala waren. Also war die Chance, dass unser Täter dort sein würde, ziemlich gut." Sie senkte den Kopf. „Aber stattdessen streifte er durch die Straßen und hätte Simone fast erwischt."

„Ich hätte dich auf Streife schicken sollen, da du nicht bei der Gala sein solltest", sagte Dufort zu Maron.

Maron zuckte mit den Schultern. „Wir können nicht überall gleichzeitig sein. Hat deine Freundin eine Beschreibung abgegeben?", fragte er Perrault.

„Leider nicht", antwortete Dufort. „Es war dunkel, er packte sie von hinten. Alles, was sie sagen konnte, war, dass sie ziemlich sicher war, dass es ein Mann war, und dass er etwas kräftig gebaut war."

„Was bedeutet ‚etwas kräftig gebaut'?"

Dufort lächelte spröde. „Genau das habe ich auch gefragt. Frau Guyanet sagte nur, dass die Person stattlich, nicht schmächtig war. Sie wollte keine Schätzung zum Gewicht abgeben."

Maron nickte. Die drei Beamten waren still, alle versuchten, den entscheidenden Gedanken zu haben, die Eingebung, die endlich zu einem Fortschritt führen würde.

„Man könnte sagen, dass Gallimard ‚etwas kräftig gebaut' ist", sagte Perrault. „Schade, dass er bei der Gala war, umgeben von hundert Zeugen."

„Professor Ford hat wieder mit mir über ihn gesprochen",

sagte Dufort. „Er hat definitiv einen persönlichen Groll gegen Gallimard. Aber vielleicht ist an dem, was er sagt, etwas dran."

„Könnte sein, wenn er kein Alibi hätte", sagte Perrault.

Maron funkelte sie an. „Er hätte hinausschlüpfen und in zehn Minuten zurück sein können. Er kann nicht für jede einzelne Minute Zeugen haben."

„Ich werde noch einmal mit Ford sprechen", sagte Dufort.

Perrault warf einen Blick auf Maron und zollte ihm widerwillig Anerkennung dafür, dass er seinen Blick stetig auf den Boden gerichtet hielt und ihr keinen triumphierenden Blick zuwarf.

Die Stimmung im Raum war nicht von Optimismus oder Energie geprägt. Sie wollten eine Spur, einen Hinweis, eine Leiche. Und in Ermangelung aller drei Dinge fühlte es sich an, als würden sie die Ermittlungen nur zum Schein durchführen. Als würden sie auf einem Laufband treten, ohne voranzukommen.

Lapin war freigelassen worden, da es keinen rechtlichen Vorwand gab, ihn festzuhalten, und von den drei Gendarmen glaubte nur Maron, dass er irgendetwas mit Amys Verschwinden zu tun haben könnte. Perrault und Dufort hatten versucht, noch einmal mit ihm zu sprechen, aber keiner von ihnen hatte es geschafft, etwas Neues aus ihm herauszubekommen. Was auch immer er zurückgehalten hatte, er hielt es immer noch zurück.

Sie waren wieder am Anfang. Genau zwei Wochen, seit Amy verschwunden war.

Dufort stand auf und ging zum Fenster. Er schob eine Lamelle der Jalousie nach unten und schaute hinaus. „Irgendjemand in diesem Dorf weiß etwas", sagte er. Er spürte, wie sich in seiner Magengegend eine Leere ausbreitete, und wusste, dass es Zeit für eine Dosis seiner Tinktur war. Er schloss die Augen und versuchte, sich in die letzte Nacht zurückzuversetzen, in seine Tänze mit Marie-Claire, aber der Stress hatte überhand genommen und er fand keine Erleichterung darin.

„Maron, ich möchte, dass Sie etwas in der finanziellen Situation von Degas graben. Finden Sie heraus, was für eine Stiftung sie haben, wenn überhaupt. Finden Sie heraus, wie gut die Studiengebühren die Ausgaben decken. Finden Sie – alles heraus, was Sie können."

Maron nickte und ging zu seinem Computer. Perrault sah Dufort erwartungsvoll an.

„Thérèse", sagte er leise, „Sie und ich werden nach Amys Leiche suchen, und wir werden keine Anstrengungen unternehmen, zu verbergen, was wir tun. Sie nehmen die Nordseite des Dorfes, ich werde die Südseite übernehmen. Schauen Sie in jeden Hinterhof. Jeden Schuppen, jede Scheune, jeden Garten. Beginnen Sie im Zentrum der Stadt und arbeiten Sie sich nach außen vor."

„Ja, Chef", sagte Thérèse. „Schade, dass wir keinen Bluthund haben."

Dufort nickte. „Hören Sie. Der Schlüssel zu dieser ganzen Sache liegt im Dorf, in unserer Geschichte", sagte er. „Ich kann spüren, dass es direkt vor unseren Augen liegt, und wir konnten es einfach noch nicht sehen."

Thérèse wartete, ob Dufort noch mehr zu sagen hatte, aber als er schwieg, nickte sie und machte sich auf den Weg zur Suche. Dabei erlebte sie zum ersten Mal die zutiefst gemischten Gefühle, verzweifelt eine Leiche finden zu wollen, damit der Fall vorankam, während sie gleichzeitig nie die Hoffnung aufgeben wollte, dass Amy irgendwie, irgendwo am Leben war.

32

Am Morgen nach der Gala rief Molly Constance an und bat sie zurückzukommen, um die Reinigung des Cottages zu beenden. Nein, sie sei nicht gefeuert. Ja, sie müsse nach dem Staubsaugen wischen. Ja, es wäre besser, wenn sie heute Morgen käme. Dann ging Molly hinüber, um die Bennetts zu fragen, ob es ihnen etwas ausmachen würde, für ein paar Stunden hinauszugehen, aber als sie klopfte, antwortete niemand.

Schliefen sie noch? Waren sie ausgegangen, bevor Molly aufgestanden war? Sie ging um die Seite herum und spähte durch ein Fenster, konnte aber nicht viel sehen. Sie ging zurück, um den Staubsauger und den Mopp zu holen, und klopfte dann fest an die Tür. Stille.

Molly legte ihre Hand auf den Türknauf und drehte ihn langsam. Sie wollte das Cottage sauber haben, wirklich sauber, obwohl sie wusste, dass es im großen Ganzen keinen Unterschied machte. Es war einfach das Eine, woran sie etwas ändern konnte.

„Hallo?", rief sie, als sie das Cottage betrat. „Bonjour? Sally? Marshall?"

Keine Antwort.

Dann ein Geklapper und Gejohle, als Constance auf ihrem

Fahrrad die Auffahrt herunterkam. Sie steckte atemlos und mit geröteten Wangen den Kopf durch die Tür. „Bin ich zu spät? Ich hoffe, ich bin nicht zu spät. Ich sollte eigentlich eine Mitfahrgelegenheit von Thomas bekommen, aber er ist absolut unzuverlässig, verspricht immer was und taucht dann die Hälfte der Zeit nicht auf? Hattest du schon mal so einen Freund, Molly? Ich sollte ihn abservieren."

Molly lachte. „Du bist nicht zu spät. Hier ist alles, was du brauchst, und diesmal bitte – saug das ganze Cottage, auch unter den Betten. Und wisch dann. Das ganze Haus. Diese Steinwände sind das Problem, es ist, als ob sie ständig Staub ausschwitzen. Also müssen wir mindestens zweimal pro Woche wischen."

Constance nickte, aber Molly hatte den deutlichen Eindruck, dass sie nicht zuhörte.

„Alles klar dann?", fragte Molly. „Noch Fragen?"

Constance schüttelte den Kopf und stürzte sich auf den Staubsauger, steckte ihn ein, und Molly zog sich in ihr Haus zurück, wo der Kaffee wartete. Es war ein bisschen zu kühl, um auf der Terrasse zu sitzen, also beschloss sie, sich zu verwöhnen und mit einem Roman wieder ins Bett zu kriechen. Der Kaffee war stark und heiß, die Decken warm und gemütlich, und das Buch fesselnd. Ehe sie sich versah, waren fast zwei Stunden vergangen. Besser mal nach Constance sehen, dachte sie. Und wo um alles in der Welt sind die Bennetts hin?

Auf dem Weg von La Baraque zum Cottage hörte Molly Gekicher. Verwirrt ging sie schneller, öffnete die Tür und fand Constance auf dem Sofa, ihr Hemd halb aufgeknöpft, und einen jungen Mann mit seinen Armen um sie, der ihren Hals küsste.

„Entschuldigung?", sagte Molly mit weit aufgerissenen Augen.

Das Paar fuhr auseinander. Der junge Mann sprang auf und strich mit den Händen über sein Hemd. „Bonjour, madame", sagte er und hatte den Anstand, verlegen auszusehen.

„Molly!", sagte Constance, die andererseits den gelassenen Ausdruck eines Engels hatte. „Schau, wer doch noch aufgetaucht ist! Das ist Thomas. Thomas, das ist Molly, die eigentliche Besitzerin von La Baraque!"

Sie machte die Vorstellung mit einer so großen Geste, dass Molly ein Lächeln unterdrücken musste. „Bist du mit dem Putzen fertig? Irgendein Zeichen von den Bennetts?"

„Nö, hab sie nicht gesehen", sagte Constance, streckte ihre Beine aus und machte es sich auf dem Sofa bequemer. „Ich bin fast fertig, muss nur noch das Bad machen. Hasse die Bäder", sagte sie zu Thomas, der nickte und immer noch verlegen aussah. „Ich weiß nicht, vielleicht hat das, was Simone passiert ist, die Bennetts aufgeregt", sagte sie und wandte sich wieder Molly zu.

„Simone?", fragte Molly, während ihr ein Schauer über den Rücken lief.

„Wir waren zusammen in der Schule, weißt du. Sie ist so eine Besserwisserin, wenn du die Wahrheit wissen willst. Dachte, sie wäre besser als alle anderen, nur weil sie gute Noten bekam."

„Du warst nur eifersüchtig", sagte Thomas und grinste sie an.

„Moment, was ist mit Simone passiert?", fragte Molly.

„Hast du's nicht gehört? Sie wurde letzte Nacht angegriffen. Sie ist nur allein herumgelaufen, es war direkt auf dem Platz."

„Was? Geht es ihr gut? Hat sie die Polizei gerufen? Details, Constance!"

„Okay, okay. Alles, was ich gehört habe, war, dass sie von dieser Sache in der Schule nach Hause ging und allein war. Und jemand versuchte, sie zu packen, aber sie konnte entkommen. Sie ist wirklich eine schnelle Läuferin, diese Simone. Das muss ich ihr lassen. Hat früher in der Pause immer jedes Rennen gewonnen." Constances Gesichtsausdruck verdüsterte sich und Thomas legte seinen Arm um sie und drückte sie.

Molly stand mit offenem Mund da. Noch ein Angriff. Noch ein Angriff in dem charmanten, schönen Dorf, in das sie gezogen war, auf der Suche nach Sicherheit und Ruhe.

„Glaubst du, es ist jemand aus dem Dorf?", fragte sie mit leiser Stimme.

„Oh ja, das muss es sein", sagte Constance unbekümmert. „Ich meine, es passiert ja immer wieder hier in Castillac. Es ergibt keinen Sinn, dass jemand von woanders alle paar Jahre hierher kommt, nur um... um jemanden mitzunehmen und mit ihm zu verschwinden."

„Eigentlich scheint das eine clevere Art zu sein, um nicht erwischt zu werden", sagte Thomas.

„Oh okay, jetzt sehen wir, wie die kriminelle Denkweise funktioniert", sagte Constance, stieß ihm in die Rippen und grinste ihn an. „Hey, ich habe gehört, dass dieser Lehrer an der Schule irgendwie ein... wie sagt man... na ja, irgendwie ein Idiot ist. Ich habe eine Freundin, die für ihn putzt. Sie sagt, er hat ständig Mädchen da, es ist wie totales Drama, weißt du?"

„Welche Mädchen? Du meinst in seinem Haus?"

„Ja, in seinem Haus. Und ich weiß nicht genau. Schülerinnen, würde ich vermuten. Als hätte er praktisch einen Harem, wenn man meiner Freundin glaubt."

„Ihre Freunde?", sagte Thomas, sah Molly an und drehte einen Finger an seiner Schläfe, um ‚verrückt' zu signalisieren.

Molly holte tief Luft. Ihr Kopf war so voller Fragen, dass sie glaubte, er würde platzen. Sie bezahlte Constance in bar, ohne daran zu denken, durch das Cottage zu gehen und ihre Arbeit zu überprüfen, und stürzte sich dann mit solcher Intensität darauf, Ranken aus dem Garten zu reißen, dass ihre Arme und Beine ganz zerkratzt wurden. Sie entdeckte allerlei ihr unbekannte Unkräuter und dachte, wie dumm sie gewesen war zu glauben, dass ein Umzug nach Frankreich alles lösen würde. Sie hatte diese rosige Vorstellung von *Parterres* mit Kräutern und Blumen in ihrem Vorgarten gehabt und von Freiheit von Aufregung und Gewalt.

Und was sie nun, da sie sich eingelebt hatte, vorfand, waren Unkräuter, die genauso schlimm waren wie der Gundermann zu Hause, und Frauen, die verschwanden und angegriffen wurden. Direkt auf dem Place, an dem sie schon so hing, dass der

Gedanke, dass dort etwas Schlimmes passieren könnte, ihr Tränen in die Augen trieb.

Ich weiß nicht, wie ich so dumm sein konnte, dachte sie. Natürlich gibt es überall Mörder, egal in welchem Land oder Dorf man sich befindet. Die Welt wimmelt anscheinend nur so davon.

❧

DUFORT WAR FROH, auf die Straße zu kommen. Sein Kopf fühlte sich wie in einem Schraubstock, wenn er drinnen war - Bewegung und frische Luft brachten etwas Erleichterung, wenn auch bei weitem nicht genug.

Er war sich sicher, dass Amy Bennett tot war. Es waren nicht Statistiken und Wahrscheinlichkeiten, die ihm das sagten; es war sein Herz. Und alles, was er tun konnte, war zu versuchen, sie zu finden, auch wenn es zu spät war, um sie zu retten. Er verließ die Wache und ging die Hauptstraße hinunter, dann bog er links in die erste Seitenstraße ein, Richtung Süden. Er wünschte, er hätte einen Hund. Er wünschte, er hätte eine Truppe von fünfzehn Mann, die er mit Rastern auf Karten losschicken könnte, um keinen Stein, keinen Mülleimer, keinen Laubhaufen unumgedreht zu lassen.

Aber alles, was er hatte, waren Maron, Perrault und er selbst, und damit würden sie auskommen müssen, zumindest bis sie eine Leiche fänden.

Falls sie jemals eine finden würden.

Die Straße war ungewöhnlich ruhig. Es war Mittwoch, der schulfreie Tag für Kinder. Normalerweise strömten sie um diese Tageszeit durch die Straßen, auf dem Weg zum Lebensmittelladen, um Süßigkeiten zu kaufen, oder zum Fußballtor auf einem staubigen Platz in einer Hinterstraße. Vielleicht halten die Mütter sie drinnen, nach dem, was Simone passiert ist, dachte er.

Sie müssen denken, ich sei nutzlos in meinem Job. Und ich wäre geneigt, ihnen zuzustimmen.

Dufort ging durch eine Seitentür in eine alte Steingarage. Sie war voller Gerümpel und der Staub war dick; seit mindestens einem Jahr war niemand mehr dort gewesen. Er leuchtete mit einer Taschenlampe umher, um sicherzugehen, dass der Staub überall unberührt war, und ging dann weiter. Er trat in Gärten und schaute unter Abdeckungen, wo Blumenkohl in der kühlen Luft kräftig wuchs. Er sah unter Veranden nach, hinter Komposthaufen, in der Ladefläche eines alten Lastwagens auf Betonklötzen. Er schaute in Schuppen, in Gebüsch, in Müllcontainern.

Aber nirgendwo gab es eine Spur von Amy Bennett oder von irgendetwas anderem als dem alltäglichen, gewöhnlichen, unspektakulären Leben.

Schließlich fand er sich in der Rue des Chênes wieder und ging schnell den Kilometer bis zu Degas und dem Büro von Anton Gallimard.

„Bonjour, *Professeur*, ich hoffe, ich störe nicht", sagte er, als Gallimard auf sein Klopfen antwortete.

„Nein, nein, überhaupt nicht", sagte Gallimard und machte eine großzügige Handbewegung, als würde er Dufort in den Salon eines *Châteaus* einladen. „Sagen Sie mir, was ich für Sie tun kann?"

Dufort roch Alkohol und sah ein Glas an der Ecke des Schreibtisches mit etwa einem Zentimeter klarer Flüssigkeit. Er warf einen Blick auf seine Uhr und sah, dass es 10:30 Uhr morgens war.

„Oh, ich bin einfach unterwegs", sagte Dufort und setzte einen dümmlichen Gesichtsausdruck auf. „Ich frage herum, ob jemand etwas darüber weiß, dass letzte Nacht Simone Guyanet angegriffen wurde."

Gallimards Augenbrauen flogen hoch. „Simone Guyanet? Was ist passiert?"

„Sie ging nach Hause, gegen elf, glaube ich − wundervolles Gala übrigens, ich habe mich köstlich amüsiert − und jemand kam von hinten und versuchte, sie zu packen."

„Geht es ihr gut? Hat sie eine Beschreibung abgegeben?"

Dufort hatte sich gefragt, wie lange es dauern würde, bis Gallimard das fragen würde.

„Simone geht es gut. Sie ist eine Schnelle, wissen Sie – ist entkommen und hat ihn so abgehängt", sagte Dufort und schnippte mit den Fingern. „Nun wollte ich fragen... Sie waren auf der Gala bis wann genau?"

Gallimard wandte sich ab und ließ sich in seinen Stuhl sinken. „Oh, lassen Sie mich nachdenken." Er trommelte mit den Fingern auf seinen Schreibtisch und richtete dann einen Stapel Papiere. „Wissen Sie, ich liebe die Gala – wir sammeln jedes Jahr ziemlich viel Geld. Es ist sehr wichtig für die Schule. Und wir sind so dankbar für die Unterstützung des Dorfes", fügte er hinzu und lächelte Dufort an.

„Und wann sind Sie gegangen?" Dufort schloss ein Auge und wischte dann zerstreut darüber.

„Ich gebe zu, ich trage keine Uhr, also kann ich nicht so präzise sein, wie Sie es vielleicht möchten", sagte Gallimard. „Aber ich bin ziemlich lange geblieben – sagen wir, gegen Mitternacht?"

„Und waren Sie allein dort?"

Gallimard lachte. „Chef Dufort, ich beginne zu glauben, Sie verhören mich!"

Dufort lächelte. „Ich stelle in der ganzen Stadt die gleichen Fragen. Ich werde ehrlich sein", sagte er und lehnte sich vor, als würde er Gallimard in ein Geheimnis einweihen. „Ich habe nicht die geringste Ahnung, was ich in diesem Fall tun soll. Ich bin völlig ratlos!"

Gallimard verengte leicht die Augen auf Dufort. Sicher war der Gendarm des Dorfes nicht der Tölpel, der er vorgab zu sein.

Oder vielleicht war er es doch.

„Ich hoffe, Sie können mir mehr über Amy erzählen", sagte Dufort, blinzelte und wischte sich wieder über das Auge.

Gallimard nickte. „Sicher. Alles, was Sie wollen, wie ich schon sagte. Ich helfe gerne."

Die beiden Männer saßen ein paar Momente schweigend da. Das Gebäude gab eine Art Seufzen von sich, und der Heizkörper unter dem Fenster zischte. Dufort hatte die Geduld einer Schildkröte und konnte jeden aussitzen.

Schließlich stand Gallimard auf und nahm eine Flasche Pineau von einem Regal. „Durstig?", fragte er Dufort, während er einen Schluck und dann noch einen in sein Glas goss.

Dufort schüttelte den Kopf. Was ihn interessierte, war, dass es aussah, als hätte Gallimard schon seit dem frühen Morgen getrunken, sowie kräftig am Vorabend bei der Gala – aber ohne den Geruch und das Glas, die ihn verrieten, hätte Dufort nicht vermutet, dass der Professor unter Alkoholeinfluss stand. Dufort hatte den deutlichen Eindruck, dass Gallimard nicht trank, um betrunken zu werden – er trank nur, um auf einem gleichmäßigen Niveau zu bleiben. Er trank, weil *nicht* zu trinken körperlich keine Option mehr war.

Endlich sprach Gallimard. „Wie ich Ihnen vor ein paar Tagen sagte, Amy ist sehr talentiert. Und eine harte Arbeiterin, was eigentlich das Wichtigste ist. Die Jungen denken, es ginge nur darum, wie viel Talent man hat." Langsam schüttelte er seinen großen Kopf. „Aber das ist falsch, hoffnungslos falsch. Ich bin der perfekte Beweis, Dufort. Ich hatte alles Talent der Welt, verstehen Sie. Und es war nicht genug."

Mit Mühe hielt Dufort seine Augen davon ab, sich vor Überraschung zu weiten, da er nicht erwartet hatte, dass Gallimard sich so öffnen würde. Vielleicht war er betrunkener, als er wirkte.

„Es muss schwierig sein", sagte Dufort mit sanftem Ton, „Studenten zu haben, die möglicherweise großen Erfolg haben werden. Mit all der Aufmerksamkeit, die das mit sich bringt. Und Geld."

Gallimard goss einen weiteren Finger breit Pineau in sein Glas und nahm einen langen Schluck.

Dufort fuhr fort: „Nicht nur ihren Erfolg zu beobachten, sondern durch Ihren Unterricht Teil des Grundes für ihren Erfolg zu sein. Ich bin nicht sicher, ob ich damit umgehen könnte." Er beobachtete Gallimard aufmerksam. Sein ergrautes Haar war dramatisch von den Schläfen zurückgekämmt, seine Augen waren müde und rot. Tiefe dunkle Ringe darunter.

Dufort wartete.

Gallimard nahm einen weiteren Schluck seines Getränks. Er presste seine Lippen zusammen. Dann sprach er, seine Stimme tief und rau. „Ich bin nichts als erfreut, wenn meine Studenten erfolgreich sind", sagte er. Dann öffnete er eine Schublade seines Schreibtisches und nahm eine Packung Zigaretten heraus – Gauloises Bleues. Langsam schüttelte er eine heraus. „Ich werde Sie nicht fragen, ob es Sie stört", sagte er. Sein Mund hatte die Form eines Lächelns, aber es war nichts Warmes oder Freundliches daran. „Es ist mein Büro, und ich kann tun, was ich will." Er entfachte ein Streichholz und zündete seine Zigarette an, zog hart daran und blies dann eine Rauchwolke über Duforts Kopf.

Innerlich grinste Dufort. Er achtete darauf, sein Gesicht so dumm wie möglich aussehen zu lassen, ohne zu weit zu gehen. Wenn ein charmanter Mann aufhört, charmant zu sein, dachte er, dann wird es interessant.

❧ 33 ❧

Soweit Molly es beurteilen konnte, waren die Bennetts verschwunden. Sie erinnerte sich immer wieder daran, dass sie ihr sicherlich keine Rechenschaft über ihre Pläne schuldig waren. Sie hatten bezahlt und konnten kommen und gehen, wie es ihnen gefiel. Trotzdem fühlte es sich seltsam an. *Sie* waren seltsam. Oder nein, es lag nur daran, dass Molly keine Erfahrung mit Menschen hatte, die so etwas durchmachten. Wer konnte schon sagen, was er selbst tun würde?

Sie beschloss, im Chez Papa zu Abend zu essen, in der Hoffnung auf etwas Ablenkung. Wahrscheinlich würde Lawrence da sein, und Gott sei Dank schien sich Lapin bedeckt zu halten. Sie war nicht in der Stimmung für seinen sabbernden Blick und seine umherwandernden Augen, nicht heute Abend.

Als sie ins Dorf ging, hatte sie einen dieser Momente, in denen sie sich nicht um etwas sorgte, Pläne machte oder über das Geschehene nachdachte. Sie ging einfach die Straße entlang und sah, was vor ihr lag. Die Luft war kühl, und die Steine der Gebäude sahen nicht mehr warm, sondern eher abweisend aus. Die Sonne hatte den Frost weggebrannt, aber alles sah kalt aus:

die kahlen Bäume, die Ziegeldächer, die ordentlichen Stapel Brennholz in den Hinterhöfen.

Sie ging die Gasse hinunter und schaute nach, ob die La-Perla-Frau ihre Wäsche aufgehängt hatte, aber die Leine war abgenommen worden. Molly überlegte, dass sie herumfragen könnte, um herauszufinden, wer in dem Haus wohnte, aber sie mochte das Geheimnisvolle daran, es nicht zu wissen. Beim gestrigen Gala-Abend hatte sie sich bei jeder Frau aus dem Dorf, die sie traf, gefragt: Bist du die La-Perla-Frau?

Sie stand am Hintertor und versuchte zu verstehen, warum die Unterwäsche dieser Fremden mehr als einen Moment ihrer Gedanken einnahm. Es war so... jeder hatte dieses Gesicht, das er der Welt zeigte, aber es gab so viel, was man nicht zeigte, so viel von dem, wer man war, das darunter lag. Die La-Perla-Frau war vielleicht nach außen hin keusch, nüchtern und maßvoll in ihrem Verhalten - aber darunter war sie extravagant und sinnlich. Vielleicht zeigte sie diese Seite ihren Vertrauten; natürlich konnte Molly das nicht sagen.

Der Mann, der Amy entführt hat, ist höchstwahrscheinlich jemand, den Castillac kennt. Wir sehen sein öffentliches Gesicht und ahnen nicht, was darunter liegt - sein Bedürfnis zu verletzen, zu kontrollieren.

Molly ging schneller und freute sich auf den besonderen Geruch des Chez Papa, diese berauschende Mischung aus Kaffee, Tabak und Menschen.

„Lawrence! Ich hatte gehofft, du wärst hier!", rief sie, als sie ihren Freund auf seinem üblichen Hocker sah, den Negroni vor sich.

„Hallo, meine Liebe", sagte er. „Ich hoffe, deine Enttäuschung war nur von kurzer Dauer?"

Molly rutschte auf den Hocker neben ihm und winkte Nico am anderen Ende der Bar zu. „Nun, eigentlich nicht, ich stecke immer noch mittendrin. Kir, *s'il te plaît*", sagte sie zu Nico.

„Es ist nicht die Party", fuhr sie fort. „Ich bin offiziell total verstört von der Amy-Situation. Es wird jemand sein, den ihr alle kennt, Lawrence, jemand unter uns. Ich habe gerade darüber nachgedacht, wie wir Freundschaften schließen, zur Arbeit gehen, uns treffen - aber wie gut kennen wir einander wirklich? Halten wir nicht alle Dinge zurück, vielleicht sogar die wichtigsten?"

Lawrence lächelte. „Also, du zuerst, Mollster. Was hältst *du* zurück?"

„Ich meine es ernst, Lawrence. Aber gut. Hier ist die... die Unterströmung, über die ich mit niemandem rede. Ich bin achtunddreißig Jahre alt. Ich dachte immer, ich würde Kinder haben. Ich meine nicht nur, weil man das erwartet - ich meine, ich *wollte* Kinder. Und hier bin ich, mir läuft die Zeit davon, naja, nicht einmal das, es wird nicht passieren, jetzt, da ich niemanden habe, mit dem ich die Kinder haben könnte-"

Lawrence legte seine Hand auf Mollys Schulter. „Du bist *nicht* zu alt", sagte er.

„Vielleicht nicht in diesem Moment. Aber ich bin Single ohne Aussichten. Also wenn man das einbezieht - bin ich durch. Und ich denke die ganze Zeit darüber nach, oder es sind nicht einmal wirklich Gedanken, es ist eher so, als wäre das Wissen darüber 24/7 durch mein Bewusstsein gewoben, auch wenn ich mich mehr oder weniger damit abgefunden habe, weil, welche andere Wahl habe ich?

„Aber diese Sache mit Amy und die Tatsache, dass die Bennetts bei mir sind - das hat es zehnmal schlimmer gemacht. Es hat die Sehnsucht, die Enttäuschung und den Wunsch, einen Weg zu finden, es doch noch hinzubekommen, zurückgebracht, obwohl ich weiß, dass es keinen Weg gibt."

Lawrence hörte zu. Er sprang nicht mit Ratschlägen oder Anweisungen ein, sondern drückte einfach ihre Schulter und hörte Molly zu, wie sie ihr Herz ausschüttete. Sie sprach über die Kinder von Freunden und wie sehr sie es genoss, mit ihnen zu spielen, wie nervig und anspruchsvoll sie sein konnten. Wie sehr sie sich wünschte, das in ihrem Leben zu haben, einschließlich der nervigen und anspruchsvollen Aspekte.

„Ich rede nicht darüber, weil ich weiß, dass es mich so selbstmitleidig klingen lässt. Vielleicht bin ich einer dieser Menschen, die nie zufrieden sind", sagte sie. „Ich meine, schau, ich bin nach Frankreich gezogen, um Himmels willen. Mein Traum. Und ich liebe es hier sogar noch mehr, als ich mir hätte vorstellen können. Ich sollte glücklich sein. Warum muss ich also zu dieser alten Wunde der Kinderlosigkeit zurückkehren und immer wieder daran kratzen?"

Lawrence zuckte mit den Schultern. „Das ist es, was wir tun", sagte er.

Sie saßen eine Weile da, tranken ihre Getränke und sprachen nicht, verloren in ihren eigenen Gedanken.

„Du weißt, dass ich schwul bin", platzte Lawrence plötzlich heraus, und Molly brach in Gelächter aus.

„Na, ich hatte nicht erwartet, dass das eine Pointe sein würde", fügte er trocken hinzu.

„Nein, es ist nur... natürlich weiß ich das", sagte sie. „Denkst du wirklich, ich bin so naiv?"

Lawrence legte den Kopf schief und überlegte. „Hmm, normalerweise nicht." Er nippte an seinem Negroni. „Und um auf deinen ursprünglichen Punkt zurückzukommen - es stimmt, dass ich meine Sexualität nicht auf einem Präsentierteller herumtrage, aber ich denke nicht, dass das bedeutet, dass mich niemand kennt oder dass ich ein dunkles privates Ich habe, das fähig ist, herumzulaufen und böse Taten zu vollbringen, während ich vorgebe, Mister Rogers zu sein.

„Und die Tatsache, dass du nicht ständig darüber redest, was du alles bereust - das bedeutet nur, dass du höflich bist, Molly. Nicht falsch. Kein potenzieller Axtmörder."

„Noch eins?", sagte Molly zu Nico und zeigte auf ihr leeres Glas. „Aber hast du das Gefühl, dass du die Leute im Dorf, die du fast jeden Tag siehst, wirklich *kennst*? Oder interagierst du nur mit Fassaden?"

„Ich bin bereit zu akzeptieren, dass ich, wenn jemand, den ich kenne, tatsächlich Frauen entführt und ermordet, dann ja, meine liebe Molly, unwissend war, wer sie wirklich und wahrhaftig sind. Aber was alle anderen angeht? Ich bin zufrieden damit, dass ich genug weiß. Nicht jeder muss alles wissen."

Molly drehte sich auf ihrem Hocker um und schaute sich um. Zwei Familien aßen gemeinsam an einem langen Tisch – vier Eltern und ein Haufen Kinder, einschließlich eines Babys auf dem Schoß seiner Mutter. Drei junge Frauen saßen zusammen und unterhielten sich über Make-up, während sie Getränke von einer auffallenden grünen Farbe nippten. Nico brachte einer alten Dame, die mit ihrem Pudel dasaß, einen Kaffee. Vincent las an seinem Tisch neben der Tür Zeitung. Thomas, Constances Freund, ging draußen vorbei und winkte Molly durch das Fenster zu.

Dies war ihr Dorf und ihr wurde klar, dass sie es heftiger liebte, als sie es je für möglich gehalten hätte. Was auch immer dieses Böse war, das hier lauerte – sie wollte, dass es verschwand.

§.

AM NÄCHSTEN TAG zog Molly einen schweren, von Mottenlöchern übersäten Pullover an und machte sich über den Garten her. Sie rammte den Spaten in die Erde und hebelte die langen Wurzeln der Rebe heraus, deren Namen sie immer noch nicht kannte. Schon bald war ihr warm genug, um den Pullover beiseitezuwerfen. Sie arbeitete mehrere Stunden lang, aber die Einfassung war noch lange nicht fertig.

Während sie über ihr Grundstück wanderte und die Rinde einiger Obstbäume am hinteren Ende auf Insektenschäden überprüfte, überlegte Molly, wo sie die bestellten Blumenzwiebeln pflanzen sollte. In den dunkleren Ecken ihres Geistes lauerten die Bennetts und Amys Entführer, aber es gelang ihr recht gut, sie alle auszublenden.

Zur Mittagszeit war sie ausgehungert und saß am Küchentisch, schnitt Salamischeiben und aß große Stücke Brot und Käse. Sie fühlte sich einsam.

Sie hatte Lust auf einen langen Spaziergang, wünschte sich aber jemanden, der sie begleiten würde. Lawrence hatte ihr gesagt, er sei allergisch gegen Bewegung, und sie hatte keine anderen Kandidaten, die sie einfach so hätte fragen können. Also zuckte sie mit den Schultern, schnürte ihre Wanderstiefel, steckte den Schlüsselbund mit dem Pfefferspray in die Tasche und machte sich auf den Weg die Rue des Chênes hinunter, vom Dorf weg, wie sie es schon einmal getan hatte, in der Gewissheit, dass sich ihre Stimmung aufhellen würde, sobald sie in einen Wanderrhythmus käme und den Wald erreichte.

Jetzt, Mitte Oktober, stieg aus allen Schornsteinen der Häuser am Weg Rauch auf. Die Luft roch nach gemütlichen Kaminfeuern, und Molly stellte sich Familien vor, die vor dem Kamin Brettspiele spielten, Großväter, die ein Nickerchen machten, und Hunde, die sich in der Wärme ausstreckten. Sie erinnerte sich daran, wie der Hund aus ihrer Kindheit so nah am Kamin geschlafen hatte, dass sein Fell zu heiß zum Anfassen gewesen war. Mit einem Stich vermisste sie ihn und erinnerte sich, dass sie ihn aus Gründen, die sie vergessen hatte, Finkler genannt hatte, obwohl sein Name Henry gewesen war.

Die üppigen Farnbänke waren abgestorben und nur noch ein paar braune, skelettartige Wedel waren übriggeblieben. Als sie die letzten sichtbaren Häuser passiert hatte, fand sie den Abzweig auf den breiten Pfad, und nach wenigen Minuten war alles anders – das Licht fiel nur noch gesprenkelte durch kahle Äste, der Klang ihrer Schritte wurde vom Laub gedämpft, und sie fühlte sich, als wäre sie der einzige Mensch weit und breit, obwohl sie wusste, dass dem nicht so war.

Außerdem hatte sie das Gefühl, dass ihr Gehör irgendwie schärfer wurde, dass sie jede kleine Maus im Laub rascheln, jeden Käfer an seinem Verwandten reiben hören konnte.

Und dann etwas Lauteres. Ein Tier. Schnüffeln, dann Wimmern.

Molly ging schneller in die Richtung des Geräusches. Es klang wie ein Hund, und sie hatte keine Angst vor Hunden. Sie musste den Pfad verlassen, um zu sehen, wo er war, und das Unterholz war dicht. Dornen zerrten an ihrer Hose und dünne Zweige peitschten ihr ins Gesicht, als sie sich ihren Weg bahnte, ohne nachzudenken, nur wissend, dass sie zu dem Hund musste.

Sie kam durch ein besonders dichtes Stück Bewuchs und der Hund war keine zwanzig Fuß entfernt, ein riesiger Hund, grau gefleckt mit großen braunen Flecken und Ohren wie ein Basset Hound. Er hob den Kopf, als er Molly sah, und bellte. Und bellte weiter, als wollte er sagen: Komm schau, Mensch, schau, was ich gefunden habe.

Molly stand absolut still, ihre Augen weit aufgerissen.

Der Hund grub an einem Erdhügel, der locker und frisch aufgeworfen aussah. Er drehte seinen Kopf zu Molly, seine langen Ohren schlackerten, dann kehrte er zurück zu seinem hektischen Scharren. Erdklumpen flogen an ihr vorbei, als sie nähertrat. Dann blieb sie stehen, ein Zittern des Entsetzens durchfuhr ihren Körper.

Molly konnte eine menschliche Hand sehen, die aus der Erde ragte.

❧ 34 ❧

Es waren drei lange Tage bei der Gendarmerie von Castillac gewesen. Dufort und Maron hatten die Leiche in die Gerichtsmedizin gebracht und mehrere DNA-Proben ins Labor geschickt. Dufort hatte Gefallen eingefordert, um die Ergebnisse so schnell wie möglich zu bekommen. Die Bennetts waren endlich aufgetaucht und hatten die Leiche identifiziert, woraufhin sie verständlicherweise zum Ferienhaus gegangen waren und nicht antworteten, als Molly klopfte.

„Die Ergebnisse sind noch nicht da", beantwortete Dufort Perraults hoffnungsvollen Blick, als er nach dem Mittagessen in die Wache kam. „Aber ich habe eine vorläufige Information erhalten, nämlich dass unter den Fingernägeln verwertbare DNA gefunden wurde. Das wird uns zumindest sagen, ob Lapin beteiligt war, obwohl ich denke, wir wären alle überrascht, wenn sich das als zutreffend erweisen würde." Er sah Maron und Perrault der Reihe nach an, und beide nickten.

„Die andere kleine gute Nachricht ist, dass die Flasche, die in der Nähe des Grabes gefunden wurde, laut den Bennetts nicht Amy gehörte. Die Mitbewohnerin, Maribeth Donnelly, bestätigt das. Natürlich sind diese Aussagen nicht endgültig, aber es besteht eine gute Chance, dass die Flasche vom Mörder in der Eile, die Leiche zu begraben, fallen gelassen wurde. Sie könnte etwas testbaren Speichel enthalten."

Dufort hob seine Arme über den Kopf, verschränkte die Finger und beugte sich erst zur einen, dann zur anderen Seite.

„Gott sei Dank für Madame Bonnays Hund!", platzte es aus Perrault heraus.

Dufort lächelte grimmig. „Ja, bisher war Yves unser bester Detektiv. Zusammen mit Molly Sutton."

„Was machen wir jetzt?", fragte Perrault. „Wir haben immer noch Gallimard zu überprüfen."

Maron schüttelte den Kopf. „Die Leiche war ein paar Kilometer außerhalb des Dorfes, weit oben im Wald", sagte er. „Gallimard hat nicht nur kein Auto, er fährt nicht einmal. Wie soll er die Leiche so weit bringen, es sei denn, er hat einen Komplizen?"

Dufort strich sich übers Kinn. Perrault starrte an die Wand, ihr Verstand arbeitete auf Hochtouren. „Sind wir sicher, dass er keinen Komplizen hatte?"

„Fast ausgeschlossen in einem Fall wie diesem. Ein Sexualstraftäter will sein Opfer ganz für sich allein haben."

Perrault blieb hartnäckig. „Wissen wir überhaupt, ob es ein Sexualverbrechen war? Und er könnte ein Auto gestohlen haben. Auch nur für ein paar Stunden. Und es dann zurückgebracht haben, ohne dass es jemand bemerkt hätte, wenn er es nicht verschmutzt hat. Es braucht ja kein Genie, um mitten in der Nacht bei null Verkehr ein paar Kilometer mit einem Automatikwagen zu fahren."

„Berechtigter Punkt", sagte Dufort.

Maron runzelte die Stirn.

„Die meisten Leute schließen ihre Autotüren nicht ab. Und nochmal", sagte Perrault, „wir wissen nicht mit absoluter Sicherheit, dass es ein Sexualverbrechen war, noch nicht. Nicht, bis der Gerichtsmediziner es bestätigt."

„Ich weiß nicht, warum es so lange dauert", murmelte Dufort.

Er richtete sich auf und ging zur Tür. „Ich fahre jetzt zur Degas. Ich werde mit so vielen Studenten wie möglich sprechen - ich will sehen, ob all diese Gerüchte, von denen wir immer wieder hören, wahr sind: Hatte Gallimard Affären mit seinen Studentinnen oder nicht? Wenn ja, gehörte Amy dazu? Und noch etwas. Maron, sind Sie bei der Überprüfung der Finanzen von Degas weitergekommen? Ich habe einen Tipp bekommen, dass da etwas faul ist - könnte was dran sein. Wenn ich Ihnen die Bücher besorgen könnte, könnten Sie einen Blick darauf werfen?"

„Genau mein Ding", sagte Maron mit einem seltenen Grinsen.

„Ich weiß nicht", sagte Perrault. „Entschuldigung, Chef. Aber glauben Sie nicht, besonders angesichts des Musters bei den anderen, dass es sich hier nicht um einen Mord aus finanziellen Gründen handelt? Ich weiß, ich habe gerade gesagt, dass wir es noch nicht wissen, aber trotzdem ist es höchstwahrscheinlich ein Sexualverbrechen, meinen Sie nicht?"

„Entscheiden Sie sich, Perrault. Vielleicht ist es ein Finanzverbrechen, das wie ein Sexualverbrechen aussehen soll", sagte Maron.

„Moment mal", sagte Dufort. „Eins nach dem anderen. Wir haben jetzt eine Leiche, also sind wir der Lösung viel näher als zuvor. Aber wir müssen uns an die Grundlagen halten und dürfen nicht voreilig sein. Mittel, Motiv, Gelegenheit. Das wenden wir bei jedem Verdächtigen an, das wissen Sie aus Ihrer Ausbildung."

„Ich glaube, wir haben in der Akademie vielleicht eine Stunde darüber gesprochen", murmelte Perrault.

„Perrault!", sagte Dufort ziemlich harsch. „Wir werden diesem Mord auf den Grund gehen. Wir werden ihn finden, verhaften und die Beweise sammeln, um ihn zu verurteilen."

„Jawohl, Chef", sagte Perrault.

„Im Moment haben wir nichts", sagte Maron. „Wir haben nur die alten Indizien, die auf Lapin hindeuten, die wir schon letzte Woche hatten, aber nichts Weiteres. Bei Gallimard haben wir nur einen Haufen Klatsch. Überhaupt keine Beweise, dass er irgendetwas getan hat, außer als Künstler zu versagen und ein Wichtigtuer zu sein. Wir haben *nichts*."

„Richtig", antwortete Dufort. „Aber wir fangen gerade erst an. Wir warten auf die Testergebnisse, wir durchkämmen die Finanzunterlagen der Schule, wir sprechen weiterhin mit Amys Freunden und Lehrern. Wir bleiben dran, Maron. Wir bleiben dran."

Und dann senkte Dufort den Kopf. Der emotionale Kampf, in einem Zustand solcher Ungewissheit zu verharren, mit der Bedrohung einer weiteren Niederlage, die so schwer über ihm hing - es war fast zu viel, um es zu ertragen.

Vielleicht bin ich im falschen Job, dachte er. Vielleicht bin ich zu weich, um darin erfolgreich zu sein.

Er steckte ein Notizbuch in seine Tasche, nickte Perrault und Maron zu und verließ das Gebäude. Seine Kräutertinktur war aufgebraucht, aber er wollte sich nicht die Zeit nehmen, den Kräuterladen zu besuchen. Er vergewisserte sich, dass sein Handy aufgeladen war, und joggte durch das Dorf in Richtung Degas. Dieses Mal war er so auf den Fall fokussiert, dass Marie-Claire nicht ein einziges Mal in seine Gedanken kam.

⚓

MOLLY WAR zu einer Dorfberühmtheit geworden, nachdem sie Amy Bennetts Leiche oben im Wald gefunden hatte. Es war nicht gerade das, wofür sie bekannt sein wollte, aber sie war froh, den Bennetts geholfen zu haben, das zu finden, was die Talkshows „Abschluss" nannten, ein schreckliches Wort, das versuchte, komplizierte, hässliche Gefühle zahmer zu machen, als ob man einfach eine Tür vor dem chaotischen Sturm des Verlustes schließen konnte.

Aber sicherlich war es besser, sich dem Schmerz des Wissens zu stellen, als der unerbittlichen Angst des Nichtwissens.

Trotz allem hatten die Bennetts hervorragende Manieren und

klopften an Mollys Tür, nachdem sie von Dufort gehört hatten, um ihr zu danken. Sie erklärten, dass sie zu allen Kirchen und Kathedralen im Umkreis von hundert Meilen gereist waren und Kerzen für ihre Tochter angezündet hatten. Dies zu hören und ihren Dank zu ertragen, waren wahrscheinlich die unangenehmsten fünf Minuten ihres ganzen Lebens. Nicht, dass es nur um sie ginge.

Das andere Ergebnis des Fundes der Leiche, und dabei ging es ebenfalls um sie, war, dass ihr Telefon von ständig stumm zu häufig klingelnd wechselte. Ihre Nachbarin, Madame Sabourin, rief an, um zu fragen, ob sie am nächsten Tag zum Tee vorbeikommen wollte. Constance rief an, um zu fragen, ob ihre Dienste benötigt würden. Und Rémy rief an, um sie um ein Date zu bitten.

Nun, er nannte es nicht Date. Aber was sonst sollte eine Einladung zum Abendessen sein? Molly vermutete, dass sie alle einen Bericht aus erster Hand über ihre Entdeckung wollten, aber es störte sie nicht wirklich. Tatsächlich war sie die Art von Person, die Dinge verarbeitete, indem sie darüber sprach, und es machte ihr nichts aus, die Geschichte immer wieder durchzugehen und sich an neue Details zu erinnern, während sie erzählte.

Es tat ihr leid, dass sich herausgestellt hatte, dass der Hund jemand anderem gehörte, einer Madame Bonnay— sie hätte ihn sofort bei sich aufgenommen.

Was zog man zu einem Date auf einem Bauernhof an?

Dies war eine so knifflige Frage, dass Molly mehrere Freunde in Amerika anschrieb. Während sie auf ihre Antworten wartete, probierte sie einige halbwegs schöne Sachen an, zog dann aber alte, abgetragene Kleidung an und ging im Garten spazieren, mit einem Auge nach den Bennetts Ausschau haltend. Ein harter Frost in der Nacht zuvor hatte alle Pflanzen in der vorderen Rabatte braun und schlaff werden lassen. Dies war eine ihrer Lieblingszeiten im Garten, wenn die einzige Aufgabe darin bestand, das tote Pflanzenmaterial zu entfernen und Platz für das Neue zu schaffen.

Als sie das Knirschen von Kies in ihrer Einfahrt hörte, drehte sie sich um und sah einen Lastwagen einfahren, mit Rémy am Steuer.

„Bonjour Molly!", rief er. „Ich musste zum Futtermittelhandel fahren und dachte, ich hole dich ab, da du direkt auf dem Weg liegst. Ich hoffe, es macht dir nichts aus, dass ich so früh dran bin!"

Nun, nein, das störte sie nicht. Er grinste sie an und sah so jungenhaft und begeistert und, nun ja, *kernig* aus – dass sie zurückgrinste und in seinen Truck sprang. „Kein Problem!", sagte sie. Und obwohl sie wünschte, sie hätte nicht diesen Pullover mit all den Mottenlöchern an und hätte vielleicht duschen können, hatte sie das Gefühl, dass es Rémy nicht kümmern würde.

Und es stimmte, dass sie sehr froh war, La Baraque für den Abend zu verlassen und dem düsteren Dunst zu entkommen, der vom Cottage ausging.

Rémys Bauernhof lag in den Hügeln über Castillac, auf einem hügeligen Stück Land, das, wie er ihr erzählte, seinem Urgroßvater gehört hatte.

„Wir sind alle ein Haufen Ackerbauern", sagte er, und als sie verwirrt dreinschaute, weil sie dachte, sie hätte sein Französisch nicht verstanden, begann er eine lange und größtenteils interessante Erklärung darüber, wie seine Bemühungen immer darauf abzielten, den Boden seines Hofes zu verbessern, und dass das Vieh und die Erzeugnisse, die dort wuchsen, eigentlich nur zweitrangig waren.

Molly mochte es, ihm zuzuhören, wenn er über sein Land sprach. Und sie mochte es, die Ziegen, Hunde und Katzen kennenzulernen, die ihm folgten, als er sie herumführte. Wenn eine Ziege einen Mann gut findet, dachte sie, muss er ein anständiger Kerl sein, oder?

Er schenkte ihnen ein Glas Rotwein aus einem großen Plastikkrug ein, und sie setzten sich draußen auf eine kleine Terrasse, von der aus sie die Dächer von Castillac in der Ferne und eine Entenschar auf dem vorderen Feld sehen konnten. „Also gut", sagte Rémy. „Du weißt, dass ich fragen werde, aber sag es mir einfach, wenn du nicht darüber reden möchtest. Du hast die Leiche gefunden?"

Molly nickte. Sie hatte die Geschichte oft genug erzählt, dass es sich fast schon erfunden anfühlte, oder zumindest begann sich die Distanz zwischen ihr und dem Ereignis ziemlich weit anzufühlen. „Ja, ich habe sie gefunden", sagte sie leise. „Ich hatte fast ununterbrochen an Amy gedacht, seit sie – ihre Eltern – seit über einer Woche in meinem Cottage wohnten. Aber ich war nicht auf der Suche nach ihr oder so, ich war nur spazieren. Ich hörte Yves bellen, ging nachsehen, was los war, und das war's dann."

„Verursacht es dir Albträume?"

Molly lachte ein grimmiges Lachen. „Nein, keine Albträume. Aber der Anblick dieser Hand, die aus der Erde ragte, ist etwas, das ich nie vergessen werde."

„Das kann ich mir vorstellen", sagte Rémy. Er lehnte sich in seinem Stuhl zurück, streckte seine langen Beine vor sich aus und wandte sein Gesicht zum Himmel. „Morgen wird's regnen", sagte er.

Und mit diesem kleinen Kommentar wurde Molly klar, dass sie eine Menge unausgesprochener Hoffnungen und Träume auf dieses Date mit Rémy gesetzt hatte, die absolut nichts mit dem Mann selbst zu tun hatten, den sie kaum kannte. Aber in diesem Moment wusste sie eines: Sie würde Rémy nicht heiraten und seine Kinder bekommen, egal was für eine praktische Lösung es für den Kummer wäre, den sie nicht loslassen konnte.

Es lag nicht daran, dass er über das Wetter sprach oder dass er ein Bauer war, überhaupt nicht. Es war, dass eine Art von Verbindung, die sie wollte, sogar brauchte, zwischen ihnen nicht zustande kam. Aus welchem Grund auch immer. Und nach Mollys Erfahrung, entgegen dem, was diese Talkshows, die ständig über

Abschluss redeten, die Leute glauben ließen, wenn dieser Funke nicht da war, würde er auch später nicht auftauchen.

Sie aß ein schönes Abendessen aus Steak und Gemüse, das er selbst angebaut hatte, und genoss es, mit ihm über Boden-pH und Nematoden und andere Gartenangelegenheiten zu sprechen. Und dann rief sie Vincent an, um sie nach Hause zu fahren, und verabschiedete sich.

Als sie in Vincents Auto stieg, schob sie die Essensverpackungen unter den Sitz und ärgerte sich über das Durcheinander.

„*C'est un bordel ici!*" meckerte sie.

„Oui, tausend Entschuldigungen", sagte Vincent und lächelte sie im Rückspiegel an.

Molly fühlte sich traurig auf der Fahrt nach Hause. Natürlich war es völlig lächerlich, dass sie angefangen hatte, Rémy als ihren nächsten Freund zu betrachten, bevor sie mehr als zehn Minuten allein miteinander verbracht hatten. Sie war zu alt für diesen Unsinn.

Das Date vergessen, machte Molly, als sie zu Hause war, bereits eine Liste von Leuten, die sie anrufen musste, um das *Pigeonnier*-Projekt zu starten. Es war zwar keine Liebe oder eine neue Familie, aber es war etwas, das hoffentlich sowohl schön als auch lukrativ sein würde, und darin lag mehr als nur ein geringer Trost.

35

„D ie Laborberichte sind da", sagte Dufort, und Maron und Perrault verließen ihre Schreibtische, um ihm in sein Büro zu folgen. „Die Probe unter den Fingernägeln war gut. Nicht abgebaut. Sie konnten auch Material aus der Flasche gewinnen, das mit der Fingernagelprobe übereinstimmt."

Perrault bemerkte, dass sie die Luft anhielt, obwohl sie wusste, dass Lapin entlastet werden würde.

„Keine der Proben stimmt mit Lapin überein", sagte Dufort, und Perrault jubelte, bevor sie versuchte, wieder ernst auszusehen.

„Ich dachte, Lapin würde von praktisch jeder Frau im Dorf als riesiger Nervensäge betrachtet", sagte Maron.

„Das stimmt", sagte Perrault. „Aber er ist eben unsere Nervensäge, verstehen Sie?"

Maron schüttelte den Kopf.

„Wenn wir einen Verdächtigen eingrenzen könnten, hätten wir die DNA, um ihn zu verhaften und wahrscheinlich zu verurteilen. Aber wir können nicht durch das Dorf laufen und von jedem auf der Straße Proben nehmen. Wir haben immer noch keine Tatmittel, Motive und Gelegenheiten, die auf irgendjemanden hindeuten."

Dufort breitete seine Hände auf seinem Schreibtisch aus und sah aus, als würde er sie gleich durch das Holz drücken. Perrault wurde zu ihrer unsterblichen Verlegenheit ein wenig weinerlich. Maron war der Einzige der drei, der nicht von ihrem mangelnden Fortschritt aus der Fassung gebracht schien.

„Maron, gibt es etwas Neues zur finanziellen Seite?", fragte Dufort.

„Ja, Chef. Lassen Sie mich die Bücher holen." Schnell ging er zu seinem Schreibtisch und kam mit einem aufgeschlagenen Hauptbuch mit rotem Ledereinband zurück. „Es war eigentlich ziemlich einfach", erklärte Maron und zeigte auf einige Feinheiten in Degas' Buchhaltung. „Sehen Sie diese Liste von Dienstleistern, an die die Schule jede Woche oder alle zwei Wochen Geld zahlte? Reinigungsdienste, Wäscherei und Ähnliches. Nun, ich habe jeden einzelnen überprüft, um sicherzugehen, dass sie legitim sind. Alle waren es – außer diesem hier..." Er zeigte auf Acmé Food Services, die anscheinend wöchentlich 2.254 Euro erhielten.

„Es ist eine Scheinfirma", sagte Maron triumphierend. „Es gibt keinen Verpflegungsservice an der Schule. Nur Automaten, und die werden nicht von der Schule bezahlt."

„Wo landen also diese 2.254 Euro?", fragte Perrault.

„In jemandes Tasche", sagte Maron. „Der Vorstand der Schule ist mehr oder weniger nur Show. Gallimard entscheidet, wer eingestellt wird und welche Schüler aufgenommen werden, und Draper kümmert sich um die Finanzen. Beide haben Zugang zu den Büchern und zu den Bankkonten und Investitionen der Schule. Jeder von ihnen könnte dieses Geld abzweigen, oder sie könnten zusammenarbeiten."

„Das sind gut über 100.000 Euro im Jahr. Eine beachtliche Delle in ihrem Betriebsbudget, würde ich meinen, für eine kleine Schule wie diese. Gute Arbeit, Maron", sagte Dufort, während er sich gegen einen Heizkörper lehnte und aus dem Fenster der Dienststelle blickte. „Leider muss ich Ihnen sagen, dass ich diese Bücher auf... einem nicht ganz legalen Weg erhalten habe. Also lassen Sie uns vorerst den Gedanken an Veruntreuung für uns behalten, ja?"

Perraults Augen waren weit aufgerissen. Sie hätte nie gedacht, dass Dufort fähig wäre, das Gesetz zu umgehen. Er war der Chef!

„Das Wichtige ist", fuhr Dufort fort, „dass selbst mit der Veruntreuung kein Zusammenhang zu Amy Bennett besteht. Wir müssten beweisen, dass Amy davon erfahren hat, dass sie entweder drohte, es der Polizei zu sagen, oder dass sie glaubten, sie würde es tun, und dass die Lösung des Veruntreunenden für die Bedrohung der Entdeckung darin bestand, sie zu töten. Ich fürchte, das ist im Moment einfach ein Märchen, für das wir absolut keine Beweise haben.

„Also haben wir zwar die Leiche und wir haben DNA... aber wir haben nichts", sagte Perrault.

„Richtig", sagte Dufort, und er sah so grimmig aus, dass die beiden jüngeren Beamten unbewusst einen Schritt zurücktraten.

„Ich war gestern bei der Degas und habe mit mehreren Personen gesprochen. Sowohl mit Schülern als auch mit Lehrkräften und der Verwaltung. Es ist merkwürdig, aber obwohl ich von mehreren Leuten mehr von den wilden Gerüchten über Gallimards Frauengeschichten hörte, konnte ich absolut niemanden finden, der auch nur einen einzigen Fall bestätigen konnte. Ich sprach mit drei Personen, die laut Gerüchten mit ihm in Verbindung gebracht wurden, und ihr Dementi war recht überzeugend.

„Meine Schlussfolgerung ist, dass Gallimard selbst alles tut, um die Gerüchte zu fördern, obwohl es offenbar nicht den geringsten Hinweis darauf gibt, dass sie wahr sind." Er ging hinter seinem Schreibtisch hervor und blickte auf die Straße hinaus. „Menschen sind seltsam", sagte er.

Maron zuckte mit den Schultern. „Das ist nicht so anders als bei Typen an der Uni, die damit prahlen, was sie angeblich mit bestimmten Frauen gemacht haben. Aber das sind alles nur Fantasien, wissen Sie?"

Dufort dachte über seine Worte nach, sagte aber nichts. Er

rieb sich mit einer Hand über sein kurz geschnittenes Haar, blickte aus dem Fenster und spielte mit der kleinen Glasflasche Tinktur in seiner Tasche.

„Dieses Verbrechen", sagte er langsam, „sieht mehr und mehr danach aus, als hätte Perrault recht. Wir haben es mit dem Mord an einer jungen Frau zu tun, der wahrscheinlich die Folge eines Sexualverbrechens ist. Also ein Soziopath. Er will verletzen, dominieren, und es kümmert ihn wenig, welchen Schaden oder Schmerz er bei seinen Bestrebungen verursacht. Eigentlich könnte man besser sagen, dass er sich des Schmerzes anderer nicht bewusst ist, weil andere Menschen für ihn nicht real sind."

Perrault sah konzentriert aus und hing an jedem Wort ihres Chefs.

Dufort sprach leise. „Der Weg, einen Verbrecher zu fangen, besteht darin, sich in seine Lage zu versetzen. So zu denken wie er. Und es ist überdeutlich, dass ich bisher nicht in der Lage war, dies effektiv zu tun. Ich weiß, er ist unter uns, wahrscheinlich jemand, zu dem wir in einem Dorf dieser Größe zumindest eine gewisse Verbindung haben. Doch bisher – seit *Jahren* – hat er ungestraft gehandelt."

„Gehen wir wieder an die Arbeit", sagte Dufort mit einer Forschheit, die fast schlimmer war als sein Zorn. „Irgendjemand in diesem Dorf weiß etwas, und wir werden es nicht erfahren, wenn wir hier auf der Wache herumhängen."

·ॐ·

NACH EIN PAAR Tagen in nahezu völliger Abgeschiedenheit freute sich Molly auf das Abendessen im Chez Papa – extra knusprige Pommes frites, vielleicht ein Hüftsteak mit sautierten Pilzen – und etwas Gesellschaft. Die Bennetts waren endlich aus dem Cottage aufgetaucht, um ihr mitzuteilen, dass sie am nächsten Tag abreisen wollten. Sie überschlugen sich mit Dankesworten, was Molly ein schrecklich schlechtes Gewissen bereitete.

„Lawrence!", rief sie, als sie ihren Freund an seinem üblichen Platz entdeckte, und breitete die Arme für eine Umarmung aus. Er rutschte von seinem Hocker und umarmte sie herzlich.

„Ich kann nicht glauben, dass du nach allem, was passiert ist, nicht zu mir gekommen bist, um mir alle Details zu erzählen, du Schlitzohr!"

„Ich weiß", sagte Molly und fühlte sich zurechtgewiesen. In diesem Moment wurde ihr klar, dass sie, wenn die Rollen vertauscht gewesen wären, an ihrem Hocker im Chez Papa festgeklebt hätte, bis Lawrence aufgetaucht wäre und ihr alles über den Fund der Leiche erzählt hätte. „Es tut mir leid, ich brauchte ein paar Tage, um mich zurückzuziehen und wieder Boden unter den Füßen zu bekommen", sagte sie.

„Ich verstehe. Irgendwie", fügte er hinzu und warf ihr einen schrägen Blick zu. „Ich nehme an, du willst die kleinen Häppchen, die ich in deiner Abwesenheit aufgeschnappt habe, gar nicht hören?"

„Häppchen? Was für Häppchen? Hat Dufort etwas gegen jemanden in der Hand? Wurde jemand verhaftet? Komm schon, Lawrence, sei nicht so gemein!"

„Bring ihr einen Kir, Nico. Sie ist ganz aufgelöst."

Molly versetzte ihm einen kräftigen Stoß mit dem Ellbogen in die Rippen, und Lawrence nahm sich im Stillen vor, sie nie wieder als aufgelöst zu bezeichnen. „Na gut", sagte er, nachdem er einen stärkenden Schluck von seinem Negroni genommen hatte, „was weißt du bisher?"

„Ich weiß gar nichts. Ich habe Dufort angerufen, als ich sie gefunden habe – oder besser gesagt, als Yves sie mir gezeigt hat. Ich bin mit dem Hund zur Straße hinuntergegangen und habe dort auf die Polizei gewartet, was sich, ähm, ein bisschen seltsam anfühlte. Ich meine, ich wusste natürlich, dass sie tot war. Aber trotzdem fühlte es sich ein bisschen an, als würde ich sie im Stich lassen, indem ich wegging. Du wirst denken, ich wäre betrunken gewesen, aber ich habe ihr zugeflüstert, dass ich wiederkommen würde."

Lawrence legte den Kopf schräg und dachte darüber nach.

„Ich verstehe jetzt, warum du Kinder wolltest", murmelte er, leise genug, dass Nico es nicht hören konnte. „Dein Instinkt für ... wie würde man das nennen? Alles, was mir einfällt, erscheint unter den gegebenen Umständen makaber. Jedenfalls will ich damit sagen, dass ich die Tiefe und Sensibilität deiner Gefühle bewundere."

Molly wollte fast eine scherzhafte Bemerkung machen, bedankte sich stattdessen aber. „Und dann kamen die Polizisten, ich zeigte ihnen, wo sie war, und sie machten ihre ganze Spurensicherung, und ich bin einfach nach Hause gegangen. Ich dachte, vielleicht störe ich, und sie waren zu höflich, um mir zu sagen, ich solle verschwinden."

„Ich glaube wirklich nicht, dass du dir darüber Sorgen machen musst. Ich bin sicher, sie hätten dir alle nötigen Anweisungen gegeben", sagte Lawrence. „Und das war's? Du hast dich seitdem verkrochen und Klempnerarbeiten gemacht und Maurern gelernt, oder was auch immer du den ganzen Tag so treibst?"

„So in etwa. Ich habe gesehen, wie die Bennetts losgegangen sind, um zur Polizeistation zu fahren, oder zur Leichenhalle, nehme ich an. Ich habe nicht angeboten mitzukommen. Ich dachte mir, dass kein Begleiter, diese Fahrt weniger schrecklich machen würde."

„Unvorstellbar schrecklich", sagte Lawrence, und die beiden Freunde tauschten einen schmerzerfüllten Blick aus, als sie daran dachten, was die Eltern durchmachen mussten. „Also gut, dann erzähle ich dir, was ich gehört habe."

Molly nippte an ihrem Kir und wartete gespannt.

„Ich kenne zufällig jemanden, der jemanden kennt ... und es heißt, dass Amy Bennett nicht vergewaltigt wurde, aber es gab Anzeichen für ,sexuelle Aktivität'. Das bedeutet, dass die Polizei nach einem Soziopathen der Mörder-Vergewaltiger-Sorte sucht und nicht, ich weiß nicht, nach einer eifersüchtigen Ex-Freundin oder so etwas."

„Keine Überraschung, oder? Ich meine, wenn eine junge Frau verschwindet, ist das nicht die Schlussfolgerung, zu der alle kommen? Vergewaltigt und dann ermordet? Oder in diesem Fall anscheinend nicht ganz vergewaltigt? Ich bin mir nicht sicher, ob das einen großen Unterschied macht."

„Ich dachte eigentlich, du würdest sagen, es sei eine Erleichterung zu wissen, dass sie es nicht wurde."

Molly zuckte mit den Schultern. „Wenn sie am Leben wäre, klar. Tot? Was macht das für einen Unterschied?"

Sie nahmen besonders große Schlucke von ihren Getränken. Molly hatte sich auf das Abendessen gefreut, stellte aber fest, dass sie ihren Appetit völlig verloren hatte.

„Ich habe auch gehört, dass es ein Date mit Rémy gab."

„Gütiger Himmel, wer sind denn deine Quellen?"

„Wenn du in seinem Truck durchs Dorf fährst, werden dich die Leute sehen. Und dann, weißt du, erzählen sie es jedem, den sie kennen. Klatsch und Tratsch ist in Castillac der allgemeine Lieblingssport. Das ist einer der Gründe, warum du so gut hierher passt." Lawrence grinste sie an und winkte Nico herbei. „Bring dieser Frau sofort einen Teller Pommes frites. Extra knusprig", fügte er hinzu, nur um den Koch zu ärgern.

„Ich weiß, es ist egoistisch, aber das ist noch viel schlimmer", sagte Molly, stützte die Ellbogen auf die Theke und ließ die Schultern hängen.

„Was ist schlimmer als was?"

„Wenn Amy von, sagen wir mal, einer verrückten Klassenkameradin getötet worden wäre, die eifersüchtig auf ihren Erfolg war, dann wären wir anderen völlig sicher. Die Gewalt wäre eingedämmt, verstehst du?"

Lawrence zuckte mit den Schultern. „Vielleicht, was diese eine verrückte Klassenkameradin angeht. Aber wenn Neid der Auslöser ist, was hält dann deine Nachbarin davon ab, dich umzubringen, weil deine Rosen so viel schöner aussehen als ihre?"

Molly lachte bei der Vorstellung von Madame Sabourin, wie sie in ihrem Morgenmantel mit einem Würgedraht in der Tasche zu La Baraque schlich.

„Ich fürchte, keiner von uns ist jemals ganz so sicher, wie wir es uns wünschen würden", sagte Lawrence. „Und ich gebe zu, dass ich aus ähnlichen Gründen wie du nach Castillac gezogen bin. Nein, nein, keine Scheidung", sagte er und winkte ab, bevor sie fragen konnte. „Nur eine Menge familiärer Unannehmlichkeiten, von denen es besser war, Abstand zu nehmen. Als ich im Urlaub hierherkam, war ich völlig hingerissen von der Schönheit des Dorfes, aber auch von der Herzlichkeit der Menschen, die hier leben. Ich dachte, ich könnte die Dysfunktion und die Verurteilungen meiner Familie hinter mir lassen und hier echte Freunde finden. Ich stornierte meinen Rückflug und ließ mich nieder, um die Ruhe von Castillac zu genießen."

Er und Molly lachten. „Oh, die Ironie!", sagte Molly. Und sie brachen wieder in Gelächter aus, die Arme umeinandergeschlungen, so glücklich, genau dort zu sein, wo sie waren, trotz Morden und Entführungen. Manchmal konnte das Summen der Angst Menschen übermütig machen, besonders wenn Nico ab und zu einen kostenlosen Nachschub spendierte.

36

Es war kalt und spät, aber Molly beschloss, zu Fuß nach Hause zu gehen, anstatt ein Taxi zu nehmen. Sie lächelte Vincent im Hinausgehen zu, winkte Lawrence zu, der sich für einen letzten Negroni entschieden hatte, und machte sich auf den Weg zur Rue des Chênes und nach Hause. Das Dorf war ruhig. Alle Läden waren fest verschlossen, nur in einigen Häusern und Wohnungen entlang des Weges brannte noch Licht. Am Rande des Dorfes konnte sie von irgendwoher den schwachen Klang von Popmusik hören, so leise, dass sie ihn kaum ausmachen konnte.

Der Mond war fast voll und sie brauchte kein Licht, um zu sehen.

Ihr Kopf war voller wirrer Gedanken: wie sehr sie hoffte, dass Dufort mit einer Verhaftung durchkommen würde, denn einen Soziopathen auf freiem Fuß zu haben, war alles andere als beruhigend; wie sehr sie Castillac liebte und es nicht bereute, dorthin gezogen zu sein; wie viel länger der Weg zu La Baraque schien, wenn das Wetter kalt war.

Sie schlug ihren Kragen hoch und ging schneller, um sich aufzuwärmen. Sie war auf dem letzten Stück, einer geraden Straße etwa fünfzig Meter von ihrer Einfahrt entfernt, als hinter ihr die Scheinwerfer eines Autos auftauchten.

Ihr Gehirn setzte aus, aber nur für eine Sekunde. Und dann blitzte es in ihr auf, was sie gesehen, von dem sie aber nicht realisiert hatte, dass sie es gesehen hatte. Sie wusste, wer Amy Bennett getötet hatte.

Sie wusste, wer Amy Bennett getötet hatte.

Und wenn sie Recht hatte, war er auf der Straße hinter ihr. Er kam, um sie zu holen.

Er weiß, dass ich es weiß.

Sie begann zu rennen, aber natürlich holte das Auto sie ein. Sie verließ die Straße und drängte sich durch Madame Sabourins Hecke, rannte ohne nachzudenken zu La Baraque. Während sie rannte, wühlte sie hektisch in ihrer Tasche, auf der Suche nach ihrem Handy, aber es war nicht da. Sie griff nach dem Pfefferspray an ihrem Schlüsselbund und stellte sicher, dass es in die richtige Richtung zeigte.

Als sie zur Mauer zwischen ihrem Haus und dem von Madame Sabourin kam, bückte sie sich und rannte gebückt weiter, bis sie einen großen Baum erreichte, der von einer wild wuchernden Kletterhortensie bedeckt war, und sie vergrub sich zwischen den dicken Ranken, den Rücken fest gegen den Baumstamm gedrückt. Sie atmete so schwer, dass sie sicher war, er würde ihr Keuchen schon von Weitem hören können.

Molly beobachtete, wie das Auto langsam die Rue des Chênes entlangfuhr. Er hatte es nicht eilig. Die Scheinwerfer schwenkten in ihre Einfahrt, wie sie es erwartet hatte, das Auto schlich dahin, die langsame Geschwindigkeit war beängstigender und beunruhigender, als wenn er gerast wäre. Ihr Atem beruhigte sich nicht und sie fragte sich, ob sie hyperventilieren würde. Und warum hatte sie nicht einfach bei Madame Sabourin geklingelt und von dort aus die Polizei gerufen?

Nun, daran war jetzt nichts mehr zu ändern. Sie beobachtete, wie er aus seinem Auto stieg und zu ihrer Tür ging. Sie hatte gewusst, wer es war, aber es versetzte ihr trotzdem einen Schock, ihn zu sehen. Sie sah zu, wie er klopfte und dann an der Klinke rüttelte.

Er hat gesehen, wie ich durch die Hecke gerannt bin, denkt er, ich wäre jetzt drinnen? Würde auf ihn warten?

Molly spürte, wie eine Welle der Angst durch ihren Körper floss, und für einen Moment dachte sie, sie würde völlig die Kontrolle verlieren. Ihre Beine würden nachgeben und sie würde zu Boden sinken, unfähig, sich gegen diesen bösen Mann zu verteidigen. Für einen Moment sah sie Amys Hand aus der Erde ragen und sie begann, die Fassung zu verlieren.

Beruhige dich, sagte sie sich verzweifelt. Du kannst nicht denken, wenn du dich nicht beruhigst! Wenn er eine Taschenlampe hat, wird er mich in Sekundenschnelle entdecken, dachte sie, während erneut Adrenalin ihren Körper durchflutete.

Ich brauche einen Plan.

Aber ihr Gehirn wehrte sich. Ihre Gedanken waren zuckende, zackige Lichter - zusammenhanglos und unentschlüsselbar. Sie war noch nie in ihrem Leben so verängstigt gewesen.

Er begann, langsam um die Seite des Hauses zu gehen, auf Molly zu. Sie sog einen langen Atemzug ein.

Okay, wenn er noch näher kommt, muss ich die Flucht ergreifen.

Es war lange her, dass Molly gesprintet war. Wahrscheinlich Jahre. Aber sie wartete im Schatten der Kletterhortensie, beobachtete den Mörder, wie er die vorderen Fenster ihres geliebten Hauses überprüfte, und bereitete sich mental darauf vor, um ihr Leben zu rennen.

37

1 991
Vincent hasste die Schule. Er war erst sechs, aber seine Mitschüler verspotteten ihn erbarmungslos wegen seiner schmutzigen Kleidung, die nicht passte. Er konnte nicht lesen und schien das Konzept des Lesens nicht zu verstehen, als hätte er noch nie zuvor Bücher gesehen. Seine erste Lehrerin hatte Tests empfohlen, aber er wurde als intelligent genug eingestuft, um keine besondere Unterstützung zu benötigen. Alle in der Schule, Lehrer und Mitschüler, hielten ihn für dumm, und bald richteten sich die Hänseleien gegen jemand anderen und Vincent blieb allein.

In mancher Hinsicht war die Isolation schlimmer. In der Schule war er den größten Teil des Tages unter anderen Menschen, aber sie schienen ihn nicht zu sehen, wandten sich nicht an ihn oder bezogen ihn nicht in das ein, was sie taten, und der Schmerz darüber war für den kleinen Jungen eine Qual.

Eines Tages ging er wie üblich allein von der Schule nach Hause. Sein Vater war angeblich mit Farmarbeiten beschäftigt, aber Vincent wusste, dass das bedeutete, den Traktor zu einem Feld außer Sichtweite des Hauses zu fahren und sich bis zur

Besinnungslosigkeit zu betrinken. Seine Mutter war jedoch zu Hause.

Seine Mutter war *immer* zu Hause.

Als sie ihn an diesem Tag erblickte, glitzerten ihre Augen, und er wusste, dass das ein schlechtes Zeichen war. Sie rannte schreiend zu ihm und schlug ihm auf die nackten Beine, wobei sie brüllte, wie er es versäumt hatte, an diesem Morgen sein Bett zu machen. Er weinte nicht, sondern stand stoisch still und wartete, bis der erste Wutausbruch vorüber war.

Er wusste, es war nur einer von vielen. So lief es immer ab.

Vincent hatte einen älteren Bruder, aber der war weggelaufen, sobald er konnte, und man hörte nie wieder etwas von ihm. Niemand kam je zu dem einsamen Bauernhaus am Ende der Straße – keine Freunde, keine Verwandten, nicht einmal durchreisende Verkäufer.

Vincent war dort mit seiner Mutter gefangen, die ihn schlug und Beleidigungen auf seinen kleinen Kopf niederprasseln ließ, und er konnte nichts anderes tun, als es zu ertragen. An diesem bestimmten Tag, mit sechs Jahren, spürte Vincent, wie sein Hass auf seine Mutter in ihm wuchs, als wäre er ein eigenständiges Wesen, das von seinem Körper Besitz ergriff. Er hieß den Hass willkommen, weil er die Schläge weniger schmerzhaft machte. Er gab ihm Kraft.

Er wusste, dass er sie eines Tages dafür bezahlen lassen würde. Er würde jemanden dafür bezahlen lassen.

Er musste nur warten.

38

2005

Molly war gerade im Begriff, sich zu bewegen, als eine Wolke vor den Mond zog und der Hof in Dunkelheit versank. Es gab keine Straßenbeleuchtung, kein Licht von den Nachbarn, und Mollys Herz hörte auf, so heftig zu schlagen.

Bitte hab keine Taschenlampe. Bitte.

Sie konnte gerade noch seine Gestalt erkennen, als er um die Hausecke kam, ein sich langsam bewegender, dunklerer Bereich in der Schwärze. Molly hielt den Atem an, die Augen auf ihn geheftet, und versuchte, völlig regungslos zu verharren.

Vincent blieb stehen. Sie glaubte zu sehen, wie er den Kopf neigte, als würde er auf etwas lauschen. Er stand eine gefühlte Ewigkeit so da. Und dann setzte sich die schwarze Gestalt wieder in Bewegung, auf das Haus zu. Er drückte gegen ein Fenster, aber der Riegel hielt stand.

Und dann glitt die Wolke davon, und das Mondlicht fiel auf den Hof, so hell, dass sie das Nummernschild des Taxis lesen und das Karomuster von Vincents Hemd erkennen konnte.

Molly versuchte, sich gegen den Baum zu pressen, sodass die Ranken sie verbargen, aber sie wusste, wenn er in ihre Richtung

blicken würde, würde die blasse Haut ihres Gesichts wahrscheinlich leuchten. Irgendwie musste sie ihn ablenken, ihn lange genug
wegschicken, damit sie fliehen konnte. Langsam und vorsichtig
tastete sie mit der Schuhspitze auf dem Boden. Er verschwand aus
ihrem Blickfeld um die Rückseite des Hauses, und schnell bückte
sich Molly und griff einen Stein zwischen den Wurzeln des
Baumes.

Sie konnte hören, wie er es an den Terrassentüren versuchte.

Die Tür knallte, als er sie schloss. Sie wusste, er war in ihr
Haus eingedrungen. Hektisch befreite sie sich von den Ranken
und rannte zu Madame Sabourins Haus, in der Hoffnung, dass sie
noch wach war. Um keinen Lärm zu machen, klopfte sie leise an
die Tür und spähte durch ein Seitenfenster, hoffte, ihre ältere
Nachbarin zu sehen. Im hinteren Teil brannte Licht.

Und einen Moment später erschien Madame Sabourin,
lächelte, als sie Molly sah, und öffnete ihre Haustür.

„Rufen Sie Ben an!", sagte Molly und versuchte, nicht hyste-
risch zu werden. „Schließen Sie alle Türen ab und rufen Sie sofort
Ben an!"

Madame Sabourin handelte, ohne Fragen zu stellen, bis das
Haus gesichert und Ben unterwegs war, und als sie einen Kessel
für Tee aufsetzte, legte Molly den Stein, den sie umklammert
gehalten hatte, auf den Küchentisch und erzählte ihr alles, was sie
wusste.

39

Alphonse kam aus der Küche, gab Molly einen Kuss auf beide Wangen und umarmte sie fest. „Das Mittagessen geht auf mich", sagte er und wischte sich eine Träne aus dem Auge. „Ich habe gehört, du hast den Mord aufgeklärt, und ich kann dir gar nicht sagen, wie dankbar ich bin."

Mollys Augen weiteten sich. „Wie hast du das schon gehört? Ich habe doch gerade erst vor fünf Minuten die Polizeiwache verlassen!"

Alphonses Augen funkelten. „Wir haben unsere Methoden, Molly. Komm, setz dich an die Bar und erzähl uns deine Geschichte. Nico, schenk ihr einen Kir ein."

Molly lächelte halbherzig. „Ich weiß nicht, ob es schon Zeit zum Feiern ist", sagte sie. „Wie ihr sicher wisst, da ihr Leute ja immer alles zu wissen scheint – Vincent ist geflohen. Niemand weiß, wo er ist."

„Die Unschuldigen fliehen nicht", sagte Alphonse und schüttelte seinen großen Kopf.

„Normalerweise nicht. Dufort hat mir keine Details verraten, aber ich hatte den Eindruck, dass er möglicherweise handfeste DNA-Beweise hat. Wenn sie ihn also nur fangen können, werden sie eine Probe nehmen, und zweifellos wird sie übereinstimmen. Aber in der Zwischenzeit... ist ein soziopathischer Mörder auf freiem Fuß. Deshalb habe ich beschlossen, hier zu Mittag zu essen und nicht in meiner eigenen Küche."

„Ein guter Plan, Molly."

„Und wenn Lawrence hier ankommt, werde ich ihn fragen, ob ich bei ihm schlafen kann, bis Vincent hinter Gittern ist."

„Hat Dufort gesagt, dass du ein Ziel bist?"

„Das musste er gar nicht. Ich war es schon, Alphonse!"

„Eben", sagte der alte Mann und schüttelte den Kopf. „Niemand ist sicher, bis dieser Mann im Gefängnis sitzt. Und zu denken, dass ich ihm jahrelang mindestens eine Mahlzeit am Tag serviert habe! Genau da drüben!" Alphonse zeigte auf den kleinen Tisch in der Ecke neben der Tür, wo Vincent immer zu finden war, wenn er nicht hinter dem Steuer seines Taxis saß.

„Ich weiß! Ich bin unzählige Male in seinem Taxi mitgefahren! Ich habe die *Bennetts* in sein Taxi gesetzt!" Molly und Alphonse sahen sich an, ihre Augen weit aufgerissen, immer noch kaum in der Lage zu begreifen, dass dieser Mann, der Teil ihres täglichen Lebens war, sich als Mörder entpuppt hatte.

„Oh, Molly!", sagte Lawrence, während er seinen Mantel auszog und zur Tür hereinkam. „Ich habe es gerade gehört. Geht es dir gut?" Sie küssten einander auf beide Wangen und umarmten sich dann.

„Ja, mir geht's völlig gut. Meine Oberschenkel sind vom Rennen ein bisschen wund. Vielleicht könnten wir zusammen anfangen zu trainieren?"

„Niemals in diesem Leben", sagte Lawrence. „Jetzt sag mir – wie in aller Welt hast du gewusst, dass es Vincent war?" Alphonse nickte und beugte sich vor. Nico stellte die Campari-Flasche ab und schenkte ihr seine volle Aufmerksamkeit.

„Nun", sagte Molly. „Zuerst muss ich sagen, dass ich die ganze Zeit völlig ahnungslos war, bis zum letzten Moment. Ich denke, wir alle haben uns irgendwann gefragt, ,ist diese böse Person, dieser Mörder, jemand, den ich kenne'. Aber ich war nie weiter gekommen als das. Ich hatte keine Liste im Kopf von all den gruseligen Leuten, die ich in Castillac getroffen hatte und von denen ich dachte, sie könnten zu einem Mord fähig sein. Die Menschen hier – sie sind wunderbar."

„Molly! Komm zur Sache!", rief Lawrence fast vor Frustration.

„Ja, also. Ihr wisst, dass die Bennetts in meinem Cottage wohnten. Also brachte ich ihnen von Zeit zu Zeit Essen und hatte verschiedene Gründe, im normalen Verlauf der Dinge im Cottage zu sein. Und was mir auffiel – es brach mir das Herz – war, dass sie Taschen mit Dingen für ihre Tochter mitgebracht hatten, genau wie man es tun würde, wenn man aus dem Heimatland des Kindes zu Besuch käme. Wisst ihr – man würde Dinge mitbringen, die das Kind mochte, von denen man aber dachte, dass es sie vielleicht nicht bekommen könnte, wenn es in einem anderen Land lebt."

Die drei Männer hörten aufmerksam zu, waren aber immer noch ratlos. „Fahr fort", drängte Alphonse.

„Und außerdem bin ich oft mit Vincents Taxi gefahren. Mein Haus ist nah genug, dass ich eigentlich zu Fuß nach Hause gehen sollte, aber ich weiß nicht, manchmal bin ich faul, und Vincent schien angenehm zu sein, und es war so einfach, auf diese Weise nach Hause zu kommen. Und ich habe es nicht einmal bemerkt, als ich es sah, wenn ihr versteht, was ich meine... aber auf dem Boden des Rücksitzes von Vincents Auto lag immer ein Haufen Müll. Das störte mich, und ich schob ihn mit dem Fuß unter den Sitz.

„Es kam mir damals nicht in den Sinn, mich zu fragen, warum der Rücksitz von Vincents Taxi mit Verpackungen englischer Lebensmittel übersät war – McVitie's-Kekse, Cadbury-Flake-Riegel, solche Dinge. Sachen, die man in einer französischen Stadt sicher finden könnte, wenn man wüsste, wo man suchen muss. Aber nicht so sehr in der *épicerie* in Castillac, oder? Und – das fiel mir auf, weil es ungewohnt und seltsam war – eine Tüte mit etwas, das sich Salzlakritz nannte. Es ist anscheinend deutsch. Mir wird schon beim Gedanken daran übel."

„Amy stieg in dieser Nacht in Vincents Taxi, nach der Feier hier im Chez Papa. Sie war betrunken. Sie hatte ihren Vorrat an englischen Leckereien in ihrer Tasche, bekam Heißhunger und griff während der Fahrt zu, wobei sie ihre Verpackungen auf dem Boden liegen ließ. Wer weiß, wie lange Vincent mit ihr herumgefahren ist, bevor er ihr etwas antat? Könnten fünfzehn Minuten gewesen sein. Könnten Stunden gewesen sein. Sogar am nächsten Tag. Aber irgendwann hatte Amy ihre letzte Mahlzeit aus Junkfood, das sie an zu Hause erinnerte."

Nico schüttelte den Kopf. „Aber Molly, hätte nicht jeder Tourist diese Verpackungen zurücklassen können?"

„Glaubst du, die Leute in Castillac schlemmen McVitie's und Salzlakritz? Unwahrscheinlich", fügte sie hinzu, „aber natürlich ist es möglich. Und wenn sie es getan hätten und Vincent nicht schuldig gewesen wäre, hätte er sich keine Sorgen gemacht, dass ich es zusammensetzen würde. Er hätte keinen Grund gehabt, letzte Nacht hinter mir her zu sein." Sie zitterte leicht und Lawrence legte einen Arm um ihre Schultern.

„Warum hat er sein Auto nicht einfach sauber gemacht?", fragte sich Alphonse.

„Ich denke, in solchen Fällen gibt es ein Element von Andenken", sagte Lawrence, und alle verstanden und schreckten vor der Idee zurück. „Vielleicht waren diese Verpackungen etwas, das er aufbewahrte, um sich an Amy zu erinnern – um sich an die Nacht mit ihr zu erinnern."

„Ein Andenken an den Schmerz", sagte Nico leise, und sie alle senkten ihre Köpfe und wussten nichts mehr zu sagen.

❧

MOLLY VERBRACHTE diese Nacht bei Lawrence. Sie rief Dufort an, um ihn zu informieren, und er sagte, er würde Maron losschicken, um ein paar Mal vorbeizufahren und ein Auge auf die Dinge zu haben. In der Zwischenzeit taten er und die Polizei alles, um Vincent zu finden und ihn festzunehmen.

„Wirst du es mir erzählen, oder muss ich es aus dir herausquetschen?", fragte Lawrence, als sie es sich in seinen tiefen Sesseln mit Daunenkissen direkt vor einem lodernden Kamin gemütlich gemacht hatten.

„Was erzählen?", fragte Molly, die wirklich keine Ahnung hatte, wovon er sprach.

„Na ja, du wurdest gestern Nacht fast angegriffen. Musstest fliehen, und der Mörder macht sich Sorgen, dass du ihn identifizieren kannst."

„Äh, ja?"

„Also, wo hast du letzte Nacht geschlafen, Fräulein Sutton? Ich glaube nicht, dass du allein nach Hause gegangen bist, oder?"

Molly errötete. Ein tiefes Erröten, das um ihr Schlüsselbein begann und sich bis zu ihrem Gesicht ausbreitete, sodass ihr so warm wurde, dass sie sich fächeln musste. „Ich bin überrascht, dass deine Quellen dich im Stich gelassen haben", sagte sie geheimnisvoll und wollte dann nicht weiter darüber sprechen.

Sie rösteten dicke Brotscheiben am Feuer und aßen sie mit riesigen Stücken des köstlichsten Schafskäses, der von einer Frau hergestellt wurde, die gleich außerhalb von Castillac lebte. Lawrence schenkte ihnen hohe Gläser Mineralwasser ein, und zum Abschluss gab es einige Stücke Côte d'Or Schokolade mit Haselnüssen.

Die beiden Freunde unterhielten sich bis spät in die Nacht, und dann fiel Molly in Lawrence' Bett in einen tiefen Schlaf. Er bestand darauf, auf dem Sofa im Wohnzimmer zu schlafen, und sie stimmte für diese eine Nacht zu, dankbar für einen sicheren Ort zum Ausruhen. Als sie bettfertig war und das Licht ausschaltete und in seine luxuriöse Bettwäsche sank, wurde ihr bewusst, wie gestresst und verängstigt sie in den letzten Wochen gewesen war, und sie schlief sofort ein.

Molly und Lawrence schliefen lange. Sie tranken gerade ihre ersten Tassen Kaffee und waren noch nicht ganz wach genug, um Sätze zu formulieren, als Lawrence einen Anruf bekam.

„Âllo?", sagte er und klang fast französisch statt wie der Kalifornier, der er war. „Wirklich? Kein Scherz... das sind sehr gute Nachrichten... alles klar... bis später, danke mein Lieber."

„Lass uns diese Tassen austrinken und dann rüber zu Chez Papa gehen", sagte Lawrence. „Ich weiß, es ist noch nicht ganz Mittagszeit, aber es klingt, als wäre die Feier schon in vollem Gange, und wir wollen nichts verpassen."

„Dufort hat ihn geschnappt, Molly. Anscheinend versteckte er sich in einer Höhle oben beim Sallière-Weinberg. Keine Waffe oder so, er hat sich sofort ergeben."

„Wie hast du das alles in diesem zehn Sekunden langen Telefonat erfahren?"

Lawrence lachte nur.

„Das sind fantastische Neuigkeiten. Ich ziehe mich nur schnell aus meinem Nachthemd um, bevor wir gehen."

„Nur wenn du Lust hast, Molls", sagte Lawrence, trank seinen Kaffee in einem Zug aus und griff nach einem dicken Pullover.

Als Molly und Lawrence durch die Tür des Chez Papa kamen, jubelten alle. Zum ersten Mal in diesem Herbst brannte der Kamin, eine neue Kellnerin verteilte Teller mit kostenlosen Vorspeisen, und das Restaurant füllte sich mit Dorfbewohnern in feierlicher Stimmung, jetzt da der Albtraum vorbei war. Dufort unterhielt sich mit jemandem direkt neben der Tür, und Molly drängte sich neben ihn.

„Molly!", rief er aus, als er sie sah. Er packte sie an den Schultern und küsste sie fest auf beide Wangen. „Ohne Sie hätten wir es nie geschafft! Tatsächlich haben Sie so viel getan, ich glaube, ich sollte Sie auf die Gehaltsliste setzen!" Er strahlte sie an und sie spürte, wie ihr eine Röte ins Gesicht stieg, die sie streng in die Schranken wies. Sie war beeindruckt, dass Dufort keine Verärgerung darüber zeigte, dass eine Zivilistin – und noch dazu eine Amerikanerin – den ganzen Ruhm erntete.

„Es tut mir nur leid, dass ich es nicht früher erkannt habe", sagte sie. „Nicht, dass es für Amy einen Unterschied gemacht hätte."

Dufort presste die Lippen zusammen und nickte. „Nun, Vincent sitzt jetzt eingesperrt, vorerst in unserem kleinen

Gefängnis. In ein oder zwei Tagen wird er in eine größere Einrichtung verlegt." Dufort wurde ernst, dann beugte er sich nah an Mollys Ohr und sagte: „Wissen Sie, er ist irgendwie erbärmlich. Er hat die Tat gestanden und bietet keine Verteidigung an. Er sitzt einfach da, stoisch, aber niedergeschlagen, als wäre er bereit, jede Strafe hinzunehmen, die auf ihn zukommt."

Der Lärm der Party wurde lauter und Molly zuckte nur mit den Schultern. Sie fand es interessant, dass der Chef der Gendarmerie überhaupt Empathie für den Mann aufbringen konnte, den er so inbrünstig hatte fangen wollen. Sie konnte nicht sagen, dass sie genauso empfand. Je weniger mörderische Soziopathen es gab, desto besser, war ihre Denkweise. Und natürlich würde Dufort zustimmen, auch wenn er nicht in der Lage war, den Mann als Monster zu sehen.

Molly wollte fragen, ob Vincent auch für die anderen Entführungen – Valérie Boutillier und Elizabeth Martin – verantwortlich war. Aber inmitten einer zunehmend ausgelassenen Party schien nicht der richtige Ort dafür zu sein.

Marie-Claire Levy erschien aus dem hinteren Raum und kam mit einem eher schüchternen Ausdruck auf Dufort zu. Er lächelte sie an und legte seinen Arm um ihre Taille. Molly versuchte, ihre Überraschung aus ihrem Gesichtsausdruck herauszuhalten; sie hatte gedacht, er wäre Single, aber jetzt...?

Thérèse Perrault kam herüber, um Molly auf beide Wangen zu küssen und ihr zu danken. Die Augen der jungen Frau funkelten, und sie lachte und hob ihr Glas, um auf Molly anzustoßen, was Molly sehr großzügig von ihr fand. Der andere Beamte war nicht ins Chez Papa gekommen – er war sowieso immer etwas kühl gewesen.

In diesem Moment traf sie ein Schwall kalter Luft und Lapin erschien in der Tür. Er war seit seiner Nacht im Gefängnis nicht mehr gesehen worden und sah zögerlich und unsicher aus.

„Lapin!", rief Alphonse, „komm rein und trink ein Glas!"

Molly verschränkte die Arme vor der Brust und seufzte.

„La bombe!", sagte Lapin, als er sie erblickte. Aber dann sah er weg, unbehaglich.

Vielleicht ist doch etwas Gutes dabei herausgekommen, ein Halb-Verdächtiger gewesen zu sein, dachte Molly und wagte es, ihre Arme sinken zu lassen.

Nico trug ein Tablett mit Getränken herum. Er drehte sich um, um zur Bar zurückzugehen, änderte dann aber seine Meinung und sprach. „Du bist mit Amy weggegangen", sagte er zu Lapin, seine Stimme leise und für Nico ungewöhnlich ernst. „Also was ist passiert? Wie konnte Vincent sie in die Hände bekommen?"

Lapin ließ den Kopf hängen. Molly bemerkte Haarbüschel, die aus seinen Ohren wuchsen, und aus irgendeinem Grund empfand sie dadurch Mitleid für ihn.

„Ich habe sie in sein Taxi gesetzt", sagte er leise.

„Und warum haben Sie mir das nicht gesagt, als ich Sie gefragt habe?", sagte Dufort.

„Warum hast du gelogen?", fügte Perrault vorwurfsvoll hinzu.

„Weil...", begann Lapin, biss sich dann aber auf die Lippe. Er blickte zur Decke, fuhr sich dann mit der Hand übers Gesicht. „Schaut, er ist in meinem Alter. Wir waren zusammen in der Dorfschule, wenn auch nicht befreundet. Vincent hatte keine Freunde." Lapin machte eine Pause und wischte sich mit einem Taschentuch die Stirn. „Und dann, wisst ihr, nach der Schule habe ich mein Antiquitätengeschäft begonnen."

„Trödelhändler", sagte Nico mit leiser Stimme.

„Einer meiner ersten Aufträge", fuhr Lapin fort, „war auf dem Cloutier-Hof. Vincents Familie. Sein Vater war früher gestorben, aber sie riefen mich, als seine Mutter starb. Ich war sehr erfreut, mein Geschäft hatte gerade erst begonnen, versteht ihr, also war ich dankbar..."

Sie alle – Molly, Dufort, Perrault und Nico – lehnten sich vor, um zu hören, was Lapin über den Lärm der Party hinweg sagte. „Ich hatte es nicht leicht, nachdem meine Mutter gestorben war. Weit davon entfernt. Aber als ich den Cloutier-Hof sah..." Lapin wischte sich die Stirn und blickte zur Decke. „Er lebte im Dreck. Kein fließendes Wasser, keine Heizung. Ich sage euch, der Geruch von Müll und Exkrementen im Haus ließ mir die Augen tränen. Ich schätze, seine Mutter hatte irgendwann den Verstand verloren. Vincent erzählte mir, er durfte nichts wegwerfen. Das war natürlich vor Jahren, und ich hatte seitdem viele Aufträge und habe das Innere von Häusern gesehen, die Fremde nie gesehen hatten – kurz gesagt, ich habe viel Hässlichkeit gesehen, das sage ich euch. Aber nichts ist an das Elend und die Verwahrlosung des Cloutier-Hofs herangekommen. Nicht einmal annähernd.

„Ich tat, was ich konnte, um ihm zu helfen, ließ den Ort aufräumen und verkaufen, damit er einen Neuanfang in seiner eigenen Wohnung machen konnte. Aber wisst ihr, man wächst nicht über solche Schäden hinaus."

„Also...", sagte Perrault. „Du hattest Mitleid mit ihm? Aber was ist mit Amy? Tut sie dir nicht leid?"

„Ich werde nie darüber hinwegkommen, dass ich es war, der sie in sein Taxi gesetzt hat", sagte Lapin. „Und ja, ich schäme mich auch nicht zu sagen, dass ich Mitleid mit ihm hatte. Leider war es ohnehin zu spät, um das Mädchen zu retten, als ich hörte, dass sie vermisst wurde." Dann bewegte sich Lapin durch die Menge und rief einem Freund zu, während die anderen sich mit Verwunderung ansahen.

„Ich verstehe", sagte Dufort zu Molly. „Ich hatte mich schon gefragt, warum Vincent hinter dir her war, aber nicht hinter Lapin. Ich dachte, es läge vielleicht einfach daran, dass du eine Frau bist. Aber möglicherweise hat die Tatsache, dass Lapin freundlich zu ihm war, als seine Mutter starb, Lapins Leben gerettet."

„Wow", sagte Molly, ausnahmsweise einmal sprachlos.

Dufort sagte mit stahlharter Stimme: „Vincent bestreitet jegliches Fehlverhalten gegenüber Valérie oder Elizabeth. Aber ich sage Ihnen gleich: Wenn ich irgendeinen Beweis finde, dass er lügt? Dann wird er nie wieder das Tageslicht außerhalb des Gefängnisses sehen."

꒐

MOLLY VERLIEß La Baraque eine Woche lang nicht nach der Party bei Chez Papa. Sie musste für sich selbst kochen, die Ecken und Winkel ihres Hauses weiter kennenlernen, im Garten herumwühlen und herausfinden, wie man das Feuer im Holzofen am Brennen hielt. Lawrence kam eines Tages zum Mittagessen vorbei, und sie unterhielt sich mit Madame Sabourin über die Mauer hinweg, während sie die letzten Aufräumarbeiten im Garten für die Saison erledigten. Aber ansonsten schwelgte sie glücklich in der Einsamkeit und hörte den Blues so laut wie immer.

Die starken Emotionen der vorangegangenen Wochen ließen sie sich zunächst erschöpft fühlen, obwohl sie insgeheim ein wenig aufgeregt war, nicht nur Amy gefunden, sondern auch den Mord an ihr aufgeklärt zu haben. Aber die Ereignisse hatten noch eine andere, unerwartete Wirkung: Sie war sich nicht mehr so sicher, ob sie wirklich bereit war, die Tür zur Romantik so fest zu verschließen.

Das bedeutete nicht, dass sie jemanden im Sinn hatte, zumindest niemanden, von dem sie es zugegeben hätte. Aber die Bennetts hatten einen tiefen Eindruck bei ihr hinterlassen. Inmitten der schlimmsten vorstellbaren Trauer hatten sie einander gehabt, um sich festzuhalten. Und Molly war sich sicher, wenn man sie fragen würde, ob es eine gute Idee gewesen war, ihre Familie zu gründen, selbst in dem Wissen um die schreckliche Sache, die passiert war - dass sie ohne Zögern gesagt hätten, dass sie froh waren. Dass sie glücklich und dankbar waren, Amy gehabt zu haben, Amy gekannt zu haben, auch wenn der Verlust unerträglich war.

Molly spülte gerade Geschirr und wälzte all das in ihrem Kopf herum, als sie ein Klopfen an ihrer Haustür hörte. Sie ging, um zu öffnen, und die orangefarbene Katze schlich sich unter ihre Füße, sodass sie stolperte und auf die Knie fiel. „*Va t'en* du schreckliche Kreatur!", schrie sie. Sie war auf einen Teppich gefallen und unverletzt, und rappelte sich auf, um die Tür zu öffnen.

„Hallo, Molls! Ich wette, du könntest mich zum Aufräumen hier gebrauchen, während du dich um wichtigere Dinge kümmerst!" Constance kam fröhlich ins Haus gehüpft und trug ihre typischen High-Top-Sneakers. Molly bemerkte, dass ihre Haare am Hinterkopf verfilzt waren. Die beiden Frauen winkten Thomas zu, als er sein Motorrad wendete und davonfuhr.

„Na schön", sagte Molly, halb amüsiert. „Komm rein, es gibt leider jede Menge zu tun."

ENDE

❧

NOCH NICHT BEREIT, Castillac zu verlassen?

Kapitel 1 von *Die glücklichste Frau der Welt,* Buch 2

Im großen alten Herrenhaus in der Rue Simenon im Zentrum von Castillac saß Josephine Desrosiers in einem tiefen Sessel, der mit einem so teuren Stoff bezogen war, dass man dafür ein kleines Auto hätte kaufen können, und sah eine Spielshow. Sie trug ein Nachthemd, das ihr Mann, längst verstorben, vor dreißig Jahren in Paris für sie gekauft hatte. Sie blinzelte, als der Moderator in seinem aufgesetzt fröhlichen Ton schnell sprach und die Lichter auf der Bühne aufblitzten, als ein Kandidat die richtige Antwort herausstotterte.

Madame Desrosiers war einundsiebzig, und ihr Gehör war so scharf wie eh und je. Sie hörte, wie sich drei Stockwerke tiefer die Küchentür schloss, obwohl Sabrina, die Haushälterin, die jeden Morgen kam, ein ruhiges Mädchen war und keineswegs eine Türenknallerin. Josephine stand auf und schaltete den Fernseher aus, dann glättete sie das Kissen des Sessels, sodass es frisch und unbenutzt aussah. Und dann kletterte sie behände in ihr riesiges Bett mit seinen verzierten Pfosten und geschnitztem Kopfteil und kniff die Augen zusammen.

Sabrina konnte das gesamte vierstöckige Haus nicht an einem Tag reinigen, so jung und fleißig sie auch war. An diesem Tag erledigte sie das gesamte Erdgeschoss und den Großteil des ersten Stocks, kam aber nie in Madame Desrosiers Schlafzimmer hinauf. Madame Desrosiers hatte ihr gesagt, dass sie sehr krank sei und nicht die Kraft habe, Besucher zu empfangen, einschließlich Sabrina, also ließ man sie in Ruhe. Sie hatte eine Schachtel Cracker unter ihrem Bett und ein Stück Brie, das über sein Verfallsdatum hinaus war – durchaus genug Verpflegung, danke schön –, also läutete sie nie die Dienstbotenglocke.

Als Madame Desrosiers hörte, wie sich am Ende des Tages leise die Tür schloss, glitt sie aus dem Bett und schaltete den Fernseher wieder ein. Dann machte sie ihre Übungen vor einem riesigen, vergoldeten Spiegel, zählte ihre Bewegungen, beugte sich nach rechts und dann nach links und atmete schwer von der Anstrengung, ihre Zehen zu erreichen. Sie bereitete sich auf den besten Teil des Tages vor, wenn sie an ihrem Schreibtisch saß und Briefe schrieb. Jeder einzelne war ein belästigender und verleumderischer und anweisender Brief, von denen jeder einzelne beim Öffnen beim Empfänger das gleiche Gefühl der Niedergeschlagenheit und sogar Scham hervorrief, genau wie Josephine es beabsichtigte.

Josephine Desrosiers war eine glückliche Frau gewesen, was materielle Dinge betraf. Ihre Familie war nicht wohlhabend gewesen, aber ihr Mann hatte etwas erfunden, das ihn zum Millionär gemacht hatte. (Sie konnte nicht genau sagen, was – etwas Elektrisches, glaubte sie?) Und jetzt konnte sie die bedeutende Rolle der reichen Witwe spielen, umgeben von jüngeren Familienmitgliedern, die zu ihren Füßen saßen und hofften, dass der ein oder andere Krümel für sie abfallen würde.

Nun, es gab zumindest ein Familienmitglied, das das tat:

Michel, ihr Neffe. Er würde wahrscheinlich heute Abend vorbeikommen, wie er es gewöhnlich am Ende der Woche tat, um sich
bei ihr einzuschmeicheln. Sehr gelegentlich schrieb sie ihm einen
kleinen Scheck. Sie gefiel sich manchmal in der Vorstellung, großzügig zu sein, und mit beeindruckender Selbstbeherrschung leug-
nete sie in ihrem Kopf jeden Zusammenhang zwischen Michels
Aufmerksamkeit und dem Geld, das sie ihm gab. Als sie an
Michel dachte, klingelte es an der Tür und sie hörte, wie er sich
selbst hereinließ. Sie war noch nicht ganz angezogen und sie
genoss es, ihn warten zu lassen. Josephine gefiel die Vorstellung
des jungen Mannes, der in ihrem Salon saß, Däumchen drehte
und nichts anderes zu tun hatte, als dem Moment entgegenzufie-
bern, in dem sie oben auf der breiten, geschwungenen Treppe
erscheinen würde.

In einer Ecke des geräumigen Badezimmers neben ihrem
Schlafzimmer stand ein Schminktisch, bedeckt mit Kristallfla-
kons voller Parfüm und alten Dosen mit Eyeliner und Foundation.
Sie saß da und betrachtete sich im Spiegel, während sie ihre
weißen Haarsträhnen nach oben bürstete. Sie tupfte ihre Fingerspitzen in einen Topf mit Rouge und rötete ihre faltigen Wangen.
Sie trug Lippenstift auf und tupfte ihn mit speziellen Löschblät-
tern ab. Es kam ihr, nicht zum ersten Mal, in den Sinn, dass es
angenehm wäre, während ihrer Vorbereitungen etwas Musik zu
hören, aber der Plattenspieler war vor Jahrzehnten kaputtge-
gangen und sie wünschte sich nichts Hässliches und Modernes im
Haus.

Schließlich, mit einem Spritzer Parfüm, war Josephine Desrosiers bereit, ihren Neffen zu begrüßen. Sie war rüstig für ihr Alter
und hatte keine Probleme mit der Treppe. Sie hätte fast vor sich
hin gesummt, als sie hinabstieg, hielt sich aber zurück, weil sie
Summen für eine Beschäftigung der Unterschicht hielt. Ihr Neffe,
an einem Fingernagel kauend, saß ganz vorn auf der Sofakante,
sein braunes Haar fiel ihm über ein Auge.

„Ah, Michel, *comment vas-tu?*"

Michel sprang vom Sofa auf und küsste seine Tante auf beide Wangen, wobei er die höflichsten Murmeleien von sich gab, die ihm einfielen.

Er verabscheute seine Tante.

Er hielt sie für gemein und narzisstisch, was keine besondere Wahrnehmungsgabe erforderte.

„Was möchtest du heute Abend unternehmen, meine Liebe?", fragte er sie, so fürsorglich, dass er sich selbst fast glaubte. „Wie wäre es mit etwas Fernsehen? Ich habe gehört, es gibt eine neue-"

„Fernsehen ist vulgär", sagte Madame Desrosiers.

„Ach so. Nun, soll ich dich dann zum Essen ausführen? Hast du Hunger?"

Sie überlegte. Sie mochte es durchaus, ein Restaurant zu betreten und zu sehen, wie die Leute, die sie kannte, aufsprangen, um sie zu begrüßen. Aber andererseits, der lästige Service! Die Kosten! Sie hatte ihren Appetit auf Essen vor Jahren verloren und sah keinen Sinn darin, so viel Zeit und Geld für etwas aufzuwenden, das sie nicht besonders interessierte. „Wenn du mir mein Übliches machen würdest", sagte sie.

Michel seufzte innerlich und ging zu einem Beistelltisch. Er nahm ein gefährlich zerbrechliches Likörglas aus dem Schrank und stellte es auf ein silbernes Tablett. Dann goss er etwas Dubonnet aus einer Kristallkaraffe ein und brachte das Glas zu seiner Tante. Das Zeug roch muffig wie der Rest des Hauses und er atmete nicht, bis sie es ihm abnahm.

Er selbst hätte einen Drink begrüßt, hatte aber gelernt, dass es ein Fehler war, sich selbst zu bedienen oder auch nur höflich zu fragen, ob er sich ihr anschließen dürfe. Und bei Tante Josephine Desrosiers wollte man keine Fehler machen. Nicht, wenn man ohne eine grausame Zurechtweisung entkommen wollte.

Und ganz sicher nicht, wenn man ihr Geld erben wollte.

EBENFALLS VON NELL GODDIN

Vom Glück gesegnet (Molly Sutton Mysterien 2)
   Gefangen in Castillac (Molly Sutton Mysterien 3)
   Mord aus Liebe (Molly Sutton Mysterien 4)
   Der Château-Mord (Molly Sutton Mysterien 5)
   Tödliche Ferien (Molly Sutton Mysterien 6)
   Eine offizielle Tötung (Molly Sutton Mysterien 7)
   Tödliche Finsternis (Molly Sutton Mysterien 8)
   Keine Ehre unter Dieben (Molly Sutton Mysterien 9)
   Auge um Auge (Molly Sutton Mysterien 10)
   Bittersüße Vergessenheit (Molly Sutton Mysterien 11)
   Todesspalier (Molly Sutton Mysterien 12)
   Kein Geheimnis vor Madame Tessier (Molly Sutton Mysterien 13)

DANKSAGUNG

Tommy Glass und Mariflo Stephens – ihr seid die besten Lektoren der Welt. Blumige, überschwängliche Dankbarkeit an euch beide.

Besonderer Dank gilt dem Spitzenteam Christiane Rimbault und Geneviève Debussche-Rimbault, die mir geholfen haben, Beleidigungen der wunderschönen französischen Sprache zu vermeiden und die Details der Gendarmerie richtig darzustellen. Je vous remercie de tout coeur.

ÜBER DIE AUTORIN

Nell Goddin hat als Radiomoderatorin, SAT-Tutorin, Kurzzeitköchin für Omeletts und Bäckerin gearbeitet. Sie hat es auch als Kellnerin versucht, war darin aber wirklich miserabel.

Nell ist in Richmond, Virginia aufgewachsen und hat in Neuengland, New York City und Frankreich gelebt. Sie hat Abschlüsse vom Dartmouth College und der Columbia University.

Milton Keynes UK
Ingram Content Group UK Ltd.
UKHW030857051124
450766UK00005B/483

9 781949 841312